Le héros d'une vétérinaire

*

Souvenir d'une nuit étoilée

TRACI DOUGLASS

Le héros d'une vétérinaire

Traduction française de
CHRYSTELLE POULAIN

BLANCHE

HARLEQUIN

Collection : Blanche

Ce roman a déjà été publié en 2021

Titre original :
THE VET'S UNEXPECTED HERO

HARPERCOLLINS FRANCE
83-85, boulevard Vincent-Auriol, 75646 PARIS CEDEX 13
Service Clients — https://www.harlequin.fr/contenu/contactez-nous
ISBN 978-2-2805-2276-2 — ISSN 0223-5056

Édité par HarperCollins France.
Composition et mise en pages Nord Compo.
Imprimé en août 2025 par ScandBook UAB en Lituanie
en utilisant 100% d'électricité renouvelable.
Dépôt légal : septembre 2025.

FSC
www.fsc.org
MIXTE
Papier | Pour une gestion forestière responsable
FSC® C021394

Pour limiter l'empreinte environnementale de ses livres, HarperCollins France s'engage à n'utiliser que du papier fabriqué à partir de bois provenant de forêts gérées durablement et de manière responsable.

1

Jackson Durand gara son ambulance dans un crissement de pneus, tira sur le frein et sauta hors de l'habitacle en même temps que son équipier Ned. Comme d'habitude, ils avaient rejoint l'hôpital général de Key West en un temps record, sirènes hurlantes, au mépris de quelques feux rouges.

Ces décharges d'adrénaline à répétition étaient le lot quotidien des ambulanciers secouristes. Mais d'après son frère d'adoption Luis – médecin chef aux urgences –, Jackson était quand même trop « casse-cou ».

Prévoyant et organisé, Luis attendait déjà sur le parking.

— Qu'est-ce qu'on a, les gars ?

— Homme, quarante et un ans, chute de moto, annonça Jackson. Il est conscient et réactif. Fracture ouverte du fémur gauche.

Jackson et Ned firent glisser le brancard roulant de l'arrière du véhicule jusqu'au niveau du sol. Le blessé gémit et voulut se redresser, mais Jackson l'immobilisa en lui posant une main sur le thorax. Puis, avec son équipier, il poussa la civière à l'intérieur des urgences où la surveillante les orienta vers un box libre.

— Monsieur, comment vous appelez-vous ? demanda Luis, qui les avait suivis.

Malgré leurs précautions, le patient poussa un cri de douleur quand ils le transférèrent sur le lit médicalisé.

— Reed… Suis… pompier… professionnel. Il se passe quoi, là ? Cette jambe… me fait un mal de chien.

— Vous avez une belle fracture, répondit Luis tout en auscultant le blessé. On va s'en occuper très vite, ajouta-t-il gentiment.

Jackson s'écarta pour laisser davantage de place à son frère. Après avoir terminé son auscultation, Luis se redressa et hocha la tête.

— L'air passe bien, pouls OK. Reed, ouvrez les yeux. Restez avec moi, s'il vous plaît. C'est très important. Pouvez-vous remuer les orteils du pied gauche ?

Le blessé poussa un nouveau hurlement de douleur.

— Aïe… Peux… pas. J'ai… trop mal !

— Tension ? demanda Luis à l'infirmière postée de l'autre côté du lit.

— 7/4, docteur.

Jackson fronça les sourcils. Administrer un antidouleur puissant risquait de faire chuter encore la pression artérielle et de tuer ce pauvre Reed. La seule solution était de l'opérer sur-le-champ.

— Faites passer six culots de O négatif, ordonna Luis. Appelez le bloc. On descend !

Jackson et Ned quittèrent la pièce, sachant que leur présence risquait de gêner leurs collègues. Alors, pendant que son équipier remmenait la civière, Jackson se dirigea vers la pharmacie pour faire le plein de fournitures.

Sur son chemin, plusieurs personnes le saluèrent gentiment ce qui lui fit très plaisir. Il était connu comme le loup blanc à Key West. On l'appelait pour toutes les missions difficiles, voire désespérées. Il s'était forgé une réputation d'infatigable risque-tout et, avec un peu de chance, la promotion qu'il espérait ne tarderait plus. Il avait travaillé dur pour en arriver là !

La case « pharmacie » était un passage obligé après chaque mission. Habitué aux rayonnages, Jackson s'approvisionna en pansements, compresses et autres seringues. On pouvait faire confiance à Luis pour que les choses soient toujours en ordre. Méthodique, réfléchi et organisé, son frère gérait le service avec une efficacité sans faille, là où Jackson exprimait mieux ses compétences dans l'action. Il voulait bouger, bouger, et bouger encore. Aller de l'avant pour ne pas courir le risque d'être abandonné.

Une fois lui avait amplement suffi.

— Salut, Jackson !

Une jeune femme venait d'entrer dans le local. Grande, mince et plutôt jolie, elle arborait la veste rose, ornée de personnages de dessins animés, des infirmières pédiatriques.

Qui était-elle ? Avaient-ils dîné ensemble et embrayé sur le « plus si affinités » ?

Jackson n'avait pas honte de ses aventures d'un soir. Il annonçait toujours la couleur : une relation éphémère, sans engagement. Il ne pouvait rien offrir de mieux et ses « conquêtes » étaient prévenues. Mais de là à ne pas reconnaître un de ses flirts... Il vieillissait. Cela ne lui était jamais arrivé !

À bientôt trente ans, peut-être devrait-il passer à autre chose ? Bien sûr, il n'envisageait pas de se « caser ». Il avait trop peur qu'une femme ne le quitte un jour. Pourtant, depuis quelques mois, il était las de ces brèves rencontres...

Comme il restait silencieux, l'infirmière s'avança et secoua la tête.

— Tu ne sais plus qui je suis..., dit-elle, un large sourire éclairant son visage bronzé.

— Mais si, répliqua-t-il en lorgnant discrètement sur son badge. Je me rappelle très bien de toi... Susie.

Le rire cristallin de la jeune femme résonna aux quatre coins de la pièce.

— Perdu, je m'appelle Amy ! J'ai emprunté la veste d'une collègue.

Il se sentit rougir, chose exceptionnelle chez lui. Comment allait-il sortir de ce guêpier ?

— Je ne suis pas vexée, rassure-toi, poursuivit Amy d'un ton amusé. On s'est croisés au pub de tes parents pour la Saint-Patrick. Tout le monde avait beaucoup bu, alors tu es excusable.

Les parents adoptifs de Jackson tenaient l'un des bars les plus courus de Key West. Il y avait passé beaucoup de soirées mémorables, et quelques-unes qu'il préférait oublier.

— Ah oui, c'est vrai ! Tu as gagné le concours des buveuses de bière.

— J'ai perdu le duel des buveuses de whisky et, en gage, j'ai dû embrasser un nain de jardin. Mais c'était bien tenté...

— Merci, répliqua-t-il, gratifiant son interlocutrice d'un sourire contrit. Bon... Il faut que j'y aille.

— Ravie de t'avoir revu ! répliqua Amy, moqueuse.

Il prit sa sacoche puis sortit sans demander son reste. Heureusement, il avait encore du pain sur la planche. Il n'y avait rien de telle qu'une journée bien remplie pour éviter de cogiter.

Luis raccrochait le téléphone quand il le rejoignit à l'accueil des urgences.

— As-tu descendu le pompier au bloc ? demanda-t-il.

— Oui, et croisons les doigts pour qu'il s'en sorte. Il a sans doute le bassin fracturé et je soupçonne une hémorragie interne, peut-être au foie ou à la rate. La chute de tension...

Luis s'interrompit en voyant une femme en pleurs et deux adolescents pénétrer dans le hall. Il s'agissait de la famille de Reed et, aussitôt, il se mit en devoir de leur résumer la situation.

— Installez-vous en salle d'attente, ajouta-t-il. Je vous donnerai plus d'informations dès que j'aurai…

Occupé à remplir un formulaire sur le comptoir, Jackson leva la tête, intrigué. Il était rare que son frère arrête de parler. Atteint d'une forme légère d'autisme Asperger – avec un haut quotient intellectuel –, Luis avait l'habitude de penser à voix haute. Il s'exprimait beaucoup car il en avait besoin pour mettre ses idées au clair. Pourtant, on aurait dit que quelqu'un avait appuyé sur le bouton « off » !

Jackson avisa alors un groupe de pompiers en uniforme qui s'étaient rapprochés, venant aux nouvelles. Il les connaissait tous pour avoir déjà travaillé avec eux. Il y avait Bud Landry, John Cheeves, Stacy Williams…

Intéressant… Luis dévisageait Stacy comme s'il avait vu un fantôme !

Y avait-il anguille sous roche avec cette ravissante blonde ? Force était d'admettre qu'elle ne manquait pas d'attraits avec sa beauté saine, naturelle, et ses traits gracieux. Mais pour l'avoir vue à l'œuvre, Jackson savait que son efficacité et son courage démentaient cette apparente fragilité. C'était une professionnelle hors pair dont tout le monde chantait les louanges.

Luis avait-il eu l'occasion de faire plus ample connaissance avec elle ? Était-il tombé sous le charme ? Voilà qui serait nouveau !

Depuis qu'il était devenu médecin, il n'avait vécu que pour le travail, parfois jusqu'à l'épuisement. Ses parents biologiques étaient décédés en le faisant passer de Cuba aux États-Unis et leur sacrifice avait inspiré sa vocation.

Courage et abnégation n'étaient pas de vains mots pour lui. Il vivait pour les autres, quitte à s'oublier complètement.

Sur ce point-là au moins, ils se ressemblaient. Pour le reste, leurs histoires étaient très différentes. Luis gardait le souvenir de parents aimants quand Jackson, lui, était hanté par le spectre de l'abandon.

Il venait d'avoir quatre ans lorsque sa mère l'avait laissé sur le perron d'une villa sans crier gare. Elle n'avait plus jamais donné signe de vie depuis...

La sonnerie d'un ascenseur l'arracha à ces réflexions douloureuses. Luis parut aussi émerger de sa torpeur et, finalement, ce dernier courut vers la montée d'escaliers comme s'il avait le diable à ses trousses !

Jackson acheva de remplir ses fiches en soupirant. L'administratif n'était pas sa tasse de thé. Il affectionnait le terrain, le relationnel, son travail de protection et d'assistance. Être secouriste offrait par ailleurs l'énorme avantage de la mobilité. On passait d'un cas à l'autre sans s'attacher aux gens et cela tombait bien car il refusait catégoriquement que l'affectif perturbe ses missions.

Tout le monde partait un jour ou l'autre. La vie n'était qu'une succession d'êtres de passage, à quelques exceptions près. Mieux valait le savoir pour éviter de souffrir.

Une légère tape sur son dos le fit sursauter.

— Je vais y aller, moi, dit Ned. As-tu besoin de quelque chose dans le fourgon ?

— Non, merci. Je vais descendre au vestiaire prendre une douche avant ma réunion. Va vite te reposer, Ned. À demain.

Son équipier parti, Jackson jeta un coup d'œil sur la télévision fixée au-dessus du comptoir. La chaîne locale annonçait en boucle que *Mathilda*, la tempête tropicale prévue pour la semaine suivante, allait être catégorisée en ouragan. Une frange du secteur des Keys risquait de subir son impact avant qu'il ne se dirige vers l'intérieur des terres.

Rien de nouveau sous le soleil de Floride en ce mois d'août. Les équipes d'intervention s'étaient déjà réunies plusieurs fois depuis mai, au début de la « saison des ouragans ».

Cette fois, pourtant, la situation était différente car les autorités fédérales avaient nommé Jackson coordinateur des secours. De plus, il était pressenti pour diriger le service régional des ambulanciers, dont le chef allait partir à la retraite. Il devait donc se montrer à la hauteur de l'enjeu.

En toute honnêteté, il se sentait prêt. Il exerçait sur le secteur depuis quatre ans, après un passage formateur par le sauvetage en mer. Il connaissait le sud de la Floride comme sa poche. Il n'ignorait rien des dangers liés à l'océan, au climat, à la configuration particulière des lieux.

— Excusez-moi... Pourriez-vous m'indiquer la salle de conférences, s'il vous plaît ? Je viens pour le briefing des équipes d'intervention.

Pivotant, il découvrit une jeune femme brune de petite taille, flanquée d'un énorme golden retriever. Presque aussi gros que sa maîtresse, l'animal portait l'habit rouge des chiens de thérapie. Il avait une bouille irrésistible avec sa grosse tête et sa langue pendante, et Jackson se pencha pour lui gratouiller les oreilles.

— Salut... Tu es mignon, toi.

— Il s'appelle Sam et il est en service ! protesta sèchement sa maîtresse. Où dois-je aller, s'il vous plaît ? Je ne voudrais pas être en retard.

Elle paraissait nerveuse, et Jackson lui adressa le sourire apaisant qu'il réservait aux malades difficiles.

— Pardon, j'aurais dû vous demander l'autorisation

de caresser le chien… Venez, je vais vous montrer la salle, ajouta-t-il, désignant le couloir. Ceci dit, vous avez cinquante minutes d'avance. Le briefing démarre à 15 heures.

— Je sais. Je préfère arriver tôt pour bien me préparer.

Quittant les urgences, ils longèrent le corridor qui desservait le bâtiment administratif.

Jackson lança un coup d'œil oblique à sa compagne. Elle était ravissante, mais elle aurait été plus jolie encore sans ce froncement de sourcils…

— « Toujours prêt », c'est la devise des boy-scouts, non ? dit-il d'un ton amical pour détendre l'atmosphère.

— Peut-être. Je n'en sais rien.

Elle se déplaçait avec précaution, en fixant le sol. Elle semblait marcher sur des œufs et la curiosité de Jackson monta d'un cran. Pourquoi avait-elle les joues si roses ? Était-ce à cause de la chaleur ? Lui en voulait-elle toujours d'avoir caressé son chien ? En tout cas, elle n'était pas très bavarde !

Quand ils atteignirent leur but, elle se tourna finalement vers lui, mais garda les yeux baissés sur Sam.

— Merci, dit-elle d'un ton bref.

— Je vous en prie.

Il la dévisagea, intrigué. D'habitude, les gens l'appréciaient et, sans fausse modestie, il avait conscience de plaire aux femmes. Mais celle-ci n'avait apparemment qu'une hâte : lui fausser compagnie.

— À tout à l'heure, ajouta-t-il.

La confusion se peignit sur les traits délicats de son interlocutrice qui plissa le nez de manière charmante.

— Euh… Pourquoi ?

— Parce que je serai à la réunion. Au fait, je m'appelle Jackson Durand.

S'il espérait qu'elle se présente, il en fut pour ses frais.

Elle entra dans la salle de conférences, son chien sur les talons, puis referma la porte derrière elle sans un mot.

Il n'en fallut pas davantage pour piquer la fierté – autant que la curiosité – de Jackson. Cette femme était un mystère et il ne comprenait rien à son attitude. Mais sans le savoir, elle était tombée sur le bon interlocuteur. Il adorait les défis !

Lucy Miller s'installa en bout de table, le plus loin possible de l'estrade, près de la fenêtre. Puis elle ferma les paupières et exhala profondément.

Tu peux le faire. Tu contrôles la situation.

Sam s'était couché à ses pieds, prêt pour une sieste. Tout allait bien. Elle avait encore quarante-six minutes à attendre, mais cela ne la dérangeait pas.

Idéalement, elle aurait préféré un compte rond. Une heure pile d'avance lui aurait mieux convenu. Mais elle s'était attardée au chevet d'un patient qui adorait Sam. Et ensuite, aux urgences, elle avait dû demander son chemin à ce type...

Ses épaules s'affaissèrent et, dans le mouvement, son grand cabas glissa jusqu'au sol, aussi le récupéra-t-elle pour le suspendre au dossier de sa chaise. Non, elle ne se découragerait pas. Elle devait ignorer la petite voix dans sa tête. Elle pouvait se débrouiller sans ces rituels absurdes.

Elle maîtrisait sa vie. Elle gérait, contrairement à ce que ses proches lui avaient répété mille fois. Car ses parents et son ex-fiancé – cet imbécile de Robert – l'avaient écrasée plus qu'ils ne l'avaient soutenue !

Depuis son départ, elle avait prouvé qu'elle était une femme forte. Son thérapeute le lui répétait toujours et elle essayait de le croire. Même si certaines journées s'avéraient plus difficiles à négocier que d'autres…

Les endroits inconnus la mettaient mal à l'aise. En général, elle évitait de quitter son refuge animalier de Big Pine Key, sauf nécessité absolue. Néanmoins, la perspective d'une tempête tropicale l'avait fait sortir de sa tanière. Elle avait promis de recueillir les animaux blessés ou perdus, et elle tiendrait parole, coûte que coûte.

Stressée et incommodée par la chaleur étouffante, elle tendit le cou pour mieux sentir l'air frais du ventilateur.

Dieu merci, elle n'aurait pas à prendre la parole puisqu'elle était là en qualité d'observatrice. De fait, elle ne possédait aucun chien sauveteur. Elle se contentait d'offrir quelques interventions thérapeutiques avec Bubba – un cacatoès doté d'un incroyable sens de la communication – et, bien sûr, avec Sam, son meilleur ami. Un vrai chien « boy-scout », comme aurait dit Jackson Durand.

Les traits virils de l'ambulancier s'imprimèrent dans sa mémoire tel un flash. Sa beauté masculine, sans concession, et son sourire charmeur ne l'avaient pas laissée indifférente.

Bas les pattes. Tu n'as pas besoin de ça.

Depuis la trahison de Robert, Lucy fuyait les hommes comme la peste. Cette relation toxique – un simulacre de fiançailles - l'avait blessée trop profondément pour qu'elle retombe dans le piège. Depuis son départ de Charleston, elle était libre. Elle contrôlait sa vie et refuserait désormais de se laisser manipuler.

N'y pense plus. Concentre-toi sur les nombres.

Quarante-sept pas. Elle avait fait quarante-sept pas depuis les urgences jusqu'à cette salle, en évitant tous les joints de carrelage. Un grand progrès

Son trouble obsessionnel compulsif la poussait à tout

compter sans arrêt. Elle enregistrait les mètres parcourus pour aller d'un endroit à un autre. Les coups de peigne qu'elle se donnait le matin. Le nombre de fois où elle tapait sur son clavier quand elle devait remplir un dossier en ligne.

Elle était devenue vétérinaire pour prouver à ses parents et à Robert qu'ils l'avaient mal jugée. Et, bien sûr, parce qu'elle adorait les animaux. Eux, au moins, ne mentaient pas. On pouvait toujours leur faire confiance.

Perdue dans ses pensées, elle réalisa vaguement que la salle commençait à se remplir. Elle ne connaissait aucun des intervenants, sauf Stacy. Elle était venue pour lui faire plaisir. Mais hélas, son amie n'était toujours pas là, et sa nervosité monta d'un cran.

Pour se rassurer, elle sortit son bloc-notes, puis plusieurs stylos qu'elle aligna méticuleusement sur la table. Elle s'inspecta ensuite dans son miroir de poche et réprima un soupir. Elle avait une tête « acceptable », comme aurait dit Robert. Le hic, c'est qu'elle en avait plus qu'assez de se battre pour s'intégrer à la société.

Si elle avait pu arrêter la machine infernale qui tournait dans son cerveau, elle l'aurait fait. Mais jusqu'alors, elle n'avait pas trouvé le bouton « off ». Si elle ne cédait pas à ses TOC, les angoisses empiraient !

À sa décharge, les deux dernières années n'avaient pas été un long fleuve tranquille. Elle avait quitté Charleston. Elle s'était installée à Key West. Et, finalement, elle avait appris à s'accepter telle qu'elle était.

Tant pis si elle ne voyait plus sa famille. Tant pis si elle ne fréquentait personne. La solitude était un prix dérisoire à payer en échange de la liberté et, surtout, de la paix. D'ailleurs, elle n'était pas seule : elle avait ses animaux chéris.

Son estomac se contracta à la perspective de la tempête imminente.

Bien sûr, elle connaissait le climat de Floride, ayant été largement informée. Elle savait aussi que les anciens propriétaires avaient renforcé les protections anti-ouragans de la clinique. Mais malgré cela... Elle allait devenir folle s'il arrivait malheur à son sanctuaire !

Quoiqu'il advienne, elle n'évacuerait pas les lieux. Elle resterait à la barre jusqu'au bout.

Tu es courageuse. Tu y arriveras.

— Hello, Lucy. Je suis un peu en retard, désolée.

Stacy était arrivée sans qu'elle s'en aperçoive. Elle lui sourit, enchantée de la voir.

— Je t'ai aperçue aux urgences avec Jackson, mais ensuite, vous avez disparu, enchaîna Stacy. Tu es tombée sous le charme ou quoi ? Je me méfierais à ta place. C'est un vrai bourreau des cœurs, et il a une réputation d'enfer !

Lucy fronça les sourcils. Elle voulait bien croire que le charme viril de Jackson Durand puisse faire des ravages. Avec sa carrure imposante, son visage mat aux traits ciselés et son magnifique regard émeraude teinté d'ambre, il avait tout ce qu'il fallait pour être un « tombeur ».

Mais non, merci, elle n'était pas intéressée. Il était trop beau pour être honnête...

Heureusement, Sam fit diversion, la dispensant de répondre. Son compagnon à quatre pattes s'était mis à tournoyer autour de Stacy qui le caressait en riant.

Ce chien aimait tout le monde et les gens le lui rendaient bien. Au fond, lui et Lucy étaient d'exacts contraires. Là où elle se montrait méfiante et réservée, il avait un tempérament plus qu'amical. Ils formaient une bonne équipe et se complétaient à la perfection.

— Il va y avoir du monde, murmura-t-elle, inquiète de voir un groupe arriver.

Pour le coup, la présence de sa meilleure amie la rassurait énormément. À ses yeux, Stacy était la femme la plus géniale de l'univers. C'était une très belle personne, gentille et généreuse. Quant à Miguel, son fils, c'était un amour !

Ensemble, ils venaient au refuge presque chaque week-end. Miguel souffrait d'un autisme léger et la présence des animaux lui faisait du bien. Lucy avait même contacté un éleveur canin pour que le garçonnet puisse avoir un chien de thérapie et le projet allait bientôt aboutir, à sa grande satisfaction.

— On sera une vingtaine, répondit Stacy. Je sais que tu détestes la foule et Miguel est comme toi.

Puis elle prit son téléphone dans sa poche d'uniforme et scruta l'écran.

— Pardon, mais un de nos gars vient de se faire renverser à moto. Il est aux urgences avec le fémur brisé et une suspicion d'hémorragie interne.

— Oh ! non ! Je suis désolée. J'espère qu'il va s'en sortir.

Pour sa part, Lucy n'était jamais montée sur une moto. Elle n'aimait pas les risques inutiles. Elle avait trop peur.

— Merci, répondit Stacy en soupirant. Reed a été transféré au bloc. Quand on pense qu'une vie peut basculer comme ça, en cinq secondes…

Lucy eut l'impression étrange que son amie ne parlait pas que de l'accident. Elle lui pressa la main par-dessus la table.

— Tu as l'air toute chamboulée. Tu es sûre que ça va ?

— Oui. Enfin, non. J'ai croisé quelqu'un aux urgences… Un type que je ne pensais pas revoir… Et maintenant…

— Bonjour à tous !

La voix masculine fit sursauter Lucy. Elle tourna la

tête, et son cœur manqua un battement lorsqu'elle vit Jackson Durand sur l'estrade. Les cheveux humides, il avait troqué son uniforme contre un pantalon de toile beige et un polo blanc qui faisait ressortir son bronzage.

Perturbée, elle prit un stylo et commença à tapoter en rythme sur son bloc-notes.

À cette minute précise, elle avait oublié la météo. Elle n'avait plus peur de *Mathilda*. Son instinct lui soufflait que Jackson Durand serait bien plus dangereux qu'une tempête !

2

— Bonjour et bienvenue ! En tant que coordinateur des secours, je vous remercie de vous être libérés pour ce briefing. Stacy Williams, cheffe adjointe des pompiers, va d'abord faire le point sur la formation des équipes de déblaiement et nettoyage.

Après avoir tendu son micro à Stacy, Jackson recula légèrement vers le mur. Sa position offrait un point de vue idéal sur l'« inconnue du couloir » et il l'observa, intrigué.

Assise en bout de table, elle tapotait un stylo sur son carnet, le regard fixe, les jambes en mouvement comme si elle allait bondir. Jackson pouvait comprendre son inquiétude – tout le monde était un peu nerveux –, mais quand même... Les Floridiens connaissaient les caprices de la météo. Personne ne s'affolait avant que la tempête ne tourne à l'ouragan.

Les gestes nerveux et répétés de cette femme faisaient penser à autre chose. Souffrait-elle d'angoisse, de TOC ou peut-être des deux ?

Du coin de l'œil, Jackson vit Luis se glisser discrètement près de lui. Son frère n'était jamais en retard d'habitude, et sa manière de regarder fixement Stacy Williams l'étonna. Comme aux urgences, un peu plus tôt, il eut l'impression qu'il y avait anguille sous roche.

— Tout va bien ? chuchota-t-il.

— Quoi ?

Luis cligna des paupières puis, émergeant d'un monde apparemment lointain, le regarda droit dans les yeux.

— Oui, très bien. Je suis juste un peu fatigué et, surtout, inquiet pour Reed... Ai-je raté quelque chose ?

— Non. On vient de commencer.

Luis n'était jamais fatigué. Tel un super héros, il repoussait inlassablement les limites de l'abnégation, si bien que Jackson, de deux ans son cadet, l'avait toujours considéré comme un modèle. Il l'admirait. Il le connaissait par cœur et *savait* qu'il y avait un problème.

Néanmoins, le moment était mal choisi pour en discuter. D'un geste discret du menton, il désigna l'inconnue.

— Qui est cette fille là-bas, avec le chien ? Tu la connais ?

— ... Et je souhaite la bienvenue à mon amie, Lucy Miller, une vétérinaire de choc. Elle tient un refuge animalier à Big Pine Key, et elle a gentiment accepté d'aider les associations locales car beaucoup d'animaux auront besoin d'être soignés et recueillis après la tempête.

S'adressant au groupe, Stacy venait sans le savoir de répondre à la question de Jackson. Quant à Lucy Miller, elle était devenue pivoine et il eut pitié d'elle. Elle semblait très mal à l'aise...

— Pourquoi ne m'as-tu pas dit qu'elle serait là ? chuchota Luis d'un ton peu amène.

— Hein ? Qui donc ? Stacy ?

Il regarda son frère, interloqué. Pourquoi aurait-il dit quelque chose ? Il ne savait même pas que Luis et la jeune femme se connaissaient !

— ... Voilà, c'est tout pour aujourd'hui. Notre chef va maintenant vous parler du plan d'intervention.

Oubliant les états d'âme de Luis, Jackson rejoignit l'estrade.

— Merci, Stacy, dit-il. Comme vous le savez, les sauveteurs se trouvent en première ligne. Je ne reprendrai pas toute la procédure, un dossier spécial vous parviendra demain. Je peux quand même vous dire que la tour de contrôle sera basée ici, à l'hôpital. Je relaierai les informations aux autorités et aux médias, et bien sûr, je déploierai les moyens adaptés à chaque situation locale.

Pour avoir participé à moult opérations semblables, Jackson connaissait son affaire. C'était néanmoins la première fois qu'il se trouvait aux commandes. Or, même si cette promotion le réjouissait, il se sentait aussi un peu triste.

Sa mère biologique aurait-elle été fière de son parcours ? Allons, ce n'était pas la peine d'y penser. En vingt-cinq ans, elle n'avait donné aucun signe de vie et avait pris ses précautions pour qu'il ne puisse pas la retrouver.

Balayant ces réflexions, il acheva sa présentation, qu'il avait voulue claire et concise. Il donna ensuite la parole au chef de la police, lequel devait spécifier les mesures réglementaires et légales adaptées au contexte.

Cette fois, il alla s'asseoir près de la porte et, aussitôt, il regarda Lucy Miller. C'était plus fort que lui. Cette femme l'intriguait. Il ne pouvait pas s'empêcher de la dévisager !

Son nom lui allait bien. Il était simple, comme elle. Elle aurait pu se fondre n'importe où avec son T-shirt kaki et sa chevelure brune rassemblée en une stricte queue-de-cheval. Avait-elle seulement conscience de sa beauté ? Elle n'usait d'aucun artifice et, au contraire, semblait résolue à se faire oublier. Qu'elle était jolie, pourtant !

Voyant qu'il l'observait, elle fronça les sourcils, puis tapota en rythme sur ses bras croisés. Un, deux, trois. Un deux, trois… Oui, décidément, il y avait quelque chose. Il devait essayer d'en savoir davantage à son sujet.

— … C'est bien ça, Jackson ?

Le chef de la police venait de se tourner vers lui et il sursauta, paniqué. D'habitude, il ne perdait jamais le fil. Connu pour son efficacité, il prévoyait toutes les réponses avant même qu'on ne l'interroge. Comment avait-il pu se laisser distraire dans un moment pareil ?

— La météo, murmura Luis, volant à son secours.

— Euh… oui. Selon les prévisions pour la semaine prochaine, *Mathilda* passera à l'ouest des Keys. Une frange minime des terres devrait être impactée, d'où l'alerte de niveau 3. Néanmoins, si les vents tournent, il faudra renforcer les mesures. Surveillez bien vos portables. Et rappelez-vous que, si nous passons en niveau 1, toutes les équipes d'intervention devront se confiner dans le périmètre de Key West. Avec un peu de chance, on n'en arrivera pas là, mais mieux vaut s'y préparer.

Il posa ses notes et, comme si un aimant attirait son regard, pivota vers Lucy. Elle bavardait avec Stacy, venue s'asseoir à côté d'elle. Elle semblait plus détendue, à présent, et en la voyant sourire, il eut l'impression de recevoir un grand coup dans la poitrine.

Ce sourire lumineux l'avait touché en plein cœur…

Irrité, il se détourna. Il n'avait pas le temps de s'intéresser aux femmes. Focalisé sur sa carrière, il y consacrait toute son énergie. S'il devenait directeur, il gagnerait plus d'argent et pourrait acheter une maison. Il aimait beaucoup sa péniche, mais peut-être gagnerait-il à se fixer un peu ?

Il faillit éclater de rire. Il n'était pas du genre à se « fixer », ni au quotidien ni auprès d'une compagne. Il mourait de peur à l'idée de s'engager et sa vie lui convenait parfaitement. Ou presque. Tout était dans le « presque ».

Heureusement, le briefing se terminait. Encore quelques minutes, et il pourrait conclure la séance, puis retourner à ses occupations. Il n'aurait plus Lucy Miller devant lui, ce qui vaudrait cent fois mieux pour sa tranquillité d'esprit.

Lucy s'était efforcée de suivre la réunion. Elle avait pris des notes en essayant d'ignorer les regards appuyés de Jackson Durand. Néanmoins, elle avait eu du mal à se concentrer, surtout après l'intervention de Stacy.

Pourquoi son amie l'avait-elle présentée à tout le monde sans crier gare ? Elle avait eu envie de disparaître sous terre à ce moment-là !

Au moins, maintenant, la corvée était finie. Sam faisait son show. Beaucoup de gens s'arrêtaient pour le caresser avant de partir et, finalement, c'était très bien ainsi. Tant qu'ils s'intéressaient à lui, elle avait la paix.

Elle allait ranger ses affaires quand elle vit, consternée, que Jackson Durand s'était installé sur la chaise vacante de Stacy.

— Coucou, Lucy Miller, dit-il d'une voix profonde.

Elle eut soudain très chaud et baissa les yeux sur la table. Quel toupet ! En l'escortant jusqu'à la salle, un peu plus tôt, il s'était bien gardé de préciser sa fonction. Il ne lui avait pas dit qu'il allait diriger les opérations de sauvetage !

Si elle avait pu, elle lui aurait décoché un grand coup de pied dans le tibia, mais hélas, Sam s'était collé à lui. Ce chien avait pourtant un instinct sûr, d'habitude. Que trouvait-il à cet énergumène ?

— Vous vouliez quelque chose ? demanda-t-elle sèchement.

Comme il ne répondait pas, elle fut bien obligée de le

regarder… et le regretta aussitôt en voyant qu'il la dévisageait avec une curiosité non dissimulée.

Tendue, elle prit son stylo violet puis le serra dans son poing. Mais bien sûr, c'était un réflexe idiot. À présent, ses affaires n'étaient plus en ordre et, déjà, ses doigts fourmillaient.

Elle inspecta les autres crayons, vérifiant qu'ils étaient bien alignés sur la table. Rouge, bleu, noir, vert. Elle plaçait toujours le rouge en premier puisque c'était sa couleur de prédilection.

Tu peux le faire. Tu maîtrises.

— Tout va bien, Lucy ? Quelque chose vous embête ?

Perdue, elle reporta son attention sur Jackson. Elle avait pris ses médicaments avant de partir, mais elle aurait dû doubler la dose. Son psychiatre lui avait recommandé de le faire quand elle risquait d'être perturbée. La prochaine fois, elle tiendrait compte de son avis.

Tu n'es qu'une paumée. Une imbécile.

— Hé, là…

Jackson se pencha en avant, les coudes sur les genoux. Il n'en fallut pas davantage pour que Sam - prenant ce geste pour une invitation - lui saute dessus avant de lui lécher le visage dans un débordement d'affection.

Hilare, Jackson tendit le cou par-dessus la montagne de poils et de muscles qui lui bloquait la vue. Cet incident eut le mérite d'arracher Lucy à ses pensées néfastes. Horriblement gênée, elle tira sur la laisse de Sam.

— Descends ! Assis ! Excusez-moi… Il se comporte beaucoup mieux que ça d'habitude.

Riant toujours, Jackson s'essuya les joues d'un revers de manche.

— Ce n'est pas grave ! J'ai l'habitude de plaire… Enfin, normalement, c'est plutôt aux dames.

Elle eut un rire incrédule.

— Ça va, les chevilles ?

— Très bien, merci !

Lorsqu'il allongea un coude sur la table, les crayons s'éparpillèrent. Consternée, elle voulut les remettre en place. Néanmoins, elle ne pouvait pas le faire sans lui toucher le bras et préféra s'abstenir.

— Je voulais qu'on fasse mieux connaissance, reprit Jackson. Vous ne vous êtes pas présentée, tout à l'heure.

Je m'en moque ! Ce qui compte, c'est que mes affaires soient en ordre…

Jackson avait bougé de quelques centimètres et, ignorant sa main tendue, elle saisit l'occasion de réaligner ses stylos. Il haussa les sourcils puis se rejeta en arrière sur sa chaise.

— Alors comme ça, vous êtes vétérinaire ?

— Oui. Pourquoi ?

Il haussa les épaules.

— Pour rien. J'aurais pu vous les donner, si vous me l'aviez demandé…

— Donner quoi ?

— Vos stylos.

Rouge, bleu, noir, vert, violet. Tout était en place. À présent, elle pouvait mobiliser son énergie ailleurs, et songer à partir. La journée avait été épuisante. Elle avait besoin de retrouver son sanctuaire.

— Sam est fatigué, dit-elle, mentant sans vergogne. Normalement, il sait se tenir, mais il doit en avoir assez d'attendre. Sinon, il ne vous aurait pas sauté dessus.

— Cela ne fait rien, voyons. Comme je vous l'ai dit, c'est mon charme naturel. J'ai l'habitude de plaire…

Son sourire en coin fit naître un délicieux frisson dans

son dos. Oh ! là là… Elle devait fuir, maintenant, tout de suite !

— Tant mieux pour vous, répondit-elle sèchement. Perso, vous ne m'intéressez pas. Enfin… Vous êtes très bien, mais… Bref.

Le sourire de Jackson s'élargit et il continua de la dévisager en croisant les bras sur la poitrine. Se sentant devenir rouge comme une pivoine, elle tapota le sol du bout du pied.

— Je veux dire… Chacun est comme il est. Vous êtes vous, je suis moi… et voilà. On ne peut rien y changer.

Seigneur… Où avait-elle pêché cette brillante déclaration ?

— Entièrement d'accord avec vous, répliqua Jackson d'un ton sérieux. C'est dommage pour les imbéciles, mais ni vous ni moi n'en faisons partie.

Elle s'esclaffa, ce qui balaya la tension nerveuse qui l'habitait.

— Je suis ravie de l'apprendre.

— Et moi, je suis ravi d'avoir fait votre connaissance, Lucy Miller. Le plan de prévention sera finalisé demain matin. Donnez-moi donc l'adresse de votre refuge et je vous le déposerai, ce qui vous évitera de l'imprimer.

— Mais… Je ne voudrais pas…

— Je suis de repos demain. Il n'y a aucun souci. Sauf si vous préférez que je ne vienne pas ?

Elle *préférait* effectivement, et il avait dû le deviner ! Que faire, que répondre ? Des pensées incongrues l'envahissaient à nouveau, mais, cette fois, sans aucun rapport avec ses TOC.

Quel effet cela ferait-il de glisser les doigts dans l'épaisse chevelure noire de Jackson ? De caresser sa mâchoire aux contours fermes, ombrée d'un léger duvet ? D'effacer le sourire narquois sur ses lèvres par un baiser brûlant ?

— Ne vous inquiétez pas, je chercherai votre adresse sur Internet, reprit-il, moqueur. Et si cela peut vous rassurer, je resterai sagement à la porte. À demain, Lucy.

Jackson s'était levé et elle l'imita, perturbée à l'extrême. Puis, comme il s'éloignait, elle le suivit du regard.

Elle le croyait sur parole quand il se vantait de son succès auprès des femmes. Avec ses épaules larges, son torse musclé et ses hanches étroites, il avait tous les attributs du parfait séducteur. Quant à son visage...

D'un mouvement preste, elle rassembla ses affaires. Sam gémit à ses pieds et elle lui tapota la tête.

— Oui, monsieur, on s'en va. Je suis d'accord avec toi. On a assez traîné pour aujourd'hui.

3

Comme tous ses congénères, Bubba détestait les médicaments. Mais le cacatoès était en pleine mue et, qu'il le veuille ou non, il devait prendre des compléments alimentaires.

Lucy jeta un regard attendri sur sa tête chauve – il ne lui restait plus qu'une jolie crête vermeille –, puis elle lui donna un morceau d'orange qui cachait une pilule de vitamines.

Elle avait recueilli Bubba suite au décès de son propriétaire, un monsieur âgé. À l'époque, elle venait d'emménager à Big Pine Keys, et son mentor, le Dr Dave Adams, qui exerçait non loin, avait pensé qu'elle et l'oiseau feraient bon ménage.

Dave avait vu juste : elle avait vite apprivoisé ce perroquet de douze ans, féru de musique et capable de « réciter » plusieurs paroles de chansons à la demande !

— Allez, mon Bubba. Bon appétit... Voilà, super...

Sam, se sentant délaissé, commença à gémir.

— Dis donc, toi ! Tu n'aimes pas les oranges. Et en plus, je viens de te donner une friandise.

Soudain, la porte s'ouvrit en grand, livrant passage à Jackson. Le bruit fit sursauter Bubba qui recula au fond de sa cage. Ce fut moins une que Lucy ne batte en retraite derrière son bureau, elle aussi.

D'habitude, elle n'angoissait pas au travail. Elle avait les idées claires et ses TOC la perturbaient rarement. Mais le simple fait de voir Jackson lui mettait les nerfs en pelote.

Bubba, percevant son malaise, s'agita sur son perchoir.

— L'amouur est en… fant de Bohêeeme…, coassa-t-il.

— Calme-toi, dit-elle d'une voix douce.

Sam, lui, n'avait pas ce genre d'états d'âme : il avait déjà bondi vers la porte pour accueillir le visiteur.

— Ça va aller, Bubba, répéta Lucy comme pour mieux s'en convaincre.

L'« amour » n'avait évidemment rien à voir dans sa relation avec Jackson Durand. Elle ne voulait rien *ressentir* pour lui car elle avait exclu les hommes de son univers une bonne fois pour toutes.

— Vous êtes en retard, dit-elle d'un ton accusateur. Vous m'aviez dit « 10 heures » au téléphone.

— Je sais. Je suis désolé. J'ai eu un petit problème.

Lorsqu'il s'avança dans la pièce, elle remarqua qu'il marchait bizarrement. Il avait un gros dossier sous le coude et portait un drap de plage roulé en boule dans ses mains tendues. Mais… La serviette bougeait !

— Qu'est-ce que c'est ? demanda-t-elle, intriguée.

Il courut vers la table d'examen et y déposa son fardeau avec d'infinies précautions.

— J'ai trouvé cette pauvre bête au milieu de l'autoroute, en venant ici, expliqua-t-il.

L'instinct professionnel de Lucy l'emporta sur le reste. Oubliant son trouble, elle enfila une paire de gants et se rapprocha de la table.

— Savez-vous ce qui s'est passé ?

— Pas vraiment. J'ai vu une petite chose se tortiller

près de la ligne médiane. Par réflexe, je me suis arrêté sur la bande d'arrêt d'urgence et je l'ai récupéré. Comme je venais ici, j'ai pensé que vous sauriez quoi faire.

— Vous avez eu entièrement raison.

Elle déplia la serviette avec douceur puis évalua rapidement la situation. Son nouveau patient était un chat bengal, ou plutôt un chaton de cinq ou six semaines, de sexe mâle, en sous-poids. Léthargique, il ouvrait à peine les yeux. Le malheureux avait la patte arrière gauche presque arrachée au niveau du genou. La blessure avait coagulé et il ne saignait quasiment plus.

— Il a dû traverser la voie. Ou alors, quelqu'un l'aura jeté d'une voiture..., commenta-t-elle, révoltée. Restez près de lui pendant que je prépare mon matériel.

— Bien sûr... Allez, mon petit chat, on va bien s'occuper de toi. N'aie pas peur. On est là pour t'aider.

Émue par la gentillesse de Jackson, Lucy prit une poche de solution saline qu'elle plaça dans le four à micro-ondes réservé à cet usage. Puis, pendant que le liquide chauffait, elle brancha une mini-couverture électrique. Lorsque la température fut bonne, elle couvrit délicatement le petit corps du félin.

— C'est mieux, pas vrai, bonhomme ? chuchota-t-elle.

À l'aide d'un otoscope, elle lui inspecta les oreilles. Ceci fait, elle lui regarda l'intérieur de la bouche : les gencives étaient pâles, mais les dents, intactes. Enfin, elle vérifia sa température et constata, soulagée, que l'hypothermie était moins grave qu'elle le craignait.

Elle déposa son thermomètre dans le stérilisateur puis roula les épaules pour décrisper ses muscles. L'idée que ce pauvre animal ait pu être maltraité la révulsait. La cruauté sous toutes ses formes la mettait dans une colère noire.

Voilà pourquoi elle avait érigé des barrières infranchissables autour de son cœur depuis la trahison de Robert. Certes, il ne lui avait jamais fait de mal physiquement, mais il avait piétiné sa confiance. Depuis ce fiasco, elle avait banni le mot « amour » de son vocabulaire !

Résolument, elle chaussa son stéthoscope pour ausculter le chat. Elle ne nota rien d'alarmant et se réjouit de constater que la tension était correcte. Néanmoins, le malheureux gémit quand elle voulut regarder sa patte blessée.

— Je sais, mon cœur, ça fait mal… Je vais vite te soulager. Tu vas te sentir mieux, c'est promis.

Le regard de Jackson sur sa nuque la brûlait, mais elle l'ignora. Elle n'aimait pas qu'il lui fasse autant d'effet. Elle trouvait cela… très dérangeant.

Elle se concentra sur sa mission et réprima un soupir. Même si la blessure ne semblait pas infectée, le chaton devrait subir une amputation de la patte. Prévoyante, elle lui posa donc la perfusion qu'elle avait préparée en y ajoutant une bonne dose d'antibiotiques.

— Il va s'en sortir, annonça-t-elle. C'est une chance que vous vous soyez arrêté, sinon, il n'aurait pas fait long feu sur l'autoroute. Malheureusement, il n'échappera pas à l'amputation, mais mon collègue, le Dr Dave Adams – un de mes anciens professeurs – est un crack. Avec lui, ce chaton sera en de très bonnes mains.

— Ne pourriez-vous opérer vous-même ?

— D'habitude, si, mais les prévisions météo ont impacté les transports et ma commande de produits n'est pas arrivée. Mais rassurez-vous, Dave est le meilleur chirurgien que je connaisse. Et bonne nouvelle, nous avons passé un accord tarifaire pour les animaux qui transitent par mon refuge.

Jackson secoua la tête.

— Peu importe le prix, je paierai ce qu'il faut. L'essentiel, c'est qu'on le sauve.

Elle sentit sa poitrine se contracter. Qu'il puisse avoir cette gentillesse, cette générosité la touchait profondément. Mais non, non, non ! Elle ne devait pas se laisser déborder par ses émotions !

— Réussira-t-il à vivre sur trois pattes ? demanda Jackson. Les humains peuvent s'adapter, mais les animaux…

— Il est jeune, il y arrivera très bien. Après une période de convalescence, naturellement.

Le visage de Jackson s'illumina d'un large sourire. Il effleura d'un doigt la tête de son protégé.

— Mon petit gars, tu as de la chance dans ton malheur. Je t'ai conduit au bon endroit !

Sensible à la caresse, le félin braqua un regard adorateur sur Jackson, et Lucy sentit sa gorge se nouer. On aurait dit qu'un lien s'était déjà tissé entre ces deux-là. Le petit chat *faisait confiance* à l'homme qui l'avait recueilli. Elle aurait aimé pouvoir en dire autant…

— Comptez-vous l'adopter ? demanda-t-elle.

— Oh ! euh… Je ne sais pas. Je ne suis pas sûr…

Il parut chercher ses mots, puis reprit :

— Je travaille beaucoup, je suis rarement chez moi. En plus, je n'ai jamais eu d'animal. Mais… Si personne ne veut de lui, je pourrais au moins être sa famille d'accueil.

— C'est un bon début. Aimeriez-vous lui donner un nom ?

Il fronça les sourcils, l'air sérieux.

— Bien sûr, il faut commencer par là. Ce n'est pas très original… mais il ressemble à Tigrou.

Elle s'esclaffa, attendrie.

— Vous avez raison ! Allez, Tigrou, je vais te faire un bilan complet avant d'appeler le Dr Dave.

Elle effectua un prélèvement sanguin et prit le temps de vérifier la numération et les plaquettes. Après quoi, rassurée, elle décrocha son téléphone.

— Dave ? Salut... oui, bien. J'ai une chirurgie, un chaton qui doit être amputé d'une patte. Peux-tu faire ça avant la tempête ? Oui, je l'ai stabilisé. Super, merci. Je te le dépose dans un moment.

Lorsqu'elle eut raccroché, le regard hypnotique de Jackson se fixa au sien. Plus tôt ils partiraient, mieux cela vaudrait pour Tigrou... et pour elle.

— Dave nous attend. Si vous conduisez, je pourrai tenir Tigrou dans mes bras, dit-elle.

— Parfait. Allons-y.

Fascinée par le sourire de Jackson, Lucy s'aperçut tout à coup qu'elle avait oublié de respirer. De mieux en mieux, vraiment. Tout ceci ne lui disait rien qui vaille !

Resté seul à l'accueil de la clinique vétérinaire, Jackson inspectait les lieux avec une certaine nervosité.

Quelle idée avait-il eu de recueillir un chaton infirme ? Il n'avait pas le temps de jouer les pères nourriciers. S'il devenait directeur régional, il serait encore moins souvent chez lui. Or, il *voulait* ce poste. Il n'osait pas imaginer sa déception si le saint Graal lui échappait...

Conscient qu'il ne tenait pas en place, il inspecta les étagères de jouets et friandises pour se changer les idées. Il avait la bougeotte depuis un certain temps déjà. Précisément, depuis le jour où il avait déposé son prélèvement ADN au tribunal de Miami.

Il aurait dû laisser tomber, mais cela avait été plus fort que lui. Sachant qu'il existait un service spécialisé dans les recherches difficiles, il avait tenté sa chance. En vain, hélas. Sa mère biologique avait visiblement tout fait pour ne pas être retrouvée. Il avait appris ce matin-là que le traçage n'avait pas abouti...

Il avait beau se traiter d'idiot, rien n'y faisait : il éprouvait toujours cette impression de vide absolu. Travailler non-stop lui donnait l'illusion de combler ce manque et, surtout, de servir enfin à quelque chose.

Tu es un imbécile, Jackson. Tu ne changeras jamais.

Balayant ces réflexions, il se rapprocha du stand dédié aux félins.

Jouets colorés garnis de plumes, petites balles en tissu ou en caoutchouc : le choix était large et il sélectionna une souris en feutrine équipée d'un grelot. C'était peut-être idiot, mais autant faire les choses correctement !

Il poursuivit ses investigations en étudiant les sacs de croquettes et autres boîtes de pâtée bien alignées sur les rayonnages. Ne sachant que choisir, il demanda conseil à la réceptionniste et termina ses emplettes en ajoutant un bac et de la litière. Oui, il allait garder Tigrou, au moins un certain temps. Il ne revenait jamais sur sa parole. De plus, il éprouvait une réelle empathie pour ce pauvre animal abandonné et blessé !

Comme il réglait ses achats, une porte s'ouvrit au fond du hall. Lucy et le Dr Dave – un homme très sympathique âgé d'une cinquantaine d'années – arrivaient en bavardant avec animation et le cœur de Jackson bondit dans sa poitrine.

Cette Lucy détendue, souriante, n'avait rien à voir avec la femme nerveuse et pleine de tics de la veille. Qu'elle était jolie lorsqu'elle tombait le masque !

Il fronça les sourcils, contrarié. La fatigue de ses énormes journées de travail – cumulée à l'élaboration du plan tempête – lui jouait de mauvais tours. Il ne *voulait pas* s'intéresser à Lucy Miller. Il refusait de tomber sous le charme de ce ravissant minois. Il ne se laisserait pas intoxiquer par le parfum fleuri qui lui avait chatouillé les narines, d'abord au refuge, puis en voiture...

— ... Et c'est génial, Dave, merci. À tout à l'heure.

Le vétérinaire les salua tous les deux d'un geste puis fit demi-tour tandis que Lucy s'avançait dans le hall.

— Ça va ? demanda Jackson.

— Oui, très bien. L'opération va commencer.

— Parfait. En ont-ils pour longtemps ?

— Deux heures maximum, je pense. Dave m'enverra un SMS quand ils auront terminé.

Tout en discutant, ils regagnèrent le parking. Il ouvrit la portière passager de son vieux pick-up pour Lucy, qui se hissa en souplesse sur le siège. Après qu'il se fut installé au volant, elle se tourna vers lui.

— Tigrou restera en observation à la clinique, cette nuit, dit-elle. J'irai le chercher demain, mais je vous appellerai ce soir pour vous donner des nouvelles.

Il allongea le bras sur le côté en reculant le pick-up et, sentant Lucy frémir lorsqu'il lui effleura l'épaule, il se rembrunit. Décidément, l'atmosphère était électrique. À lui de ne pas céder au fantasme !

— J'ai une meilleure idée, répondit-il sans pouvoir s'en empêcher. Si on allait grignoter quelque chose dans le coin ? Comme ça, je pourrais repasser au cabinet du Dr Dave et m'assurer que tout va bien...

Quel imbécile... Pourquoi avait-il fait cette suggestion ? On trouvait mieux qu'inviter une femme à déjeuner pour maintenir ses distances !

— Je... Non. Je n'ai pas faim.

— Menteuse. Je vous ai vue loucher sur le distributeur de sandwichs, il y a cinq minutes, à la clinique.

— J'avais prévu de manger chez moi.

— Chez vous ou au restaurant, quelle différence ? Il faudra que vous mangiez, de toute manière.

Il aurait dû la prendre au mot et l'emmener au refuge plutôt que d'insister, mais la tentation était trop forte. Après avoir roulé sur une centaine de mètres le long de l'océan, il se gara devant un pub qu'il connaissait bien.

— Vous avez sauvé Tigrou, et j'aimerais vous inviter en guise de remerciement. On ne s'attardera pas. Je sais que vous avez du travail, et moi, je dois aller dormir.

Elle ouvrit la bouche puis la referma, les sourcils froncés. Finalement, elle déboucla sa ceinture et descendit du pick-up, la tête haute. Elle avait beau porter une vieille salopette, on aurait dit une princesse tant elle avait l'air hautain.

— Très bien, déjeunons, dit-elle en lui emboîtant le pas. Mais je paierai ma part.

Il réprima un sourire.

— Hors de question. Je suis un gentleman et je vous ai invitée.

— Un gentleman ? Ce n'est pas ce que dit Stacy. D'après elle, vous avez une réputation d'enfer.

Estomaqué, il la laissa prendre quelques longueurs d'avance sur le chemin. Qu'avait raconté Stacy au juste ? Il devrait avoir une petite conversation avec elle !

À leur arrivée, l'hôtesse du pub les escorta vers une jolie terrasse au bord de la marina. Il avait toujours aimé l'air salin, les odeurs de poisson grillé et les mouettes qui tournoyaient autour des convives. Il avait été élevé dans cette ambiance par ses parents adoptifs qui tenaient un établissement similaire, un peu plus loin sur la côte.

Après avoir commandé leurs boissons – thé glacé pour lui, eau citronnée pour Lucy –, ils prirent les menus laissés par le serveur. Lucy avait déjà nettoyé son siège et son côté avec une lingette désinfectante sortie de son sac avant de réaligner ses couverts avec une méticulosité hallucinante.

— Qu'est-ce qui vous ferait envie ? demanda-t-il, voyant qu'elle inspectait la carte avec perplexité. Moi, je vais prendre la salade de poulet grillé.

Il adorait les fruits de mer, mais il avait été habitué à l'excellence avec les recettes cubaines de ses parents. De plus, il ne s'imaginait pas commander un plateau car, à peine arrivée, Lucy semblait déjà pressée de partir !

Elle haussa les épaules.

— Aucune idée... Je ne connais pas leur cuisine.

— Sérieusement ? Vous habitez Big Pine Key et vous n'êtes jamais venue ici ?

— Non. En général, je cuisine chez moi. Ou alors je prends des plats à emporter, mais toujours au restaurant de ma rue. C'est plus simple.

— Hum... D'accord.

Quand le serveur revint avec leurs boissons et un carnet, Lucy commanda la même chose que lui, mais sans poulet, et avec les croûtons, les tomates cerise, les oignons et l'assaisonnement à part. Autrement dit, elle demandait une assiette de laitue, avec quelques à-côtés !

Médusé, il la regarda presser un quartier de citron dans son verre du bout des doigts. Lorsqu'elle eut fini, elle enveloppa le morceau d'agrume dans sa serviette en papier, la roula en boule et la poussa au coin de la table.

— Alors..., commença-t-il pour rompre le silence pesant.

Elle battit des paupières puis le regarda bien en face.

— Alors, je suis malade !

— Pardon ?

Même s'il l'avait compris, il n'aurait jamais cru qu'elle en parlerait. Néanmoins, il aurait pu s'en douter. Comme l'autisme, les désordres obsessionnels pouvaient se traduire par une désinhibition et une impulsivité difficilement contrôlable.

— Rien de mortel, j'espère ? répliqua-t-il d'un ton léger.

L'humour était son arme absolue dans les discussions sérieuses, mais, cette fois, sa tentative tomba à plat. Lucy baissa le nez sur ses mains jointes.

— J'ai des troubles obsessionnels compulsifs, déclara-t-elle.

— Ah... D'accord.

Le retour du serveur l'empêcha d'en dire davantage. Dès que son assiette et les à-côtés furent disposés devant elle, Lucy retira certains ingrédients, puis elle mélangea les autres avec un soin méticuleux.

Gamin, Luis triait les bonbons par couleur, se rappela Jackson. Par la suite, son frère s'était trouvé d'autres passe-temps et, surtout, il avait canalisé son inépuisable énergie de manière plus productive. En effectuant des missions en Afrique, par exemple...

Comme Lucy triturait toujours sa salade, il se mit à manger pour ne pas l'embarrasser davantage.

— Ça doit être difficile à vivre, commenta-t-il d'une voix douce.

— En fait, non. J'ai toujours eu des TOC, donc je n'ai rien connu d'autre.

— Vu comme ça, en effet...

Il héla le serveur et demanda une serviette supplémentaire avant de reprendre :

— J'ai remarqué que vous aviez des manies, hier.

— Hein ? Quoi ?

— Vous placez vos crayons dans un certain ordre. Quand vous n'écrivez pas, vous tapotez avec le stylo, toujours trois fois. Oh… Et dans le couloir, vous avez évité les joints de carrelage. On aurait dit que vous marchiez sur des œufs.

Rougissante, elle le dévisagea d'un air incrédule.

— Comment avez-vous repéré tout ça ?

— C'est mon travail d'observer les gens. Et puis, mon frère a un autisme Asperger modéré. C'est le Dr Luis Durand, le chef des urgences de l'hôpital. Il était à la réunion hier.

— Effectivement, je le connais ! Vous ne vous ressemblez pas…

— Non, je suis beaucoup plus beau que lui.

Devenant carrément pivoine, Lucy picora une bouchée de laitue sans le regarder. Il secoua la tête.

— Pardon, je plaisante. Luis et moi sommes des enfants adoptés.

— Ah ! Donc il est médecin et vous, ambulancier sauveteur.

— Exactement.

— En quoi observer les gens est-il important pour vous ?

— C'est très simple : je ne peux pas les aider sans comprendre ce qu'ils ont.

Cessant de manger, elle disposa la salade d'une nouvelle manière sur son assiette.

— Vous faites la même chose avec les animaux, reprit-il. Quand je vous ai apporté Tigrou, ce matin, vous avez dépassé le cadre des gestes techniques. Vous l'avez observé et réconforté. Vous avez créé du lien.

Elle se crispa, mais il choisit d'aller plus loin au lieu de se taire. Il avait beau s'en défendre, il voulait la connaître, percer son mystère…

— Moralement, ce doit être difficile de tenir un refuge. Vous voyez sans doute des choses terribles.

— Ça arrive, oui. Mais s'occuper d'animaux laissés pour

compte est gratifiant. Ils ont besoin de moi, et je réponds « présente ». Comme vous diriez, c'est très simple.

— C'est surtout formidable. Je vous admire.

Il se remit à manger en silence, puis poussa son assiette vide sur le côté. Les propos de Lucy l'avaient touché en plein cœur. Certes, elle parlait d'animaux « laissés pour compte », pas d'êtres humains, mais le résultat était le même...

Cela n'a rien à voir avec toi. Pourquoi s'intéresserait-elle à ton histoire ? Elle ne t'apprécie même pas !

— Ce refuge doit vous donner l'impression de tout maîtriser, ajouta-t-il. C'est votre univers, votre petit monde.

Son air médusé le fit rire, et la tension qui l'avait submergé se relâcha d'un coup.

— Comme je vous l'ai expliqué, je connais les manifestations des TOC. J'ai été à bonne école avec Luis.

— OK, d'accord.

Elle se concentra un moment sur son assiette, puis elle releva la tête et le dévisagea.

— J'aime bien votre frère, déclara-t-elle. C'est un gentil garçon. Il est très accueillant et il soutient mes projets avec les animaux de thérapie. Que vous est-il arrivé, à tous les deux ? Vos parents biologiques sont-ils morts ?

— Waouh... Voilà une question très directe.

Elle rougit et baissa les yeux sur la nappe.

— Désolée. Je ne voulais pas...

Il eut un petit rire indulgent.

— L'extrême franchise est une manifestation des TOC. J'en suis conscient. Cela ne me pose aucun problème.

— Ah, bon ? Vous n'êtes pas comme les autres alors. Robert détestait ça. Il préférait que je reste à la maison. Il était dans ses petits souliers dès qu'on voyait du monde.

— Hum... J'ignore qui est Robert, mais je n'ai aucune

envie de le connaître ! Et non, effectivement, je ne suis pas comme les autres, ajouta-t-il avec un clin d'œil.

Déstabiliser Lucy en jouant de son charme l'amusait beaucoup, sans doute un peu trop. Pourtant, il devait bannir le flirt de leur relation. Il était sûr qu'elle refuserait une aventure d'un soir. Ce n'était pas son genre !

Il l'avait invitée par politesse, mais, à présent, le meilleur service à lui rendre serait de la laisser tranquille. Ou pas…

Pourquoi éprouvait-il cette attirance presque magnétique envers elle ? Il ne croyait pas aux coïncidences et, pour lui, leur rencontre était un signe du destin. Restait à comprendre pourquoi leurs chemins s'étaient croisés au moment où il s'y attendait le moins.

— On devrait y aller, dit-elle, repoussant son assiette à moitié pleine.

Il se rejeta en arrière sur sa chaise et croisa les bras.

— Rien ne presse. Vous n'avez pas fini et Tigrou doit encore être au bloc. Et rappelez-vous, je suis votre chauffeur.

— Dans ce cas, je rentrerai à pied. J'ai l'habitude de me débrouiller seule, faites-moi confiance.

— Oh ! mais j'en suis sûr !

Instinctivement, il détestait le « Robert » dont elle avait parlé. Elle avait dû vivre une mauvaise expérience sentimentale dont il ne connaîtrait jamais le fin mot car ils étaient des étrangers l'un pour l'autre. Ils n'étaient pas amenés à se revoir ni à travailler ensemble.

Demande-lui de t'envoyer un SMS pour Tigrou et retourne à ta péniche. Tu dois faire le ménage, dormir… Mais il mentit.

— J'ai le temps. Je n'ai rien de spécial à faire.

— Mes TOC ne vous gênent pas ?

— Ils devraient ?

Elle haussa les épaules.

— La plupart des gens m'évitent, ou alors ils me

considèrent comme une chose fragile. C'est ridicule. Je ne suis pas infirme.

— Je sais. Mais certaines personnes aimeraient peut-être juste vous aider...

— Je n'ai pas besoin d'aide. Encore moins qu'on me plaigne, ajouta-t-elle, glaciale.

— Ce n'est pas le cas, rassurez-vous.

— Parfait, alors.

Elle plia soigneusement sa serviette puis se leva.

— Je vais rentrer chez moi.

— Je vous ramène.

Jackson régla la note au bar, puis ils sortirent dans la rue. La brise s'était levée, mais il faisait toujours très chaud. Les mouettes tournoyaient, insouciantes, autour des terrasses. On peinait à imaginer que ce cadre paradisiaque allait s'assombrir sous peu.

Le trajet jusqu'au refuge se déroula en silence. Comme à l'aller, Jackson prit un raccourci qui débouchait sur l'arrière du bâtiment, à l'opposé de l'entrée principale.

— Merci pour le déjeuner, dit Lucy après qu'il eut coupé le moteur. Inutile de retourner à la clinique maintenant, c'est trop tôt. Je vous enverrai un SMS quand j'aurai des nouvelles. Donnez-moi votre numéro que je l'enregistre.

— Vous le trouverez dans le portfolio de ce matin.

— Parfait.

— Pensez à bien lire les consignes... D'ailleurs, j'ai oublié de vous dire que l'alerte a été relevée au niveau 2 !

— Ça veut dire quoi exactement ?

— Qu'on attend un ouragan au lieu d'une tempête. Attention, si on passe au niveau 1, vous devrez vous installer à Key West. Mais avec un peu de chance, on n'en arrivera pas là. *Mathilda* devrait effleurer les terres, rien de plus.

La mine renfrognée de Lucy l'étonna, tout comme sa main crispée sur la poignée de la portière.

— Espérons-le, marmonna-t-elle. Cela vaudrait mieux.

4

— Bonjour, Carol. Comment allez-vous ce matin ? Vous avez l'air groggy.

Jackson connaissait bien la résidence pour personnes âgées de Key West. Les ambulanciers s'y rendaient fréquemment et, ce matin-là, on l'avait appelé car la vieille dame se plaignait de douleurs abdominales.

Il posa sa mallette sur le tapis puis s'agenouilla près du lit où Carol était allongée.

— Madame a voulu manger des crevettes aux épices ! s'exclama Vic, l'époux de la patiente, depuis son rocking-chair. Je lui avais pourtant dit que ça la rendrait malade.

— Pff..., marmonna Carol. Disparais, toi !

Jackson réprima un sourire. Il avait un faible pour ces New Yorkais hauts en couleur qui s'exprimaient avec un fort accent du Bronx.

— Vous savez que le sel et les épices sont mauvais pour votre tension, dit-il gentiment.

Carol fit la moue, comme contrite.

— Je n'en ai pas mangé tant que ça...

— Avec vos problèmes cardiaques, c'est déjà trop, intervint Ned. Vous vous ennuyiez de nous, ma parole !

Posté en face de Jackson, Ned brandissait son tensiomètre et Carol lui coula un regard en biais.

— Ça se pourrait, oui. Vous êtes plutôt mignons. Pourquoi n'êtes-vous pas mariés ? Êtes-vous en couple ensemble ?

— Quoi ?

Incrédule, Jackson secoua la tête puis il éclata de rire.

— Non, on aime bien les jolies femmes comme vous.

— Tst, tst... Un peu de sérieux, jeunes gens ! ordonna Vic, hilare.

Après avoir vérifié la tension de Carol, Ned annonça des chiffres plutôt alarmants.

— 18/10. Cela ne m'étonne pas, étant donné les œdèmes que vous avez aux chevilles. On va devoir vous injecter du Lasilix comme la dernière fois. Vous faites de la rétention d'eau à cause du sel, et ce médicament permettra de l'évacuer.

La vieille dame se rembrunit.

— Je n'ai pas besoin d'un cours. Je connais les diurétiques.

— Ne vous fâchez pas, dit Jackson d'un ton enjôleur. C'est pour votre bien.

Il prépara la seringue, secrètement admiratif. S'il atteignait l'âge de quatre-vingt-huit ans, il espérait avoir la même vivacité d'esprit que Carol !

Après avoir fait la piqûre, il déposa l'aiguille dans une boîte spéciale puis rangea son matériel. Vic s'était levé pour observer l'injection sous le regard exaspéré de son épouse.

— Depuis combien de temps êtes-vous mariés ? s'enquit Jackson.

— Cinquante-neuf ans, répliqua Carol.

— Ça m'a paru le double, marmonna Vic.

— Tais-toi, vieux fou... Bon, vous êtes prêts pour l'ouragan ?

— Oui, on a tout prévu. Le PC de crise s'installera au club-house cet après-midi par sécurité, expliqua Jackson.

Il referma sa sacoche puis enveloppa Vic et Carol d'un regard sévère.

— Ne sortez sous aucun prétexte. Le directeur de la résidence a dû diffuser les consignes ?

— Oui, monsieur, répondit Carol avec un clin d'œil malicieux. Vous êtes sexy quand vous jouez les chefs...

Il secoua la tête en riant.

— Ma parole, vous n'arrêtez jamais.

La vieille dame prit la main de son époux et la serra tendrement.

— Jamais. C'est notre secret pour rester jeunes.

Jackson et son équipier prirent congé, non sans avoir réitéré leurs mises en garde puis ils se dépêchèrent de rejoindre l'hôpital, où un nouveau point sécurité devait se tenir. Il était déjà 14 heures et, comme souvent, ils avaient à peine eu le temps d'avaler un sandwich !

Luis se trouvait aux urgences, assis devant l'ordinateur de l'accueil, quand ils arrivèrent.

— Qu'est-ce que tu fais ? demanda Jackson, voyant la radio d'un bassin fracturé sur l'écran.

— Je regarde les clichés de Reed, notre pompier. D'après le chirurgien orthopédiste, il va beaucoup mieux. Il a passé quatre heures sur la table d'opération, mais le pronostic vital n'est plus engagé. Ils doivent lui refaire un scan de la hanche aujourd'hui.

— Tant mieux ! commenta Jackson, soulagé. On a eu peur pour lui. Ce n'était pas beau à voir sur place.

— Non, je m'en doute... Bon, je suis prêt.

Ayant fermé l'ordinateur, Luis se leva puis ils se dirigèrent vers la salle de conférences.

En six jours, *Mathilda* avait beaucoup dévié, et le secteur risquait d'être plus impacté que prévu. Jackson avait fini par déclencher l'alerte maximale et, bien sûr, il avait dû organiser cette réunion express pour avertir tout le monde.

La salle était déjà pleine, constata-t-il. Laissant Luis se trouver une chaise, il monta sur l'estrade en prenant soin de fixer le mur droit devant lui. Non, il ne chercherait pas Lucy du regard. Il avait échangé trop de SMS avec elle au cours de la semaine pour se sentir à l'aise.

Il s'était dit et répété que c'était pour la bonne cause puisqu'elle avait proposé de garder Tigrou pendant sa convalescence. Il communiquait avec elle parce qu'il la trouvait sympathique et qu'elle s'occupait du chat, point final.

Mais pourquoi, alors, rêvait-il d'elle la nuit ? Il préférait ne pas s'attarder sur la question !

Du coin de l'œil, il vit que Luis s'était installé près de Stacy Williams. Sans doute ne restait-il plus aucun siège libre car, à voir sa tête, le pauvre aurait sûrement préféré être ailleurs...

— Bonjour, nous allons commencer, dit Jackson. Je suis désolé de vous avoir prévenus si tard, mais comme vous l'imaginez, il y a urgence. Je n'ai pas de bonnes nouvelles à vous annoncer.

Un murmure consterné parcourut la salle. Il attendit que le silence revienne pour enchaîner :

— D'après les derniers bulletins météo, *Mathilda* est devenu un ouragan de force 4. Il restera loin des terres, mais la bordure ouest de notre secteur subira un gros impact demain matin. En conséquence, j'ai dû passer l'alerte en niveau 1. Elle prendra effet ce soir à minuit.

— Demain matin ? répéta Luis en fronçant les sourcils. C'est beaucoup plus tôt que prévu. À la base, ce devait être demain soir ou même après-demain.

— Exact, mais la situation s'est dégradée. *Mathilda*

se déplace très vite et, en passant sur les eaux chaudes du golfe du Mexique, il va devenir monstrueux. J'ai déjà communiqué les informations aux médias. Nous, membres de l'équipe, resterons obligatoirement à Key West, et depuis ce midi, plusieurs patrouilles font évacuer les résidents concernés. Les gens ont deux possibilités : soit se faire héberger par des proches, soit se réfugier dans une des structures d'accueil prévues à cet effet. Avez-vous des questions ?

Comme il s'y attendait, une forêt de mains se leva. Il répondit à chaque requête, surpris de n'entendre aucune objection sur le confinement de l'équipe. Il était pourtant sûr que Lucy allait argumenter !

Finalement, après s'être assuré que les participants étaient tous prêts à remplir leurs missions, il interrompit la séance. Puis il gagna le fond de la salle, où Luis et Stacy n'avaient pas bougé.

— Un problème ? demanda-t-il en voyant l'air catastrophé de Stacy.

— Oui, un gros. Lucy n'a pas voulu venir. J'ai proposé de passer la prendre, mais elle ne voulait pas quitter son refuge.

Il eut l'impression que son cœur allait s'arrêter de battre.

— Je vais l'appeler pour en discuter avec elle.

— Cela ne servira à rien, j'en ai peur. Elle est décidée à se confiner là-bas avec ses animaux. Je m'inquiète pour elle, Jackson. Elle est solide, mais pas à ce point-là ! N'étant pas d'ici, elle évalue mal le danger...

— Tu as raison. Elle ne peut pas rester à Big Pine Key. C'est trop dangereux.

— Bonne chance pour la déloger, mon gars ! intervint Luis. Tout ce qu'elle aura à faire, c'est de ne pas te répondre. Les gens sont libres de leurs choix, même s'ils prennent de mauvaises décisions. Ils se fichent des conséquences, des risques, du danger ou du mal qu'ils font aux autres !

Stacy poussa une exclamation étouffée et Jackson les regarda tour à tour, perplexe. Cette fois, il était sûr qu'il se passait quelque chose, mais il n'avait pas le temps d'approfondir la question. Il y avait plus urgent !

Préoccupé, il prit son mobile et composa le numéro de Lucy. Il tomba sur la messagerie, envoya un SMS... Là encore sans résultat. D'habitude, elle répondait toujours immédiatement à ses textos !

Luis avait raison : elle ne voulait pas communiquer.

Son téléphone vibra et il scruta l'écran, plein d'espoir, pour déchanter aussi vite. On les appelait en urgence, Ned et lui. Ils étaient de garde jusqu'à 21 heures...

— Rassemble tes équipes et ne t'inquiète pas, Stacy, dit-il gentiment. Je m'occuperai de Lucy.

— Merci beaucoup. Bon courage, et à plus tard !

Lorsqu'elle fut partie, Jackson se tourna vers son frère.

— Peux-tu gérer la tour de contrôle ce soir ?

— Hein ? Que... Mais pourquoi ? J'espère que tu ne vas pas faire d'imprudences !

— Non, mais Lucy ne doit pas rester seule.

Voyant Luis se renfrogner, il ajouta :

— Écoute... L'alerte de niveau 1 ne prend effet qu'à minuit. J'irai à Big Pine Key aussitôt après mon service, et j'aurai largement le temps de conduire Lucy à Key West.

— Ça va être juste. Je n'aime pas ça, Jackson.

— Alors c'est une bonne chose que tu restes ici à ma place !

Ils se disputaient rarement, et toujours pour des questions de principe. Jackson se planta devant son frère, les mains sur les hanches.

— J'assume les risques que je prends, d'accord ? Et

arrête de me regarder comme ça. Si tu crois que je *cours après* Lucy, tu fais fausse route. D'abord, elle ne me supporte pas. Ensuite, je joue mon rôle de coordinateur. Elle a déjà désobéi aux ordres en zappant la réunion. Si cela s'ébruite – pire, si elle meurt chez elle –, je serai forcément sur la sellette.

— Donc, tu le fais pour ta carrière et le poste de directeur ? demanda Luis, dubitatif.

— Absolument. Pour quoi d'autre ?

Luis le dévisagea, puis exhala un grand soupir.

— J'espère que tu sais où tu vas, frangin.

Non, mais je ne risque pas de l'avouer...

— Bien sûr que oui. Garde un œil sur ton téléphone, ce soir. Je t'enverrai un SMS en cas de problème.

Puis il prit congé de Luis et se dépêcha de rejoindre le parking des ambulances. Le devoir l'appelait, mais dans quelques heures, il se consacrerait à une autre mission : sauver Lucy contre vents, marées et *Mathilda*.

L'exercice ne serait sûrement pas une partie de plaisir !

Lucy adorait sa clinique installée au milieu de nulle part. Existait-il un plus bel endroit pour qui appréciait la solitude ? La compagnie des animaux suffisait à son bonheur, merci !

Néanmoins, depuis leur départ, elle se sentait perdue. Le Dr Dave et son associé les avaient tous emmenés à Miami pour les mettre en sécurité jusqu'à la fin de l'ouragan. Elle n'avait gardé que Sam, Bubba, bébé Tigrou et, bien sûr, Mitzi.

Cette femelle alligator qui marchait sur trois pattes – la faute aux pièges détestés par les vétérinaires – se trouvait déjà au refuge quand Lucy était arrivée. Elle l'avait chouchoutée et, depuis, Mitzi vivait heureuse dans l'étang situé au bout de la propriété. Elle croisait parfois quelques congénères venus des marais voisins. Elle s'était tellement bien adaptée qu'elle était gestante, une vraie réussite !

En d'autres circonstances, Lucy l'aurait transférée vers un refuge pour reptiles. Mais là, elle ne voulait pas la séparer de ses œufs, lesquels devaient éclore juste après l'ouragan.

Encore une bonne raison de rester là. Cette portée d'alligators et leur mère auraient peut-être besoin d'elle.

Après avoir mis sa voiture au garage, elle retourna fermer la barrière de l'entrée principale. Puis elle marcha d'un bon pas vers la maison, une bâtisse à un étage de style colonial qui jouxtait le cabinet vétérinaire plus moderne.

À bientôt soixante ans, cette demeure avait besoin de quelques rénovations, mais elle était confortable, accueillante, et Lucy s'y sentait bien. Quel bonheur de passer ses soirées au coin du feu avec Sam !

Comme d'habitude, son fidèle compagnon l'attendait derrière la porte. Sitôt rentrée, elle s'agenouilla pour lui gratouiller les oreilles.

— Alors, mon gros, tu n'as pas fait de bêtises ? Non, tu es toujours sage… Oui, tu es un beau chien, chuchota-t-elle.

Elle lui embrassa le museau puis se releva. Le ciel était devenu gris pendant qu'elle faisait ses courses, contrastant avec le vert émeraude des palmiers. Un calme étrange régnait et, déjà, on n'entendait plus les mouettes…

L'angoisse lui noua la gorge, mais elle s'efforça de la contrôler. Elle n'avait pas travaillé si dur pour tout abandonner. Malgré son inquiétude, elle resterait aux commandes, vaille que vaille !

Jetant ses clés sur le guéridon de l'entrée, elle gagna la cuisine, prit son bloc-notes et s'assit à la table. Elle avait déjà établi une liste de choses à faire avant la nuit et voulait s'assurer, une nouvelle fois, qu'elle n'avait rien oublié.

Côté extérieur, elle devait installer des volets métalliques devant les fenêtres, toutes équipées de vitrages spéciaux. Il faudrait ensuite faire glisser des barres de fer devant les portes d'entrée antichocs en fibre de verre. Elle avait déjà verrouillé la lourde porte sur rails du garage, mais elle devrait aussi condamner celle de la réserve, à l'arrière de la clinique.

D'après les anciens propriétaires, ces équipements pouvaient résister à des vents de deux cent vingt kilomètres/heure. Ceux de *Mathilda* étaient annoncés autour de deux cents. Elle avait entendu cette information « rassurante » à la radio et elle espérait que les prévisionnistes ne s'étaient pas trompés.

De toute manière, la maison était équipée d'un sous-sol complet où elle pouvait se réfugier. Elle allait donc commencer par là et vérifier que tout était en ordre.

Prévoyante et organisée – un trait de caractère renforcé par les TOC –, elle gardait toujours une armée de produits, au cas où. Arrivée en bas, elle se réjouit donc de voir les packs d'eau et autres boîtes de conserve bien alignés sur leurs étagères. Il y avait également une énorme glacière et plusieurs lampes alimentées par des batteries, ainsi qu'un stock impressionnant de denrées non périssables.

Elle se félicita d'avoir rangé là plusieurs box de convalescence pour animaux. Elle pourrait ainsi installer Tigrou confortablement, tandis que Bubba, lui, resterait dans sa cage habituelle. Sam les accompagnerait, bien sûr, mais la pauvre Mitzi devrait trouver un abri par elle-même. Il fallait juste espérer que ses réflexes « sauvages » soient suffisamment revenus pour cela...

— Ça va aller, Sammy, dit-elle au chien qui la suivait. On va descendre ta panière, ton bol d'eau, tes croquettes…

Au mot « croquettes », son compagnon gémit, les oreilles plaquées en arrière. Elle jeta un coup d'œil à sa montre et sursauta.

— Mon bébé, il est plus de 18 heures ! Allez, viens manger.

Elle regagna la cuisine, Sam sur les talons, et lui servit son dîner. Pendant qu'il se régalait, elle s'adossa au plan de travail pour consulter son téléphone. Jackson lui avait laissé trois messages, remarqua-t-elle, contrariée. Dave avait aussi cherché à la joindre et elle le rappela sur-le-champ.

— Coucou, Dave. Où es-tu ?

— Maintenant que les animaux sont à l'abri, Todd et moi allons partir chez des collègues qui habitent à l'intérieur des terres. Et toi ? Es-tu déjà à Key West ?

— Non, je reste ici. *Mathilda* est censé effleurer notre secteur, pas le toucher de plein fouet. Je vais m'abriter dans le sous-sol.

— Mauvais plan ! J'ai connu beaucoup d'ouragans depuis mon installation et je n'aime pas la trajectoire de celui-ci. Les vents tournent sans arrêt, et il pourrait être plus méchant que prévu. Si tu venais avec nous ? Il y a largement la place pour toi et tes petites bêtes dans le fourgon.

— Merci mais… non, merci. Ça va aller. J'ai des provisions et je me prépare au pire.

— Tu es sûre ?

— Oui. Faites bien attention, tous les deux.

— Toi aussi. Et si jamais tu changes d'avis, dépêche-toi d'aller à Key West avant qu'il ne soit trop tard.

— Entendu, Dave. Je te donnerai des nouvelles.

Après avoir raccroché, elle fit sortir Sam. Puis elle nettoya ses gamelles et les mit dans le couloir pour ne pas oublier de les descendre. Il était temps qu'elle s'occupe de l'extérieur, à présent.

Elle alla d'abord récupérer ses courses – toujours des produits secs – dans sa voiture, et les rapporta dans le hall. Elle prit ensuite les barres de fer dont elle aurait besoin avant de refermer précautionneusement le garage.

Le ciel était zébré d'étranges nuances de vert, signe que l'ouragan approchait en même temps que la nuit, et cette vision lui provoqua une grosse décharge d'adrénaline. L'heure tournait. Elle devait passer à la vitesse supérieure.

Elle trouva comme prévu les volets métalliques dans la réserve de la clinique. Elle sécurisa donc son lieu de travail en premier, puis, perchée sur une échelle, les fenêtres au premier étage de la maison. Heureusement que l'éclairage extérieur était puissant et fonctionnel !

Une heure plus tard, elle venait juste de finir quand des grosses gouttes s'écrasèrent sur le perron. Il était à peine 20 heures, mais le vent lui paraissait déjà violent. *Mathilda* risquait de frapper plus tôt que prévu…

Redoublant d'efforts, elle sécurisa les fenêtres du rez-de-chaussée. Bientôt, il ne lui resta plus que celle du bureau et, très assoiffée, elle décida de s'octroyer une mini-pause.

Après avoir bu deux grands verres d'eau, elle descendit Bubba et Tigrou au sous-sol. Son téléphone se mit à sonner alors qu'elle remontait. C'était Jackson. Évidemment…

Elle ne voulait pas répondre, mais il avait déjà laissé six messages. Énervée, elle prit la communication.

— Je ne partirai pas !

— Je suis en route. Je viens te chercher, répondit-il comme s'il n'avait rien entendu.

— Dans tes rêves ! Fais demi-tour, Jackson. Je vais me confiner au sous-sol. J'ai de l'eau, de la nourriture, et je viens d'y installer Bubba et Tigrou. Ton chat est en pleine forme, d'ailleurs.

— Je suis ravi que Tigrou aille bien, mais je m'inquiète pour toi. L'ouragan gagne en force. Tu dois évacuer, Lucy.

— Ce n'est pas à toi d'en décider.

Elle en avait assez que les gens pensent à sa place. Elle avait déjà donné. Elle n'accepterait plus ce genre de choses.

— Sérieusement, tout va bien, ajouta-t-elle. Et que fais-tu sur la route, d'ailleurs ? Tu devrais être à Key West en train de diriger tes équipes ! Ne te fais pas de souci pour moi.

— Je me fais du souci depuis le jour de notre première rencontre ! rétorqua-t-il d'un ton exaspéré. Tu as désobéi aux consignes cet après-midi, et encore maintenant, tu cherches à passer outre. Tu vas partir avec moi. C'est non négociable.

— Effectivement, ça ne l'est pas.

Sur cette conclusion, elle lui raccrocha au nez. Les gens comprendraient-ils un jour qu'elle n'était pas une faible créature ? Elle pouvait très bien s'en sortir par elle-même !

Une rafale de vent siffla dans les gouttières et Sam alla se cacher sous la table. L'angoisse montait de minute en minute, mais elle avait encore de choses à faire. En premier lieu, installer ce fichu dernier volet.

— On va réussir, mon gars. Tu viens avec moi ?

En quelques minutes, la cour s'était remplie de feuilles. Son premier réflexe fut de prendre le balai d'extérieur qu'elle reposa finalement. Elle descendit alors le perron et scruta les eaux troubles de l'étang. Mais Mitzi s'était sans doute cachée car elle ne la voyait pas.

Et la porte de la clinique ? L'avait-elle bien sécurisée ? Elle n'en avait aucun souvenir, tout se bousculait...

Le volet. C'était sa mission urgente. Elle l'avait posé sous la fenêtre du bureau. Il n'y avait plus qu'à l'installer.

Une nouvelle rafale de vent la déstabilisa au moment où elle empoignait les pans de métal. Sur sa gauche, elle vit l'échelle basculer et retomber sur une jardinière, envoyant valser la céramique partout. Encore des choses à ramasser.

Pas maintenant. Plus tard.

Les gémissements de Sam l'arrachèrent à son indécision.

— Va te mettre à l'abri sous le porche. Allez !

Mais il était clair que son chien ne bougerait pas. Elle lui mit une main sur la tête.

— D'accord, je te suis.

Elle s'occuperait de cette fenêtre plus tard. Dans l'immédiat, elle devait surtout prendre ses médicaments et croiser les doigts pour que les choses tournent bien.

Ou du moins, pas trop mal.

5

— Bon sang !

Le cri de Jackson se perdit dans les tourbillons du vent, mais la douleur, elle, était bien là.

Il avait eu le réflexe de se mettre en boule lorsqu'une masse sombre avait foncé vers lui, mais la rafale avait ralenti ses mouvements et l'alligator avait eu le temps de lui mordre la cuisse !

Les yeux braqués sur l'animal, il se redressa en faisant le dos rond puis recula d'un pas. L'alligator devait bien peser 50 kg et sa gueule ouverte aux dents pointues était impressionnante. S'il lui prenait l'idée de charger à nouveau, Jackson savait qu'il serait en mauvaise posture.

— Tu aurais pu te cantonner aux animaux domestiques, Lucy, maugréa-t-il.

Il battit en retraite sans quitter son opposant des yeux. Il ne se redressa entièrement qu'après avoir parcouru une bonne vingtaine de mètres et exhala un soupir.

— Gentil alligator... Sois sage...

Après que Lucy lui eut raccroché au nez, il avait vu rouge. Aussi avait-il foncé sur l'autoroute et il avait fait le trajet en un temps record. Pourquoi se montrait-elle si obstinée ? Elle allait partir, de gré ou de force !

Alors qu'il reculait toujours, quelque chose lui tomba sur

le dos et il se retrouva projeté au sol. Mais que… Était-ce un autre animal ? Non, des mains lui agrippaient les épaules !

Il jeta un coup d'œil en arrière et vit une longue queue disparaître dans la nuit. L'alligator avait passé le relais à un humain qui le secouait comme un prunier, à présent.

D'un mouvement vif, il pivota pour faire basculer son assaillant sous lui. C'était Lucy !

— Qu'est-ce que tu fabriques ? hurla-t-il.

Un regard noir, en partie masqué par une forêt de cheveux mouillés, se braqua sur lui. Alors, graduellement, il prit conscience d'un corps doux et tiède plaqué contre le sien. L'orage et l'attaque avaient exacerbé ses instincts primitifs, déclenchant une réaction naturelle plutôt mal venue…

Lucy le poussa de toutes ses forces. Il ne bougea pas, mais quand elle lui donna un coup de poing dans la cuisse, il poussa un cri perçant et laissa échapper un juron.

Galvanisé par la douleur, il lui bloqua les bras en les faisant passer derrière sa tête. Leurs visages se touchaient presque et il dut résister à l'envie folle d'écraser sa bouche sur la sienne.

— Réponds-moi ! Qu'est-ce que tu fais là, dehors ?

Elle se tortilla de plus belle.

— Je te retourne la question. Je t'avais dit de ne pas venir !

Elle avait beau lever le menton d'un air de défi, il sentit à quel point elle était vulnérable. Elle avait dû comme lui livrer de nombreuses batailles, en gagner quelques-unes, en perdre d'autres. Face à elle, il avait l'impression de se regarder dans un miroir…

Il se leva et lui tendit la main pour l'aider à se mettre debout. Puis, de nouveau, il scruta l'étang.

— As-tu fait mal à Mitzi ? s'écria-t-elle pour couvrir les hurlements du vent.

— Qui ?

— Mitzi, l'alligator ! Est-elle blessée ?

Elle se dégagea et courut vers l'étang. Il la suivit, fou de rage.

— Tu en as de bonnes ! Ce monstre aurait pu me tuer !

Même s'il avait mal, il continua de courir derrière elle. Quand elle s'arrêta enfin sous un palmier, il suivit son regard : elle observait l'alligator qui s'était tapi près d'un gros monticule terreux couvert de feuilles et brindilles.

— Mais enfin, Lucy !

— Quoi ?

— Il faut y aller, marmonna-t-il, à bout de patience.

— Je ne te retiens pas. Tu es venu pour rien. Je t'avais prévenu.

Avec quelqu'un d'autre, il aurait peut-être jeté l'éponge, mais pas avec elle. Son instinct et sa conscience professionnelle l'empêchaient de l'abandonner à son sort. Si elle faisait fi de sa propre sécurité, il s'en chargerait.

Résolument, il lui prit le bras, décidé à la faire basculer sur son épaule pour la porter. Néanmoins, il n'en eut pas le temps car Sam se précipita vers eux en aboyant, hirsute et tout mouillé. Le chien. Les animaux… Voilà un problème auquel, dans sa colère, il n'avait pas pensé.

Au lieu d'entraîner Lucy vers son pick-up garé le long du mur d'enceinte – loin des arbres –, il la tira par la manche jusqu'à la maison. Les élancements dans sa cuisse devenaient intolérables, mais il n'était pas question de ralentir !

— Tu vas rassembler tes affaires et prendre tes animaux. Ensuite, on fichera le camp d'ici.

Son métier l'amenait à gérer des situations parfois complexes. Il pouvait maîtriser ce petit bout de femme rebelle. Du moins le croyait-il car lorsqu'elle tira vers l'arrière, arc-boutée sur ses talons, il vacilla sous le coup de la douleur.

— Lucy, arrête.

— Non, toi, arrête ! Tu t'es introduit sur une propriété privée. Tu n'as rien à faire ici.

— Pourrait-on au moins en discuter à l'intérieur ?

Comme elle ne bougeait pas, il la traîna derrière lui.

— Va-t'en ! hurla-t-elle. Je n'ai pas besoin de toi. Je n'ai besoin de personne.

Quand il se pencha vers elle, elle en profita pour lui assener un grand coup dans le thorax. Furieux, il resserra son étreinte.

— C'est dommage car je n'ai aucune intention de t'abandonner, répliqua-t-il, furieux. On peut utiliser la méthode douce ou la manière forte. À toi de choisir.

En d'autres circonstances, il aurait admiré son regard furibond. Il appréciait les forts caractères. Mais ce soir, il aurait voulu qu'elle soit plus docile…

— On est dans un pays libre, que je sache, objecta-t-elle.

— Il y a une nuance entre liberté et bêtise. Tu es ridicule. Allez, bouge.

Il la tira vers le porche, mais au milieu de l'escalier, il s'aperçut que la porte était condamnée par un volet intégral et une barre de fer. Pestant entre ses dents, il opéra un demi-tour jusqu'à ce qu'il trouve ce qu'il cherchait : une porte latérale cachée derrière une minivéranda.

— Lâche-moi ! ordonna Lucy.

Loin d'obéir, il l'entraîna à l'intérieur et claqua la porte derrière eux. Le calme lui parut souverain après les hurlements de la tempête. Bien décidé à avoir le dernier mot, il regarda autour de lui, repéra la cuisine et y entraîna Lucy.

— Je te donne cinq minutes pour préparer tes affaires.

Pendant ce temps-là, j'irai chercher les animaux. Par où va-t-on au sous-sol ?

Comme elle ne répondait rien, il la lâcha. Mais elle demeura immobile et, pour la première fois, il se dit qu'elle était peut-être en état de choc. Cela arrivait souvent, y compris dans des situations moins extrêmes.

Il l'observa sans en avoir l'air. Ses pupilles n'étaient pas dilatées et elle respirait normalement. Elle avait les joues rouges, son regard lançait des éclairs... Il eut confirmation qu'elle allait bien quand elle ouvrit la bouche, de toute évidence pour protester.

— Je t'ai dit...

— Quatre minutes trente, coupa-t-il.

— ... que je ne partirai pas.

Elle tapa du pied en rythme sur le carrelage et il soupira. Cette réaction avait sans doute un rapport avec les TOC, mais il essayait juste de l'aider. Il n'était pas son ennemi.

Pourquoi, alors, avait-il envie de s'excuser ? Il ne faisait rien de mal, au contraire. C'était une question de vie ou de mort. Quelque part, Lucy était plus dangereuse que Mitzi car, en le défiant, elle menaçait son équilibre émotionnel...

— Je te remercie d'être venu, Jackson. Même si je n'en ai pas l'air, j'apprécie ton geste. Mais je ne peux pas partir.

Son intonation calme le déstabilisa. Il n'aimait pas qu'elle fixe le mur au lieu de le regarder. Il n'avait apparemment aucune prise sur elle.

— Pourquoi, Lucy ? Es-tu agoraphobe ? As-tu peur de te retrouver dans une salle bondée à Key West ?

— Ce ne sont pas tes affaires. Écoute, cela te rassure peut-être de jouer les super héros, mais oublie-moi. Tu serais beaucoup plus utile au PC.

Elle lui parlait de la même manière qu'à Tigrou, le matin où elle l'avait soigné. Lui aussi s'adressait à ses patients de cette façon. Ils étaient soignants tous les deux, chacun dans leur domaine. Il connaissait la musique !

— D'après ma montre, le temps imparti est écoulé.

Il sortit dans le couloir et trouva la porte qui ouvrait sur l'escalier menant au sous-sol.

— Je vais chercher Bubba et Tigrou pour les mettre en voiture, dit-il par-dessus son épaule. Prépare tes affaires. C'est ta dernière chance.

— Tu n'as aucun droit de me donner des ordres ! cria Lucy dans son dos.

— Si, c'est mon métier.

Un peu ralenti par sa jambe, il descendit avec précaution. Une fois en bas, il repéra aussitôt les cages confortables de Bubba et Tigrou, lequel se mit à miauler en le voyant.

— Coucou, petit bonhomme ! Comment vas-tu ?

L'arrière-train du chaton était toujours enveloppé dans des pansements. Jackson avisa une miniperfusion posée sur la patte avant droite, avec un support fixé aux barreaux de la cage. Voilà qui allait compliquer le transport. Il ne pouvait pas remonter le box seul au risque de tout arracher !

Vaincu, il remonta et se mit en quête de Lucy. Elle ne se trouvait ni dans le salon – une pièce confortable, à la décoration neutre - ni dans la cuisine. Il localisa son bureau et, là encore, découvrit un endroit net, soigneusement ordonné, mais sans photographie ni touche personnelle.

Il revint dans le couloir où, distrait, il heurta un guéridon. Un objet tomba sur le carrelage, et lorsqu'il se pencha pour le ramasser, un nouveau tiraillement lui indiqua que sa cuisse appréciait peu ces efforts à répétition !

Intrigué, il vit qu'il tenait un cadre à photos entre les mains. On y voyait Lucy, plus jeune de quelques années, et derrière elle, un jeune homme blond séduisant. Les bras autour d'elle, il avait appuyé le menton sur son épaule pour sourire au photographe. Une certaine image du bonheur...

Salut, Robert.

Un craquement sinistre le ramena d'un coup à la réalité. Une branche de l'arbre le plus proche avait dû heurter le mur de la maison, et les rafales étaient devenues très violentes. Il n'y avait pas une minute à perdre.

Il posa le cadre puis se dirigea en boitillant vers l'escalier qui desservait l'étage.

— Lucy ! J'ai besoin que tu m'aides à...

Un violent coup de tonnerre accompagné d'éclairs le fit sursauter. Non, non, non... Ce n'était pas possible. *Mathilda* frappait trop tôt !

S'il fonçait sur l'autoroute, le trajet vers Key West prendrait environ trois quarts d'heure. Mais il pouvait se passer beaucoup de choses en quarante-cinq minutes. Pris dans les tourbillons, naufragés de la route, Lucy et lui n'auraient aucune chance.

Il avait vu trop d'ouragans pour en douter : la meilleure solution était de rester sur place. Tant que les réseaux fonctionnaient, il devait joindre Luis et lui confier la direction de la cellule opérationnelle. Il regrettait amèrement d'abandonner le navire, mais il n'avait plus le choix !

Tendu à l'extrême, il envoya un SMS à son frère, puis rangea son mobile dans la poche de son jean. Alors, il leva une nouvelle fois la tête vers le haut de l'escalier.

— Réjouis-toi, Lucy, tu as gagné ! On n'ira nulle part cette nuit. Ni toi... Ni moi !

6

— Quoi ?

Lucy dévala l'escalier quatre à quatre, l'estomac noué. Avait-elle bien entendu ? L'idée d'être confinée avec Jackson lui faisait presque regretter son obstination. Peut-être aurait-elle dû fuir ?

Presque. Tout était dans le *presque*.

Elle releva le menton et croisa les bras pour dissimuler le tremblement de ses mains. Mais elle avait beau faire, ses tics prenaient le dessus. Elle se surprit à compter « 1, 2, 3 » en tapant du pied sur le carrelage...

Que Jackson la regarde fixement n'arrangeait rien, au contraire. Il était trop intuitif, trop intelligent à son goût. Il...

Un craquement au bout du couloir la fit sursauter. Le bruit était venu de la fenêtre non protégée et elle courut vers son bureau, Jackson sur les talons. Elle vit alors plusieurs grosses branches de chêne voler comme des brindilles et, pour la première fois, l'angoisse se doubla d'une peur physique.

— Il faut descendre au sous-sol, dit-elle d'une voix rauque.

— Parfaitement d'accord. Mais avant, il faut débrancher les fusibles et sécuriser cette fenêtre.

Une occupation. Excellent. Elle se sentait toujours mieux quand elle avait quelque chose à faire.

— Je gère la fenêtre, ajouta Jackson. Occupe-toi du tableau électrique. Où est le volet ?

— Contre le mur.

— As-tu des lampes de poche ?

— Dans la boîte, sous le guéridon du couloir. Il y a aussi des lanternes sur batteries et des petites lampes à gaz.

— Génial... Je vais en prendre une. Il ne faudra pas oublier d'emporter les autres en bas.

Quand ils sortirent du bureau, elle le regarda s'éloigner. Dans la semi-pénombre, sa haute silhouette lui parut encore plus impressionnante et une chaleur étrange se diffusa en elle...

— Prends une torche, Lucy. Tu en auras besoin après avoir coupé le courant.

Elle s'exécuta en silence. Juste avant de franchir la porte latérale, il se tourna vers elle.

— Remplis la baignoire, l'évier et les lavabos d'eau potable.

— C'est fait.

Elle ne put être sûre qu'il l'avait entendue car il était déjà sorti. Alors, restée seule, elle paniqua de nouveau à l'idée d'être confinée avec lui. Elle se rappelait très bien les phases d'enfermement avec Robert. La manière dont il lui avait dicté sa conduite, persuadé de savoir « ce qui était mieux pour elle ».

Graduellement, elle en était venue à ne plus rien décider. Il l'avait mise sous cloche – quasiment sous tutelle – et elle avait dû lutter pour sortir de cette spirale.

Jamais elle ne retomberait dans ce piège. Même si son instinct la poussait vers Jackson, elle ne *pouvait pas* courir ce risque. Elle avait trop peur de filer tout droit vers un nouveau désastre !

Elle sursauta en entendant claquer le volet du bureau. Elle devait faire sa part du travail, et vite !

Lanterne en main, elle actionna le disjoncteur, puis elle courut fermer l'arrivée d'eau principale dans la buanderie. Lorsqu'elle regagna le couloir, Jackson était déjà là. Il agrippait les montants de la porte à deux mains et, effrayée, elle vit un muscle de sa mâchoire tressauter.

Il commença à parler, mais ses propos étaient couverts par les hurlements du vent et elle se rapprocha de lui. On aurait dit qu'un aimant gigantesque le repoussait dehors. N'avait-il plus de forces, lui si athlétique ?

— Que..., commença-t-elle.

— Je n'y arrive pas ! hurla-t-il.

— À quoi faire ?

Il chancela et serait tombé si elle ne s'était pas glissée entre lui et le mur. Elle faillit s'écrouler sous son poids et dut s'arc-bouter pour maintenir son équilibre.

— Jackson ? Qu'y a-t-il ? Es-tu blessé ?

— Ferme... la porte, prononça-t-il d'une voix tremblante.

Lorsqu'elle lui entoura la taille, elle remarqua le filet de sang qui coulait de sa jambe.

Oh non, non, non...

Une montée d'adrénaline, violente et imprévue, la suffoqua. Rien ne se passait comme prévu, mais elle devait tenir !

Basculant en mode professionnel, elle s'adressa à Jackson comme s'il était un patient.

— Ça va aller. Respire. Je suis là. Je vais m'occuper de toi.

Elle le soutint du mieux qu'elle pût jusqu'à la cuisine, où il s'affala à plat ventre sur la table. Sans réfléchir, elle retourna dans le couloir et, luttant contre les rafales, claqua la porte. Puis, ayant tiré le verrou, elle courut retrouver Jackson.

— Hé… Peux-tu rouler sur le côté droit ? Si tu y arrives, tu pourras t'asseoir sur la chaise qui est juste là.

Non sans mal, il s'exécuta. Elle lui conseilla alors d'allonger sa jambe blessée droit devant lui et de rester immobile. Ce simple mouvement parut l'épuiser car il ferma les paupières.

— Jackson ? Que s'est-il passé ? C'est Mitzi Gator ?

— Moi, je ne connais que Mitzi Gaynor, marmonna-t-il. La tienne a oublié de chanter, mais en attendant, elle m'a bien eu !

Lucy ne put s'empêcher de sourire. Elle trouvait très mignon que Jackson connaisse cette chanteuse et actrice des années 1950. Il remontait dans son estime… Même si elle n'aimait guère cela.

Se reprenant, elle lui encercla le poignet. Le pouls était lent et régulier. Un souci de moins.

— Mitzi ne s'approche pas des gens d'habitude, commenta-t-elle, perplexe. Je ne comprends pas pourquoi elle a réagi comme ça, même avec l'orage. Quand t'a-t-elle attaqué ?

— Quand je suis arrivé. Elle m'a mordu la cuisse.

La vision de Jackson à moitié accroupi dans la cour lui revint en mémoire tel un flash. Elle l'avait pris pour un rôdeur, mais, à présent, elle comprenait mieux.

— Ne me dis pas que, depuis tout à l'heure, tu cours dans tous les sens avec la cuisse ouverte ! s'écria-t-elle.

Perturbée et anxieuse, elle n'avait rien remarqué. Elle avait d'ailleurs évité de trop le regarder. Sinon, elle aurait bien vu qu'il saignait !

— J'ai connu pire, répliqua-t-il. C'est superficiel. Du

moins, ça l'était jusqu'à ce que le volet métallique ne vienne taper sur ma jambe.

— Oh ! Seigneur. C'est un miracle que tu aies pu revenir !

— C'est surtout un miracle que j'ai sécurisé la fenêtre. Tu devrais bloquer la porte avant que les tourbillons ne l'arrachent.

Une main à ses lèvres, elle se précipita vers l'entrée latérale. Malgré la véranda protectrice, la porte tremblait sur ses gonds. À la lueur de la lanterne, elle alla chercher dans son bureau les deux barres de fer spéciales qui permettraient de la renforcer.

Réprimant une nausée subite, elle accomplit cette mission comme un automate. Voilà. Elle était tranquille. La maison était entièrement protégée et elle ne pouvait rien faire de mieux.

Restait maintenant à s'occuper de Jackson.

Lorsqu'elle revint, il leva la jambe et se pencha vers sa coupure.

— Arrête ! protesta-t-elle. Tu risques d'aggraver les saignements.

— Je suis secouriste. Je connais mon métier.

Avant qu'elle ait pu réagir, il attrapa son genou à deux mains et installa sa jambe sur la chaise voisine en grimaçant de douleur.

— Et après, tu diras que *je* suis têtue !

Contrariée, elle lui glissa une autre chaise sous le pied, puis elle rapprocha sa lanterne pour évaluer l'ampleur des dégâts.

— Ce n'est pas grave, déclara Jackson après avoir écarté le pan déchiré de son jean. Le coin du volet n'est pas rentré dans la coupure, c'était juste un gros choc. Maintenant, il me faudrait une aiguille et du fil...

— Aurais-tu l'intention de te recoudre toi-même ?

— Bien sûr.

Exaspérée, elle leva les bras au ciel.

— Ne sois pas ridicule ! Je suis vétérinaire, je recouds des plaies quasiment tous les jours. Autrement dit, il y a des chances pour que je le fasse mieux – et plus vite – que toi.

Pestant entre ses dents, elle descendit chercher son matériel au sous-sol. Une fois revenue, elle se savonna longuement les mains à l'eau minérale, du côté de l'évier qu'elle avait laissé libre par précaution. Équipée de gants en latex, elle déplia ensuite un champ stérile sur la table. Il ne lui restait plus qu'à préparer son nécessaire à suture, ce qu'elle fit rapidement, et, enfin, elle s'agenouilla près de Jackson.

— Tiens la lanterne au-dessus de ta cuisse, s'il te plaît. Je vais commencer… Si tu te sens étourdi, arrête-moi. On fera une pause.

Elle tira sur le pantalon lacéré et constata que la blessure n'excédait pas trois centimètres de longueur. La morsure était néanmoins profonde : la pose de sutures s'imposait vraiment.

Alors qu'elle tendait le bras pour prendre ses ciseaux de cuisine, Jackson les attrapa et les lui donna.

— Demande-moi ce que tu veux au fur et à mesure, dit-il.

— Hors de question. Ces ciseaux-là vont servir à découper le jean, donc ça va, mais tu ne toucheras pas au matériel stérile. Contente-toi de suivre mes consignes.

— Ça te va bien de dire ça !

Elle n'aurait pas dû sourire en un moment pareil, pourtant, ce fut le cas. Elle appréciait ces joutes verbales. Elle appréciait *Jackson*, bien plus qu'elle ne l'aurait souhaité.

Heureuse que la pénombre dissimule ses joues pivoine, elle découpa un peu de tissu, mais sans l'arracher car il n'avait pas d'autres vêtements…

— Attention, c'est mon uniforme !

— Tu en achèteras un neuf. Si je ne nettoie pas cette plaie convenablement, elle risque de s'infecter. Fais confiance au Dr Lucy.

Il s'esclaffa.

— D'après Luis, tu es un excellent vétérinaire. Quand on a parlé de toi, il n'a pas tari d'éloges sur les animaux de thérapie. Il t'estime beaucoup.

Quoi ? Il a questionné son frère ?

Ignorant les crispations de son estomac, elle se focalisa sur sa tâche. Après avoir aspergé généreusement la coupure d'antiseptique, elle l'essuya à l'aide de compresses, puis elle attrapa une seringue et un flacon de lidocaïne.

— Je n'ai pas besoin d'anesthésie ! protesta Jackson. Je déteste les piqûres.

— Ferme les yeux et respire. Tu ne sentiras presque rien.

Elle aplatit la main sur sa cuisse musclée puis, le plus doucement possible, commença l'injection.

— Aïe ! Bon sang de bonsoir, tu... Aïe ! Tu m'en as injecté assez pour endormir un éléphant !

— Faux. Je t'ai administré la dose correcte pour un adulte de ton poids. On va attendre un peu, le temps que le produit agisse.

Il ne répondit rien, mais pendant qu'elle préparait son aiguille, il fixa le mur avec obstination. Après quelques minutes, elle s'assura que la zone était bien insensibilisée puis posa un premier point.

— Cinq suffiront, dit-elle. Ça va ?

— Oui. J'ai connu pire.

— Ah bon ? Où ça ?

— J'ai fait quatre ans de sauvetage en mer.

Son expression s'était durcie et, soudain, de manière inattendue, il demanda :

— Pourquoi as-tu choisi d'être vétérinaire ?

Elle haussa les épaules tout en posant un nouveau point.

— Parce que c'était ma vocation. J'ai toujours adoré les animaux. J'ai fait du bénévolat dans un refuge, où j'ai rencontré Dave. Il m'a aidée à entrer à l'université de Clemson. Il a été un de mes profs, et quand lui et Todd sont venus en Floride, on a gardé le contact. Sachant que je voulais m'installer à mon compte, ils m'ont recommandé Big Pine Key et… voilà l'histoire.

— Ta famille vit en Caroline du Sud ?

— Oui, à Charleston.

Elle avait voulu répondre d'un ton détaché, mais doutait d'y avoir réussi. Elle se crispait chaque fois qu'elle pensait à ses parents et à Robert.

— Encore deux et j'aurai fini. Ça va toujours ?

— Oui, bien sûr. Mais je m'en souviendrai, de ta Mitzi. Quelle idée d'adopter un alligator ! C'est peu banal…

— Elle est arrivée avant moi. D'après Dave, elle était là depuis deux ou trois ans. Elle chasse aux abords du marais et retourne à son terrier le soir. Mais on n'a pas trouvé mieux comme système d'alarme.

— Oui, je m'en suis rendu compte ! s'exclama-t-il avec un sourire en coin. Je vais de surprise en surprise avec toi, Lucy.

— Idem…

Le temps parut arrêter son cours, donnant à leur échange un caractère intime plein de possibilités. C'était comme si elle flottait loin du monde, comme si elle avait oublié ses peurs pour ne penser qu'à l'homme assis devant elle…

Un nouveau craquement sinistre, à l'extérieur, rompit le charme. Jackson détourna le regard et Lucy se dépêcha de poser son dernier point avant d'apposer un bandage protecteur sur la cuisse.

— C'est bon, dit-elle. L'effet de l'anesthésie va vite s'estomper. Il y a des antalgiques dans ma mallette. Tu devrais en prendre.

— Tu as raison. Merci beaucoup.

— Mais je t'en prie.

Elle se releva, puis commença à ranger son matériel. *Mathilda* et Jackson avaient bouleversé sa vie tranquille, mais entre les deux, il n'y avait pas photo.

L'homme sexy, incroyablement viril, qu'elle hébergeait par la force des choses la terrifiait bien plus que l'ouragan !

7

— Si tu as faim, on devrait grignoter quelque chose tout de suite. Ce sera moins évident en bas.

À peine Jackson avait-il fini de parler qu'un violent coup de tonnerre affola Lucy. Refusant de montrer sa peur, elle ouvrit la porte qui, dans la cuisine, desservait un petit garde-manger. Puis elle posa sa lanterne sur une étagère et chercha de quoi constituer un en-cas.

Tout à coup, elle eut si froid qu'elle se frictionna les bras de manière réflexe. Sans doute était-ce le contrecoup des émotions violentes qui l'animaient. La cacophonie extérieure était devenue assourdissante et on aurait dit que la maison tremblait sur ses fondations !

Elle avait connu de nombreuses tempêtes à Charleston, mais rien de comparable. D'ailleurs, la propriété familiale se situait dans les terres, pas sur la côte. Un cocon préservé où elle avait grandi dans le calme et le confort…

Au départ, être fille unique ne l'avait pas dérangée. Ses parents croyaient avoir affaire à une enfant timide et réservée, alors qu'en fait, les problèmes avaient déjà commencé. Ils étaient devenus patents lorsqu'elle était entrée à l'école.

D'un point de vue scolaire, elle avait toujours été en tête de classe. Sur le plan social, en revanche, elle n'avait jamais pu s'intégrer. Pour lui éviter d'être harcelée, on l'avait déscolarisée à l'âge de neuf ans. Elle avait suivi des cours par correspondance, avec tutorat privé à domicile.

Elle avait fait mine de s'en moquer, mais au fond, elle en avait souffert. Vivre dans une bulle n'était pas une vie ! avait-elle pensé maintes fois.

Elle venait de fêter ses dix-sept ans lorsqu'un de ses professeurs lui avait présenté Robert.

Ce garçon brillant, entré à l'université à quinze ans, avait aussi été harcelé en raison de son intelligence supérieure. Tous deux s'étaient découvert de nombreux points communs et ils avaient passé des heures ensemble à discuter, faire des puzzles ou flâner dans le jardin.

Ravie d'avoir rencontré un jeune homme séduisant qui s'intéressait à elle, Lucy était tombée amoureuse.

L'année où elle passait le bac, Robert avait obtenu sa licence de psychologie. Il avait ensuite intégré un programme d'études sur les troubles anxieux, affirmant que cette spécialisation lui permettrait de l'aider. En réalité, cela avait été le début de la fin.

Elle avait vite compris ce qu'elle représentait pour lui : un « cobaye », une personne fragile qui lui servait de sujet d'expériences. Lasse d'être manipulée – par lui, mais aussi par ses propres parents –, elle s'était alors battue pour recouvrer sa liberté.

Son rayon de soleil était venu du refuge pour animaux où elle s'était inscrite en tant que bénévole. Elle y avait rencontré le Dr Dave, un être exceptionnel et un soutien formidable.

Contrairement à ses « amis » et à Robert, il n'avait jamais prétendu vouloir l'aider. Ni juge ni partie, il avait toujours répondu présent. Il l'avait encouragée à parler, mais, surtout, il avait su respecter ses silences.

Quand il lui avait suggéré de devenir vétérinaire, elle avait sauté sur l'occasion.

Ses brillants résultats lui avaient ouvert les portes de nombreuses universités sans qu'elle ne s'inscrive nulle part après le bac. Mais un an plus tard, à la surprise générale, elle avait intégré Clemson sur la recommandation chaleureuse de Dave. Non contente de s'éloigner de Charleston et de ses parents, elle avait rompu ses fiançailles. Elle n'avait jamais rien regretté, au contraire.

Après avoir travaillé dans divers cabinets, elle avait finalement acheté Big Pine Key puis s'était construit une existence idéale, loin des menteurs et autres manipulateurs. Elle n'avait besoin de personne. Comment aurait-elle pu obéir à Jackson et quitter son sanctuaire ?

Une culpabilité soudaine l'envahit. Même s'il s'était jeté dans la gueule du loup, elle regrettait sincèrement que Jackson soit blessé, et qui plus est coincé au refuge. Il avait des choses à faire, un travail important… Elle ne pouvait que prier pour qu'ils s'en sortent.

Le grincement d'une chaise sur le carrelage l'arracha à ses réflexions. Jackson ! Que faisait-elle dans le garde-manger ? Lui avait-il demandé quelque chose ?

Elle revint dans la cuisine et le trouva penché sur sa cuisse, en train d'inspecter sa blessure à la lueur d'une torche. Alors, de manière inattendue, elle sentit ses doigts fourmiller. Il avait la peau douce, les muscles fermes. Elle avait aimé le toucher…

Son regard remonta malgré elle vers son torse puissant. Certes, il était beau, mais elle était surtout impressionnée par son charisme. Elle l'imaginait bien face au danger, sauvant des personnes âgées, des enfants ou des animaux en détresse.

— C'est génial que je te plaise autant, mais on

devrait peut-être se réveiller avant que *Mathilda* ne nous tombe dessus ? dit-il, taquin.

Oh ! non ! Grillée...

Rouge de confusion, elle battit en retraite vers le garde-manger. Voilà ce qu'elle devait faire : chercher leur repas !

Céder à son attirance pour Jackson serait une grossière erreur. Il semblait vouloir sauver la terre entière, donnant des ordres sans écouter l'avis des gens et, sur ce point-là, il ressemblait à Robert. Elle avait donné, merci.

Une nouvelle inspection des étagères lui permit de repérer ce qu'elle cherchait : des chips au maïs, un pot de guacamole, du pain de mie et un saucisson. Ils pourraient ranger les restes dans la glacière, une fois en bas...

Contente d'elle-même, elle renversa un seau et monta dessus pour atteindre le paquet de nachos. Mais soudain, elle perdit l'équilibre et serait probablement tombée si un bras ferme ne s'était enroulé autour de sa taille.

— Qu'est-ce que tu fais encore ? marmonna Jackson contre son oreille.

— Je prépare notre dîner.

Elle se débattit, furieuse. À ce train-là, il allait la prendre pour une empotée de première classe. Et puis zut, à la fin. Pourquoi s'en souciait-elle ? Ils se connaissaient à peine !

Elle le toisa, puis ajouta :

— Je t'avais dit de rester tranquille. Je suis ravie que tu suives mes conseils.

Il avait laissé remonter les mains sur ses bras et elle eut soudain la chair de poule. Ils étaient si proches qu'elle distinguait le léger duvet sur ses joues et son menton...

— Lucy ? Ça va ?

— Mais oui.

J'ai juste chaud. Beaucoup trop chaud.

Elle se focalisa sur l'étagère qui se trouvait derrière lui.

Normalement, il y avait six boîtes de maïs à cet endroit, mais elle n'en voyait que cinq. Où était passée la sixième ? Dès qu'elle en prenait une, elle refaisait son stock pour avoir toujours le même nombre.

Allongeant la main derrière Jackson, elle explora le rayonnage pour débusquer sa fameuse « numéro 6 ». À cette minute précise, son angoisse n'avait plus rien à avoir avec l'ouragan. Les TOC devenaient maîtres du jeu...

Alors qu'elle perdait pied, Jackson lui glissa un index sous le menton de manière inattendue. Elle sentit son cœur s'affoler, mais il la dévisageait trop intensément pour qu'elle ait la force de détourner le regard. Puis, soudain, il éteignit la lanterne, plongeant la pièce dans l'obscurité totale. Elle sursauta, paniquée.

— Qu'est-ce... que tu fais ?

Il l'enlaça doucement, un bras au creux de ses reins, l'autre lui encerclant la nuque. Elle se retrouva pressée contre lui avec la tête sur son épaule.

— Mets les bras autour de moi, chuchota-t-il.

Incapable de réfléchir, elle s'exécuta machinalement.

— Serre-moi plus fort, Lucy.

Aussitôt, elle éprouva la dureté de ses muscles et frissonna. Elle lui agrippa la taille telle une naufragée, même si, au fond, elle se détestait de réagir ainsi.

Elle ne pouvait pas s'accrocher à Jackson car jamais elle ne lui ouvrirait les portes de son univers. Si elle capitulait, elle perdrait l'autonomie si chèrement gagnée.

— Jackson...

— Oui ? lui murmura-t-il à l'oreille.

— Lâche-moi.

Elle le sentit se raidir, mais il obtempéra et ralluma la lanterne. Aussitôt, elle eut froid et, pendant quelques secondes, elle le regarda s'éloigner en boitant vers la cuisine. Puis elle se ressaisit.

Cet épisode avait au moins eu le mérite de la sortir de sa boucle infernale : elle rassembla ses provisions avant d'aller retrouver Jackson qui s'était assis à table.

— Désolé, marmonna-t-il, l'air penaud.

Elle mit le couvert, puis s'installa face à lui.

— Moi, je suis désolée que tu te retrouves dans cette galère.

— Il n'y a aucune raison. C'était mon choix.

— N'empêche. Je ne comprends pas pourquoi tu es venu.

— Parce que c'est mon métier d'aider les gens. Enfin... Cela n'a plus d'importance. Maintenant, on doit juste essayer de faire au mieux en attendant que l'ouragan passe.

Elle l'observa à la dérobée pendant qu'ils se restauraient. Elle avait beau s'en défendre, leur étreinte l'avait bouleversée. Pourtant, elle ne voulait pas qu'il la touche. Elle n'avait nul besoin qu'il la protège, qu'il soit gentil...

En es-tu sûre ? Oui. Arrête !

Ils terminèrent leur repas en silence. Gênée, elle se mit à jouer avec sa canette de soda vide.

— J'espère que tu as assez mangé, dit-elle timidement.

— C'était parfait, merci. As-tu du réseau ? ajouta-t-il, sortant son téléphone de sa poche.

Elle prit le sien et scruta l'écran.

— Non.

— Moi non plus, répondit-il, visiblement préoccupé.

Bam ! Craaaaac !

Ils levèrent le nez vers le plafond en même temps. Puis elle considéra Jackson, affolée.

— C'était quoi, ça ?

— Je pencherais pour un morceau de toiture arraché. Rien de catastrophique, sinon le bruit aurait été plus fort.

Elle se précipita dans le couloir.
— Je vais aller voir ça.
Le grincement d'une chaise sur le carrelage la fit ralentir, en même temps que la voix de Jackson :
— Non ! Lucy, arrête ! Je voulais dire que le toit ne s'est sûrement pas envolé, mais ça doit quand même être grave… Attends une seconde.
Elle le vit boitiller vers le garde-manger puis revenir avec un balai en guise de béquille et elle eut mal pour lui. Quelle idiote ! Elle devait tout faire pour l'aider au lieu de compliquer les choses.
— On devrait descendre, dit-elle.
— 100 % d'accord. Je n'ai rien vu de très confortable pour s'asseoir en bas. Peut-on prendre les coussins du canapé ?
— Bien sûr.
— As-tu une chambre au rez-de-chaussée ?
— Quoi ?
Jackson s'était rapproché d'elle et cette proximité lui enlevait toute capacité de raisonnement.
— Une chambre, Lucy ! répéta-t-il d'un ton sévère. Y en a-t-il une à cet étage ?
— Oui, pourquoi ?
Elle humecta nerveusement de sa langue ses lèvres sèches. Voyant le regard de Jackson s'assombrir, elle fit trois pas en arrière.
— Je… vais chercher les coussins.
— Laisse tomber, je m'en occupe. Simple ou double, le lit ?
Pourquoi lui posait-il ces questions ? Elle ne comprenait rien. Elle avait juste conscience d'avoir très chaud.
— Euh… Double.
— Super… Va retirer les draps, je te rejoins dans une minute.

Elle laissa échapper un soupir de soulagement quand, enfin, il s'éloigna. Non contente d'affronter un ouragan, elle allait passer la nuit, au minimum, avec cet Apollon super-sexy.

Elle ne savait pas ce qui était le plus dangereux pour sa santé mentale !

8

Après avoir lancé les coussins dans l'escalier, Jackson marcha vers la lumière qu'il distinguait au fond du couloir. Pourtant, arrivé sur le seuil de la chambre, il s'arrêta net, fasciné par la vision de Lucy à quatre pattes sur le lit.

Submergé par une chaleur traîtresse, il inspira plusieurs fois à fond avant de la rejoindre.

— Attends, je vais t'aider…

Il tira de toutes ses forces sur un coin du drap-housse au moment où Lucy enlevait l'élastique de son côté. Déséquilibrée, elle se retrouva soudain les quatre fers en l'air sur le matelas… et Jackson eut encore plus chaud.

Voyant qu'il la dévisageait, elle lui lança un regard furibond puis, jetant le drap sur le parquet, elle se leva.

Ouf.

Conscient que le temps pressait, il saisit le matelas et le fit basculer de côté. Avec un peu de chance, l'ouragan ne durerait pas plus d'une nuit. Il pourrait alors rejoindre Key West et son équipe.

Jusqu'alors, il n'avait pu appeler personne ni expliquer pourquoi il avait quitté la tour de contrôle. Ses supérieurs comprendraient-ils sa motivation ? Accepteraient-ils qu'il ait abandonné le navire pour sauver une vie, une seule ? Il l'espérait, sans en être vraiment sûr…

Il remarqua soudain que Lucy s'était postée à l'autre bout du lit, offrant une vue plongeante sur le décolleté en V de son débardeur. Le faisait-elle exprès ? Il n'avait pas besoin de cette distraction !

Il se détourna, non sans avoir surpris un haussement de sourcils inquisiteur. Voilà, il s'était fait repérer. Il devait trouver un point focal, fixer le mur. Mais il avait beau faire, son regard se posait toujours sur cette jolie poitrine qui le narguait...

Un peu étourdi, il se concentra sur le matelas. Son pouls était irrégulier, signe qu'il avait perdu plus de sang qu'il ne l'imaginait, mais il se reposerait en bas une fois la corvée finie. Il avait besoin de rester lucide et opérationnel.

Pantelant, il traîna sa lourde charge vers la porte, secondé par Lucy. Dans le couloir, il garda le matelas en équilibre contre le mur pendant qu'elle allait débarrasser l'escalier des coussins qu'il avait jetés.

— Voilà, on est prêts, dit-il lorsqu'elle remonta. Tu vas pousser, je descendrai en arrière.

— Pourquoi fait-on ça, au juste ?

— Pour protéger nos têtes et les animaux au cas où le plafond nous tomberait dessus. C'est une vieille maison, et je ne réponds pas de la structure. Si l'étage est touché, il n'est pas certain que le reste tienne le choc.

Penchant la tête, il croisa le regard effrayé de Lucy et esquissa un sourire.

— Allez hop, courage. Un, deux, trois... c'est parti.

Agrippée aux poignées du matelas, Lucy fit de son mieux pour aider Jackson. Ils atteignirent le sous-sol sans encombre, mais au lieu de poser leur fardeau par terre, ils le mirent une nouvelle fois à l'aplomb du mur.

— On va empiler tes caisses de rangement en plastique

là, au milieu, dit Jackson. Il faut construire une sorte de cabane.

Ayant compris ce qu'il voulait, elle s'activa avec une énergie décuplée. Jackson faisait sa part, très actif malgré sa blessure, et elle ne pouvait s'empêcher de l'observer à la dérobée.

Après l'épisode du garde-manger puis les regards brûlants qu'il lui avait jetés dans la chambre, elle avait intensément conscience de sa masculinité. Elle admirait ses épaules larges, son ventre plat, ses cuisses fermes et ses fesses musclées qui saillaient au moindre effort sous son jean noir.

Ces pensées incongrues la déstabilisaient d'autant plus que son angoisse bouillonnait comme de la lave. Si elle ne se maîtrisait pas, tout risquait de déborder...

Elle soupira et prit délicatement la cage de Tigrou pour la poser sur une pile de caisses. Le chaton, encore fatigué après son opération, dormait beaucoup, et cela valait mieux. Elle préférait qu'il ne s'aperçoive de rien !

Jackson avait installé Bubba – pour une fois peu bavard – de l'autre côté de la « cabane ». Tout semblait en ordre.

— On fait quoi, maintenant ? demanda-t-elle.

— On récupère les lanternes et les dernières provisions là-haut, on va aux toilettes et on se calfeutre.

Dix minutes plus tard, il décréta que tout était enfin en ordre et remonta barricader la porte. Lucy se mit alors à arpenter le sous-sol, mains derrière le dos, perturbée par le calme ambiant.

— Voilà, on peut mettre ce bazar sur nous.

La voix de Jackson la fit sursauter. Elle se dépêcha de prendre un côté du matelas, qu'ils levèrent non sans mal pour le poser sur le bord des cages. C'est alors que la cacophonie se déclencha. Perroquet et chaton se mirent à protester à grand renfort de cris et de miaulements, et Sam faillit faire tomber Lucy en venant tourner dans ses jambes. Elle aurait dû s'en douter !

— J'aimerais bien rester là toute la nuit, marmonna Jackson contre son épaule, mais si on veut y arriver, il va falloir que tu bouges.

Elle eut soudain la chair de poule. Mortifiée, elle lâcha prise et recula. Mais c'était sans compter sur le poids du matelas qui finit par déséquilibrer Jackson. Il se retrouva plaqué au mur, collé à elle, et elle ferma les paupières.

Tu peux y arriver. Tu maîtrises la situation.

Elle avait beau se répéter ces deux phrases en boucle, c'était loin d'être le cas. Une part d'elle-même aurait voulu passer la nuit dans les bras de Jackson. L'autre la poussait à fuir, quitte à se retrouver prise sous les éléments déchaînés. Et bien sûr, aucune des deux options n'était envisageable…

— Ça va ? murmura Jackson

Son souffle tiède lui chatouillait la joue. Elle choisit le sarcasme pour contrebalancer l'effet de son odeur boisée sur ses sens.

— Super… Ça n'a jamais été aussi bien ! Et toi ?

— Pareil. Le Nirvana.

Son humour la détendit un peu. Elle fixa un point derrière lui, inspira profondément et sourit. Jamais elle n'avait connu un moment comme celui-là, à la fois bizarre et intime. Avant qu'elle ait pu réfléchir, la question jaillit de sa bouche :

— Pourquoi m'as-tu prise dans tes bras, tout à l'heure ?

Comme il ne répondait pas, elle chercha la réponse sur son visage. Elle constata alors qu'il la dévisageait avec une intensité troublante. Puis il se dégagea pour lui permettre de remuer et, perplexe, elle reprit sa position à l'autre bout du matelas.

Unissant leurs efforts, ils le positionnèrent enfin au sommet des cages. Elle éprouva alors l'envie irrésistible de courir vérifier la barre de porte, de mesurer le nombre de pas entre le mur et l'escalier, ou de remettre les cages bien droites. Car elles avaient dû bouger, elle en aurait mis sa main au feu...

— Tiens...

La voix de Jackson interrompit ses pensées maniaques. Elle sentit qu'il lui mettait quelque chose de doux dans les bras. C'était un coussin et le contact du tissu l'apaisa immédiatement.

En réalité, c'était *Jackson* qui l'apaisait. Étrange... Ils se connaissaient à peine, mais sa présence lui faisait du bien. Elle n'avait jamais ressenti cela avec personne, pas même...

Stop. Arrête. Ne pense pas à Robert.

— Merci, dit-elle.

Elle se glissa dans la cabane et s'assit en tailleur, avec le gros coussin derrière le dos, plus deux autres sur le côté. Heureusement, le refuge était confortable et quand Jackson la rejoignit, il commença par allonger les jambes.

Sa grimace de douleur ne lui échappa pas. Elle fronça les sourcils.

— Tu souffres beaucoup ?

— Je survivrai.

— Je vais quand même regarder. Mets la lanterne au-dessus de ta cuisse.

Elle se décala vers lui. Alors, avec délicatesse, elle écarta le pan de jean déchiré et souleva le bandage.

— Ça saigne encore un peu, mais les points ont tenu.

— Bon travail, Lucy. Tu es une pro.

Elle leva les yeux vers lui et le regretta immédiatement.

Non, l'attirance qu'elle éprouvait n'était pas le fruit de son imagination. Le désir était là, bien réel...

— Je vais te donner un anti-inflammatoire pour compléter le paracétamol.

Elle voulut sortir du refuge, mais Jackson l'arrêta d'une main posée sur son bras.

— Du calme. Je sais que tu t'inquiètes, mais ce n'est pas la peine de m'ajouter à la longue liste de tes angoisses. Vérifie plutôt que les animaux sont en forme.

— Tu vois bien que oui ! Tigrou dort, Sam s'est couché dans son panier, Bubba mâchonne son anneau en caoutchouc... Tout est en ordre.

— Explique-moi pourquoi tu n'aimes pas que les gens s'occupent de toi, Lucy.

Puisqu'il avait snobé sa question, un peu plus tôt, elle n'allait sûrement pas lui raconter sa vie. Elle regagna sa place en silence, mais, voyant qu'il attendait, elle finit par répondre :

— Je préfère me débrouiller seule. Pourquoi veux-tu toujours contrôler les gens, toi ?

— Parce que je suis un super héros. C'est mon métier... Sérieusement, Lucy, il y a une différence entre la débrouillardise et l'entêtement destructeur.

— Ah bon ? Sais-tu au moins de quoi tu parles ?

Elle recula encore, jusqu'à ce que son dos touche la cage de Bubba. Aussitôt, le cacatoès vint lui capturer une mèche de cheveux qu'il porta à son bec, ce qui la fit sourire.

— Tu sais quoi ? Laisse tomber.

Jackson eut l'impression qu'un énorme « *warning* » clignotait sur la tête de Lucy. Pourtant, il n'avait pas envie de laisser tomber. Cette discussion le mettait mal à l'aise aussi, mais il voulait continuer.

— Pourquoi refuses-tu qu'on t'aide ? insista-t-il.

Pourquoi me tenir à distance ? Je veux être là pour toi…

Le regard de Lucy se perdit dans le vague et il se traita d'idiot. En tant que professionnel, il aurait dû maintenir une distance raisonnable. Il y parvenait très bien avec ses patients, alors pourquoi pas avec elle ?

— On fait un marché, dit-elle soudain. Si tu m'expliques pourquoi tu m'as prise dans tes bras, je te répondrai.

Quand elle se tourna pour embrasser Bubba à travers la cage, il se sentit bêtement jaloux. Jaloux d'un perroquet. Cette fois, il touchait le fond !

— J'ai pensé que tu en avais besoin, expliqua-t-il. Je l'ai senti. Voilà pourquoi.

Elle lui lança un regard dubitatif.

— Je ne t'imaginais pas donner dans le registre émotionnel.

— Ça n'a rien à voir avec les émotions. C'était juste… comme ça.

— Ça a tout à voir, au contraire.

Quitte à marcher sur un champ de mines, Lucy ne se voyait pas faire demi-tour. Autant foncer tête baissée !

— Prendre quelqu'un dans les bras, c'est avoir des sentiments, se connecter à la personne, créer du lien…

— Pas pour moi, répondit Jackson, la mine sombre. Je ne crée jamais de liens. C'est ma règle absolue.

Elle étira les doigts pour se détendre. L'excès d'énergie coulait dans ses veines comme du champagne. Elle se sentait prête à tout pour avoir le dernier mot.

— Tu en avais besoin aussi, dit-elle. Tu ne m'enlèveras pas ça de l'idée.

Il haussa les épaules.

— Pense ce que tu veux.

Elle eut la conviction d'avoir touché juste et, au lieu de s'en tenir là, enfonça le clou :

— Je me demande quand même pourquoi tu as éteint la lampe... Mais dans le noir, il est vrai qu'on réfléchit moins. L'obscurité désinhibe. On agit impulsivement, on suit son instinct...

— Passionnant, marmonna-t-il, et elle eut l'impression de voir un fauve prêt à bondir. Que sais-tu des instincts ? T'arrive-t-il parfois d'écouter le tien ?

La température était montée en flèche, mais elle refusa de capituler.

— Non, jamais, rétorqua-t-elle.

— Voilà... Il y a une énorme différence entre nous, Lucy.

— Laquelle ?

Elle avait eu du mal à prononcer ce petit mot car le souffle se bloquait dans sa gorge. Elle ne savait pas où menait cette conversation, elle ne maîtrisait plus rien...

— On utilise tous les deux notre instinct pour se protéger. Seulement, moi, je ne me voile pas la face.

Lorsqu'il se pencha vers elle, le temps suspendit son cours. Alors, avec une extrême douceur, il promena l'index sur son nez pour, finalement, l'arrêter sur sa bouche entrouverte.

— À ton avis, que se passera-t-il si tu fais confiance à quelqu'un ?

Subjuguée par cette caresse, elle répondit sans réfléchir :

— Je serai encore piégée et manipulée.

— Donc, ça t'est déjà arrivé ?

— Non !

Elle se dégagea et se rencogna au fond de leur espace, puis elle explora la glacière pour chercher une bouteille d'eau. Elle rafraîchit alors ses joues brûlantes, consternée par l'ironie de la situation.

Elle allait peut-être survivre à l'ouragan, mais son ego,

son mental, ne se remettraient pas de sa rencontre avec Jackson !

À son grand soulagement, il ne fit aucun commentaire et prit son téléphone dans sa poche.

— Essayons d'avoir quelques nouvelles de l'extérieur... Deux barres, waouh ! Je mets le haut-parleur...

« ... Se dirige vers Cuba, gagnant de la vitesse en pleine mer. L'impact sur les Keys devrait avoir lieu vers 3 heures du matin et le secteur entier est en alerte maximale. Où que vous soyez, mettez-vous à l'abri si ce n'est déjà fait... Les dégâts matériels sont d'ores et déjà évalués à plusieurs millions de dollars... »

Soudain, ce fut le silence. Elle lança un regard inquiet à Jackson.

— On a perdu le réseau. Ça va aller, Lucy. On s'en sortira.

À peine avait-il fini sa phrase qu'un vacarme assourdissant fit trembler la maison. Les cages vacillèrent sur leurs supports et leurs occupants, paniqués, se réveillèrent en même temps. Alors que Bubba commençait à chanter « Bienvenue dans la jungle », Tigrou miaulait à fendre l'âme et Jackson essaya de le réconforter du mieux qu'il pût.

Sans savoir comment, Lucy se retrouva à côté de lui, avec son bras autour d'elle. De l'autre main, il caressait toujours le chaton à travers les barreaux.

— Ça va aller, mon bonhomme. On est là. N'aie pas peur...

Sam, tout tremblant, s'était blotti contre la cuisse de Lucy. Elle lui caressa la tête, apaisée par la proximité de Jackson.

— Le plafond n'est pas tombé, dit-elle.

— Non. Tout va bien.

Sa main sur son épaule lui parut chaude, solide.

Néanmoins, elle se rendit compte qu'il tremblait aussi lorsqu'il lui glissa les doigts dans les cheveux.

— Tu sais ce qui me ferait plaisir ? chuchota-t-il.

— Non, quoi ?

— Un gros câlin, comme tout à l'heure…

Elle voulut protester quand il éteignit la lampe, mais elle en fut incapable et, finalement, elle ne résista pas lorsqu'il l'attira contre son torse. Les battements réguliers de son cœur étaient une douce musique comparée aux hurlements du vent. Elle lui enlaça la taille, mais fit une ultime tentative pour rester maîtresse du jeu.

— Que les choses soient claires entre nous. C'est moi qui t'aide, là, et pas le contraire.

Elle devina son sourire alors même qu'il resserrait son étreinte.

— J'en prends bonne note, Lucy.

9

Les dernières défenses de Jackson vacillèrent quand Lucy lui agrippa la taille.

Cela faisait maintenant trois heures qu'il luttait pour maintenir ses barrières en place. Il avait construit ce mur avec soin, pierre par pierre, depuis l'âge de quatre ans. Il ne pouvait pas abandonner après tous ces efforts !

Pourtant, malgré lui, l'édifice se craquelait. La faute à une vétérinaire pas comme les autres, une femme d'exception qui bouleversait ses repères.

Lucy avait vu juste : il avait suivi son instinct en éteignant la lumière, d'abord dans le garde-manger, puis là, au sous-sol. Mas cette fois, il voulait davantage qu'un simple « câlin ». Il avait besoin d'une connexion infiniment plus dangereuse, ce qu'elle appelait « créer du lien ».

Même s'il la désirait comme un fou, cette envie allait bien au-delà de l'impulsion charnelle. Et il avait peur, comme jamais dans sa vie, car il s'était juré de ne plus s'attacher à quelqu'un.

Bien sûr, il adorait Luis et ses parents adoptifs, mais avec eux, c'était différent. Il n'éprouvait pas le besoin de les protéger comme Lucy.

S'il s'était écouté, il l'aurait embrassée à perdre haleine. Il lui aurait chuchoté des mots tendres, lui aurait juré qu'on ne lui ferait plus jamais de mal. Elle était la dernière personne qui aurait dû lui plaire, et pourtant, c'était ainsi : elle comblait le vide qui lui déchirait le cœur depuis vingt-cinq ans.

Même s'il ne *voulait pas* céder à ce sentiment merveilleux, c'était plus fort que lui !

— Lucy ? chuchota-t-il d'une voix rauque.

— Quoi ?

Elle s'agita, mais au lieu de la libérer, il resserra son étreinte. Il n'était pas prêt à perdre cette chaleur, cette douceur...

— Parle-moi de Mitzi, demanda-t-il, espérant la rassurer en abordant un sujet familier. D'après ce qu'on m'a dit, les alligators sont des créatures sociales, alors pourquoi reste-t-elle ici avec toi ?

Elle se détendit de nouveau et il inspira profondément lorsque sa poitrine menue, mais ferme, lui effleura le torse. Il pouvait résister. C'était une question de volonté...

— Mitzi est presque amputée de la patte arrière gauche, expliqua-t-elle. On l'a retrouvée prise dans un piège destiné à capturer de gros rongeurs. Comme l'étang ouvre sur les marais, les anciens propriétaires ont accepté de la recueillir. Elle n'aurait peut-être pas survécu s'il avait fallu la transporter plus loin.

— Quoi ? J'ai été attaqué par un reptile infirme ? Mon ego en prend un coup, là !

Elle eut un petit rire.

— Pour rassurer ton ego, Mitzi se déplace très vite, même sur trois pattes. Sauf qu'en général, lorsqu'elle voit des humains, elle fuit. Elle préfère chasser des proies beaucoup plus petites. Les alligators sont des animaux à sang-froid qui ne dépensent jamais d'énergie inutilement.

— Pourquoi m'a-t-elle foncé dessus, alors ?

— C’est une future mère très protectrice. L’ouragan a dû la déboussoler, et toi, tu as eu la malchance de passer entre elle et son nid. Tu avais bien vu les panneaux, pourtant ?

— Quels panneaux ?

— Quand tu m’as amené Tigrou, tu as dû voir les pancartes « Danger, alligator » devant l’entrée principale ?

— Je suis arrivé par l’arrière. Il n’y en a pas sur le chemin.

— Non, c’est vrai. Il va d’ailleurs falloir que j’y remédie. Je suis désolée, Jackson. La plupart de mes visiteurs connaissent Mitzi, mais toi… J’aurais dû t’avertir.

Il lui caressa doucement le dos.

— Ne t’inquiète pas, cela ne fait rien. Mais dis-moi une chose… J’espère que tu n’es pas restée pour elle ? Les autres alligators de Floride se débrouillent très bien face aux ouragans. Elle s’en serait sortie.

— Peut-être.

Une vague de culpabilité le submergea. Qui était-il pour critiquer ce choix ? Lucy adorait ses animaux, elle se dévouait corps et âme pour eux. En matière d’amour, il n’avait pas de leçon à donner !

Mal à l’aise, il se tortilla sur son coussin. Quand Lucy resserra son étreinte, il se retint de justesse de l’embrasser sauvagement.

— Tu sais…, commença-t-elle.

— Oui ? Parle-moi, s’il te plaît. Comme tu l’as dit tout à l’heure, l’obscurité désinhibe. Alors ferme les yeux et laisse sortir les mots, Lucy. Explique-moi pourquoi tu as pris ce risque absurde. Ça m’intéresse vraiment de le savoir.

— Je… Euh…

Jamais Lucy n’aurait cru se retrouver dans cette situation un jour : alors que rien ne l’obligeait à se confier, elle en avait, paradoxalement, très envie.

— Ce sanctuaire animalier est mon refuge, dit-elle

à voix basse. Ici, personne ne dirige ma vie. Personne ne retourne mes problèmes contre moi. Je me sens en sécurité à Big Pine Key. Je n'ai rien à craindre des gens, et je n'ai pas non plus besoin de tricher. Voilà pourquoi j'ai refusé de partir.

Dans le silence qui suivit, le sang bourdonna à ses oreilles.

Elle n'avait jamais dit la vérité à personne à propos de Robert. Cette relation avait été trop humiliante. Elle avait perdu sa confiance en elle, sa dignité et une foule d'autres choses. Pourquoi en aurait-elle parlé ?

Mais avec Jackson, tout était différent. Sa force lui donnait du courage. Le courage de s'exprimer sans crainte que ses propos soient critiqués ou déformés. Certes, elle avait été furieuse qu'il lui donne des ordres, mais à présent, ce n'était plus le cas. Elle avait accepté sa présence, son autorité tranquille. Elle l'avait accepté, lui.

Était-ce le danger qui la faisait réagir différemment ? La certitude que Jackson avait souffert autant qu'elle par le passé ? Ou alors, le bien-être et la joie qu'il lui procurait ?

Espoir, bonheur, anticipation… Autant de mots qu'elle avait bannis de son vocabulaire. Et s'il n'était pas trop tard ?

— J'ai… fait confiance à un homme, une fois, commença-t-elle. Je me suis trompée et, cerise sur le gâteau, mes parents ne m'ont pas soutenue. Je croyais qu'ils m'aimaient, tous les trois, mais c'était faux.

Jackson promena l'index de son coude jusqu'à l'épaule, redescendit, lui effleura le poignet. Elle frémit sous la caresse si tendre et intime.

— Tu veux m'en parler ? chuchota-t-il.

Elle le voulait, oui. Mais l'ouragan, l'angoisse, cette relation nouvelle… C'était trop. Les TOC n'allaient sûrement pas tarder à reprendre la main. Il en allait toujours ainsi quand ses émotions débordaient.

Si elle avait été « normale », sa relation avec Robert aurait sans doute pris une autre tournure. Ils se seraient mariés, auraient fondé une famille. Elle ne se serait pas retrouvée perdue en Floride, réfugiée dans les bras d'un quasi-inconnu qui, tout comme elle, allait peut-être mourir d'ici quelques minutes ou quelques heures !

Elle commença à suffoquer. L'air lui manquait. Elle ne pouvait plus rester connectée à Jackson alors qu'elle en mourait d'envie...

— Hé, là...

Comme elle-même aurait pu le faire avec un animal apeuré, il lui parla doucement :

— Tout va bien, Lucy. Restons-en là si tu veux. Ta vie ne regarde que toi. Ce ne sont pas mes affaires.

Elle continua de respirer profondément pour juguler la crise de panique qui montait.

— Raconte-moi quelque chose, s'il te plaît. N'importe quoi. Dis-moi comment tu étais quand tu étais petit.

Il se raidit.

— Cela n'a aucun intérêt.

— Au contraire. Je suis sûre que tu étais un gamin remuant.

Silence. Elle insista :

— Me répondras-tu si je devine ?

L'étau de ses bras se desserra un peu, et elle eut l'impression qu'il respirait plus librement.

— Je ne peux pas t'empêcher d'essayer.

— Tu me diras la vérité ? Promis ?

— Je dis toujours la vérité.

À sa voix, elle comprit qu'il était sincère et qu'elle pouvait le croire. *Lui* n'était pas du genre menteur...

— Parfait.

Elle se recala confortablement contre lui, en essayant d'imaginer le petit garçon qu'il avait pu être.

— Je parierais que, déjà à l'époque, tu t'occupais des autres. Beaucoup d'enfants adoptés sont plus mûrs pour leur âge par la force des choses. Tu as dû acquérir très vite un certain sens des responsabilités.

— Hum... Ça se peut.

— Voilà pourquoi, encore maintenant, tu veux tout contrôler. Tu t'es précipité chez moi comme si tu voulais vaincre l'ouragan à toi tout seul.

Il eut un rire moqueur.

— Tu as beaucoup d'intuition pour une asociale, dis-moi !

Ignorant le sarcasme, elle poursuivit :

— Qu'est-ce qui t'a donné ce caractère ?

— C'est peut-être génétique, va savoir... Enfin, ça n'a plus beaucoup d'importance.

La douleur dans sa voix lui fit mal. Elle plaignait le petit garçon malheureux qu'il avait été.

— Je suis désolée, Jackson.

— Il n'y a pas de quoi. On est des survivants, toi et moi.

Pouvait-on se limiter à cela une vie entière ? Elle en doutait. Il devait y avoir autre chose...

Elle tourna la tête vers lui. Leurs visages se frôlèrent et, soudain, le temps s'arrêta.

Comme dans un film au ralenti, Jackson se pencha sur elle et l'embrassa. Électrisée par la pression douce et chaude de sa bouche, elle entrouvrit les lèvres pour mieux savourer ce baiser troublant.

Jackson ne prenait pas, n'exigeait rien. Il la goûtait comme on savoure un fruit mûr, avec un respect et une tendresse touchants. Jamais elle n'avait été subjuguée à ce point. Tout était devenu beau, simple, lumineux...

Sauf que rien n'était « simple » avec Jackson. À cause de lui, elle nageait en pleine confusion.

Quand il lui enlaça la nuque pour mieux approfondir le baiser, elle gémit de plaisir. Elle sentit qu'il collait les hanches aux siennes et ondula instinctivement contre lui.

— Arrête-moi, chuchota-t-il. Je ne suis pas l'homme qu'il te faut.

— Et moi, je ne suis pas la femme idéale… Tu as raison, ça suffit.

Il lui renversa la tête en arrière et lui butina le cou.

— Ça ne suffira jamais.

Un violent coup de tonnerre fit trembler la maison sur ses fondations. De manière réflexe, Lucy se plaqua contre Jackson et les pointes de ses seins durcirent. À présent, elle voulait plus. Beaucoup, beaucoup plus.

— S'il te plaît…, chuchota-t-elle. J'ai envie de toi.

Il reprit sa bouche en un baiser ravageur qui la laissa sans forces. Lui agrippant les épaules, elle se tortilla pour épouser son corps musclé. Elle avait besoin d'évacuer la tension, l'angoisse, le chagrin…

Lorsque, habilement, il lui glissa un genou entre les cuisses, elle faillit se consumer de plaisir. Cela faisait longtemps. Trop longtemps. Elle serra les jambes pour mieux l'emprisonner. Cet homme lui appartenait, elle était sienne.

Quand il la repoussa avec un gémissement sourd, elle eut du mal à comprendre pourquoi il la rejetait. Il respirait vite, de manière saccadée. Elle chercha la lampe à tâtons, lui heurta la poitrine…

— Reste tranquille, Lucy.

Rouge de honte, elle se tapit dans son coin. Jamais elle ne s'était jetée ainsi à la tête d'un homme ! Elle avait beau mettre sa réaction sur le compte de l'ouragan, cela n'expliquait pas tout.

Brusquement, une lumière aveuglante inonda l'espace. Elle se cacha à demi le visage pour échapper au regard inquisiteur de Jackson, mais il ne la regardait pas. Il examinait... sa jambe. Oh ! non !

— Je veux bien un anti-inflammatoire, tout compte fait.

Consternée, elle saisit la trousse de secours. Dans l'euphorie du moment, elle avait oublié que Jackson était blessé.

— Je suis désolée, balbutia-t-elle. Excuse-moi.

Elle aurait voulu disparaître sous terre. Jamais elle ne se montrait aussi inconséquente d'habitude !

Elle fourragea dans la mallette, prit les médicaments et retourna la boîte trois fois pour vérifier qu'il s'agissait du bon produit.

— Si seulement on pouvait guérir les bleus de l'âme avec des cachets..., commenta Jackson.

Au temps pour clore la discussion... Il semblait vouloir continuer, mais elle n'était pas obligée de suivre.

— Tiens, prends-en deux. Je vais te donner de l'eau.

Lorsqu'elle lui tendit la bouteille, il lui captura le poignet pour l'attirer contre lui et lui saisit le menton de sa main libre.

— Tu as gagné, je suis battu. Je croyais être expert dans l'art du camouflage, mais j'ai trouvé mon maître !

Quand elle ouvrit la bouche pour répondre, aucun son n'en sortit. Cela valait peut-être mieux.

— On a une décision à prendre, toi et moi, reprit Jackson. Or, je doute qu'on soit aptes à réfléchir correctement.

— Une décision ?

— Soit on reste prudents et on s'évite, soit on termine ce qu'on a commencé. Dis-moi ce que tu préfères, Lucy.

10

Si quelqu'un lui avait dit qu'un jour, son cœur gouvernerait sa raison, Jackson ne l'aurait pas cru. Pourtant, c'était vrai et, bizarrement, il s'en moquait.

Le regard expressif de Lucy avait détraqué tous ses signaux d'alarme. Ils brûlaient du même feu. Ils éprouvaient les mêmes angoisses, les mêmes doutes. Deux cœurs et deux âmes à l'unisson...

Il aurait pu suivre son instinct, l'enlacer et se perdre en elle, mais hélas, les choses étaient plus compliquées. Il voulait être sûr qu'elle n'aurait aucun remords ni regret s'ils faisaient l'amour. Autrement dit, elle était maîtresse du jeu.

Il espérait juste qu'elle se déciderait rapidement. Ou alors, il risquait de devenir fou !

— Je ne peux pas..., chuchota-t-elle.

Lorsqu'elle se dégagea, Jackson éprouva une terrible sensation d'abandon. Il se sentait à nouveau seul et perdu. Il aurait tout donné pour qu'elle change d'avis.

Que m'arrive-t-il, à la fin ?

Par le passé, il n'avait jamais eu de mal à gérer ses relations amoureuses. S'il pouvait séduire une fille qui lui plaisait, tant mieux. Sinon, il ne s'en rendait pas malade et il cherchait ailleurs. Mais là...

Il s'obligea à reculer pour ne pas commettre de geste inconsidéré. Tant pis si son corps protestait : un peu de frustration n'avait jamais fait de mal à personne. Au moins, cela l'obligeait à réfléchir !

— Jackson...

Il fronça les sourcils. Il ne voulait pas que Lucy s'excuse, encore moins qu'elle le plaigne. Voilà pourquoi il ne lui avait pas parlé de sa mère. Les gens l'avaient assez étouffé comme cela avec leur pitié. Avec leur curiosité mal placée et leur méfiance, aussi.

Face à lui, Lucy s'efforçait de se composer un air neutre, mais son regard ne trompait pas. Elle était incapable de masquer ses émotions, difficulté qui avait dû lui causer de gros problèmes. Elle avait parlé de « contrôle », de « manipulation ». La simple idée qu'elle ait pu en souffrir lui donnait envie de cogner dans le mur...

— Je veux bien de l'eau, s'il te plaît, dit-il.

Elle fit glisser la bouteille sur le sol dans sa direction.

— Ne bois pas trop, répliqua-t-elle.

— Je sais. Il faut l'économiser.

— Pas vraiment, on a des réserves. Je pensais plutôt à...

Elle n'acheva pas, mais il la vit rougir dans la semi-pénombre et hocha la tête.

— Ah oui, bien sûr. Tu as raison d'y penser... Merci.

Ils ne pourraient peut-être pas utiliser les toilettes avant un bon moment. C'était aussi simple que cela !

Il ne prit qu'une gorgée pour avaler ses deux cachets puis il rendit la bouteille à Lucy qui la remit au frais. Au lieu de se rasseoir tranquillement, elle s'agenouilla devant les boxes et parla à ses animaux. Puis elle commença à ranger les produits dans sa mallette comme si la survie du monde en dépendait.

— Lucy...

Elle se figea sans le regarder pour autant.

— On devrait peut-être parler de ce qui nous attend, reprit-il. Les choses pourraient mal tourner d'ici quelques heures.

Cette fois, elle se tourna vers lui.

— Tu veux dire… qu'on pourrait mourir ?

— Oui. Et, en réalité, je trouve plus simple d'évoquer la mort que mes sentiments.

— Idem… J'ai toujours du mal à exprimer ce que je ressens.

— Voilà pourquoi, en général, je prends du recul sur les choses. Pourquoi relier chaque événement à une émotion ? À quoi bon vouloir tout expliquer ? Moins on se complique la vie et mieux c'est !

Il se tut, sidéré. Il n'en revenait pas d'avoir osé dire cela…

— Intéressant, commenta Lucy d'un ton sec.

— Pourquoi es-tu si sérieuse ? D'après ce que je comprends, tu n'as jamais eu d'aventure d'un soir ni de relation juste pour le fun. Ça fait pourtant du bien… Tu n'en as jamais eu envie ?

Elle le toisa, l'air sévère, les bras croisés autour de ses genoux.

— Non.

Il voulut l'interroger sur son ex, mais n'en eut pas le loisir car un fracas épouvantable retentit au-dessus de leurs têtes. L'espace d'une seconde, il crut qu'un tremblement de terre secouait la maison, puis il comprit : la vieille bâtisse était en train de s'effondrer !

— Mets-toi au milieu ! hurla-t-il.

Il empoigna le coin du matelas pour le rapprocher de leurs têtes, ramenant la cage de Tigrou vers le centre. Lucy fit de même avec celle de Bubba, tandis que Sam se précipitait vers elle.

— Mets-toi à plat ventre, Lucy.

Les hurlements du vent rendaient les échanges difficiles, et ce fut à peine s'il entendit sa question :

— Est-ce que la maison s'écroule ?

Il rampa vers elle pour lui parler à l'oreille.

— L'étage a dû céder, oui.

— A-t-on une chance de s'en sortir ?

Certaines personnes se seraient mises à crier, à pleurer, à s'agiter. Mais Lucy restait stoïque, et l'admiration qu'il éprouvait pour elle monta d'un cran.

Par respect pour son courage, il ne devait pas lui mentir.

— Une faible chance. Ça va être dur.

Elle se figea, puis elle se blottit contre lui sans oublier d'attirer Sam entre leurs pieds. Ce simple geste lui parut plus éloquent que des mots : elle lui faisait confiance. Jamais il n'avait été aussi heureux d'inspirer confiance à quelqu'un...

Il l'embrassa sur le front et, oubliant sa cuisse meurtrie, entremêla leurs jambes.

— Merci, Jackson, chuchota-t-elle.

— Mais... de quoi ?

— D'être venu. Malgré mes beaux discours sur l'autonomie, je suis contente de ne pas être seule. Je suis désolée de t'avoir fait courir un danger mortel.

Une boule se forma au creux de sa gorge. Il ne voulait pas qu'elle s'excuse. Il était venu en connaissant les risques !

— Arrête, ce n'est pas ta faute, protesta-t-il. Un, je fais mon métier. Deux, si j'avais monté le niveau d'alerte plus tôt, on n'en serait pas là. Tu aurais eu le temps de réfléchir, on aurait pu trouver une autre solution...

Il espérait juste que ses parents, Luis et les autres habitants des Keys soient, eux, en sécurité car l'ouragan avait tourné très vite.

— Je m'inquiète pour Mitzi. Elle risque de perdre ses œufs.

La voix triste de Lucy lui fit mal au cœur. Comment la rassurer sans pour autant lui donner de faux espoirs ?

— Ne sois pas défaitiste, répliqua-t-il. Au pire, elle pourra avoir d'autres petits, non ?

— Ce n'est pas certain. Elle va sans problème jusqu'aux marécages sur trois pattes, mais j'ignore si elle s'accouplera de nouveau.

— J'ai l'impression que cette portée a une histoire particulière.

— Non... Enfin, si.

Elle tremblait un peu et il lui caressa le dos pour lui montrer son soutien.

— Mitzi a lutté pour survivre, reprit-elle. Ce serait triste qu'elle ait fait tant d'efforts pour rien. J'ai dû l'aider, tu sais.

— Ah, bon ? Comment ?

— Normalement, il n'y a jamais d'intervention humaine pendant la ponte. Mais lorsqu'elle était sur le nid, j'ai vu qu'elle peinait à s'équilibrer. Je l'ai soulevée légèrement pour que les œufs tombent bien droit. Sinon, elle allait les écraser.

— Quoi ? C'était très dangereux ! Tu es folle !

— Peut-être, mais elle a compris d'instinct ce que je faisais. Et depuis, on veille sur ce nid toutes les deux. Je ne pouvais pas l'abandonner, tu comprends ?

— Oui.

Lucy était viscéralement attachée à son refuge, à Mitzi, à ses animaux. Qui était-il pour la juger ?

Ils se turent pendant de longues minutes, mais l'univers, lui, n'était pas silencieux. Il y avait tous ces bruits, ces grondements, ces sifflements... Il s'émerveillait encore que Lucy, anxieuse comme elle l'était, garde son calme.

— À ton tour de parler, dit-elle soudain.

Il ne racontait jamais sa vie. C'était une règle d'or. Il essaya néanmoins de ne pas laisser son malaise transparaître.

— Qu'aimerais-tu savoir ? demanda-t-il d'un ton neutre.

— Eh bien, qui tu es, d'où tu viens…

Il soupira. Les verrous qu'il avait mis en place s'ouvraient l'un après l'autre. La faute à Lucy, à l'ouragan…

— Je suis né à Miami. Je n'ai jamais connu mon père qui est mort pendant la guerre du Golfe, avant ma naissance.

Sa voix avait vacillé malgré lui. Lucy le serra un peu plus fort.

— Oh ! Jackson ! Je suis désolée.

— Ça va, j'ai survécu. D'ailleurs, mon enfance n'a pas dû être pire que la tienne. C'est toi la plus courageuse de nous deux.

— Je ne suis pas…

— Si ! Tu es la femme la plus courageuse que j'aie jamais rencontrée.

Incapable de résister, il étouffa ses protestations sous un baiser brûlant. Quoi de mieux pour évacuer le chagrin et la peur ? Et puis, Lucy était si douce… Sa sensualité particulière l'ensorcelait. Jamais il n'avait désiré une femme à ce point !

Glissant les doigts dans ses cheveux, il approfondit le baiser. Arc-boutée contre lui, Lucy s'accrocha à ses épaules comme si sa vie en dépendait et il prit la mesure de son impatience : elle aussi avait dû rêver du moment où ils pourraient fusionner corps et âme.

Comme en écho à la tempête qui faisait rage, leurs langues se livrèrent un duel sans merci. Jackson capitula quand Lucy lui mordilla la lèvre inférieure, trop heureux de lui laisser l'avantage. Il espérait lui donner ce qu'elle cherchait et, surtout, ne pas la décevoir. Ils avaient tant de choses à partager...

Ivre de joie, il s'allongea à demi sur elle dans le minuscule espace qui leur servait de refuge. Puis il promena les mains jusqu'à sa taille et l'étreignit plus fort, s'enivrant du contact de ses courbes si douces. Mais le débardeur qu'elle portait était un obstacle. Dressé sur un coude, il tira sans ménagement sur le tissu pour le faire remonter tandis que Lucy lui nouait les bras autour du cou.

— S'il te plaît, murmura-t-elle d'une voix rauque.

Se penchant, il arrondit les lèvres sur son ventre plat, remonta doucement...

— S'il te plaît quoi, Lucy ?

— Tu le sais bien !

Il trouva l'attache de son soutien-gorge qu'il dégrafa. Elle gémit de plaisir quand il captura les pointes de ses seins entre pouces et index.

— Tu es belle.

— J'aime ça...

Galvanisé par sa réaction, il se pencha pour capturer un mamelon durci entre ses lèvres.

— Et ça, c'est encore mieux, je suppose ?

Il aimait la sentir bouger, lui donner du plaisir. Chaque mouvement l'incitait à lui offrir des caresses encore plus intimes.

— Jackson !

— Je sais, mon cœur. Juste un peu de patience.

Il fit pleuvoir une multitude de baisers sur son ventre, lui lécha le nombril. Explorer son corps dans l'obscurité était l'expérience la plus érotique, la plus merveilleuse et la plus frustrante qu'il ait jamais connue !

Incapable de se retenir plus longtemps, il lui dégrafa

son jean. Elle avait crispé les mains dans ses cheveux, mais soudain, elle se figea.

— Attends… Remonte un peu vers moi.

Même s'il brûlait de poursuivre son exploration, il s'arrêta et, lentement, amena son visage au niveau du sien.

— Qu'y a-t-il, mon ange ? Je vais trop vite ?

— Non.

— Quoi, alors ? Tu n'as jamais fait l'amour pendant un ouragan ?

Faire l'amour. C'était la première fois qu'il employait ce terme pour décrire une de ses expériences érotiques…

— Non, dit-elle en se cachant le visage contre son épaule. Mais je ne t'ai pas arrêté pour ça.

— Pourquoi, alors ?

— Je ne pensais pas que tu voudrais… Là, tout de suite… J'ai vingt-neuf ans, je ne suis plus vierge, et je devrais pouvoir en parler sans rougir ! ajouta-t-elle, agacée.

Une vague d'affection inattendue le submergea. Devait-il lui avouer combien il la trouvait merveilleuse, totalement adorable ? Il lui planta un baiser rapide sur les lèvres pour la rassurer.

— Tu n'aurais pas dû m'interrompre, dit-il d'un ton taquin. Si on avait continué, tu stresserais beaucoup moins.

Elle se mit à rire et lui donna une tape sur le dos.

— Tu es bien sûr de toi.

— Toujours !

Elle l'étreignit de toutes ses forces et il s'abandonna, la tête nichée dans son cou.

En arrivant à Big Pine Key, il avait espéré que l'ouragan passerait vite. Maintenant au contraire, il rêvait que ce confinement s'éternise. Car lorsque tout serait fini, Lucy et lui devraient quitter leur bulle. Or, il savait déjà qu'il aurait beaucoup de mal à se détacher d'elle.

— Jackson ?

— Hum ?

— Est-ce que ça nous interdit de nous embrasser ?

— Absolument pas !

Il déboutonna sa chemise qu'il fit valser dans les airs. Puis, allongé sur le dos, il ramena Lucy contre son torse, enivré par le contact de ses seins sur sa peau nue.

— C'est trop bon, murmura-t-il.

— Je n'aurais jamais cru dire ça un jour, mais je suis d'accord avec toi.

11

Lucy se réveilla lentement, les souvenirs de la nuit revenant peu à peu à sa mémoire.

Les baisers de Jackson. Leurs caresses tendres et passionnées. La manière qu'il avait eue de la distraire en lui faisant raconter des anecdotes sur son métier.

À un moment, elle s'était endormie dans ses bras. Mais à présent, elle était bien réveillée et elle sursauta. Il n'y avait plus aucun bruit. Tout était étrangement silencieux !

— On est morts ? chuchota-t-elle.

— J'espère que non, marmonna Jackson d'une voix embrumée.

Il remua légèrement, et le contact de son menton râpeux contre son sein fit naître en elle un délicieux frisson. Alors, avant qu'elle ait pu réagir, il captura un mamelon entre ses lèvres. Elle se tortilla de plaisir, mais quand il voulut lui embrasser le sein droit, elle le prit aux épaules pour le repousser doucement.

— L'ouragan ! Écoute.

Le soupir résigné de Jackson l'attendrit. Il ne semblait pas pressé non plus de rejoindre le monde extérieur.

— C'est fini, dit-il simplement.

— Et si c'était juste un répit ?

Elle n'entendait rien, sauf leurs compagnons qui

s'agitaient. Sam avait visiblement besoin de sortir, Tigrou réclamait des caresses. Quant à Bubba, il chantonnait « Soleil, soleil » en se balançant sur son perchoir...

— Non, c'est terminé, déclara Jackson.

— Mais alors... On s'en est sortis !

— Oui. *Mathilda* nous a épargnés.

Et Mitzi, alors ? Lucy rampa sur les coudes, prête à quitter la cabane, mais Jackson la repoussa d'une main ferme.

— Attends. Je veux vérifier que le plafond ne nous est pas tombé dessus.

Un vide immense s'insinua en elle. Elle enfila son T-shirt, consciente que sa relation avec Jackson allait prendre fin. Elle avait dormi avec l'homme le plus sexy du monde, mais cela ne se reproduirait pas et elle était triste.

— Tout va bien, annonça-t-il au bout de quelques minutes. Je vais relever ce coin du matelas. Si tu peux attraper la lampe...

L'esprit confus, elle s'exécuta et ralluma la lanterne. La clarté l'aveugla, et elle se couvrit le visage de manière réflexe, puis, lentement, elle écarta les mains et vit que Jackson la regardait en plissant les paupières.

— J'ai l'impression d'être devenu une taupe.

— Moi aussi !

Elle distribua eau et nourriture à ses animaux, prit ses propres médicaments. Elle avait perdu tous ses repères et, désorientée, elle se tourna vers Jackson.

— Est-ce la nuit ou le jour ?

Il baissa la tête sur sa montre connectée.

— Si ce truc fonctionne, il est 7 h 10.

— On n'a pas de réseau, en tout cas, annonça-t-elle en scrutant son téléphone. Comme il doit faire jour, on devrait monter. J'aimerais évaluer les dégâts, déblayer, nettoyer...

L'ampleur de la tâche l'effrayait moins que les adieux à venir. Elle se redressa, puis, du bout du pied, tapota le sol.

1, 2, 3… 1,2, 3…

— Il faut surtout que j'aille voir Mitzi, et après…

Jackson lui lança un regard inquiet.

— Essaie de te calmer, ma belle. Tu devrais te préparer…

— … Au pire, je sais. Mais ça va. Je tiendrai le coup.

Elle mentait, bien sûr, mais à quoi bon exprimer son désarroi ? Elle ne pouvait pas dire qu'elle était toute chamboulée à cause de lui. À supposer qu'ils se revoient dans les jours ou les semaines à venir, les TOC et autres crises d'angoisse auraient vite raison de leur histoire.

Jackson aurait beau faire, il ne pourrait ni la guérir ni la protéger contre elle-même !

Il lui effleura la joue et lui replaça gentiment une mèche derrière l'oreille.

— On est en vie, chuchota-t-il. C'est le plus important.

Leurs regards se soudèrent. Il avait toujours l'air aussi fort et déterminé. Un roc dans la tourmente.

— Tu as raison. Merci pour cette nuit, Jackson.

— Remercie plutôt *Mathilda*.

— Écoute, je… Sans toi, j'aurais perdu les pédales.

Son visage se ferma un peu. Elle eut l'impression qu'il voulait déjà prendre ses distances.

— Non, tu serais restée zen, dit-il enfin. Tu es forte et courageuse. Tu fais toujours ce qu'il faut.

Embarrassée, elle se détourna. Ce qu'ils avaient partagé était bel et bien fini. Ils allaient quitter leur bulle. Elle devait mobiliser son énergie et sa concentration pour affronter l'épreuve qui l'attendait.

— Que tu le veuilles ou non, je te serai éternellement reconnaissante, conclut-elle.

Sans attendre sa réponse, elle se posta à un coin de la cabane.

— Comment veux-tu procéder ? demanda-t-elle.

— On va bouger ce matelas et sortir les cages.

Comme la nuit précédente, ils se retrouvèrent collés l'un à l'autre dans l'effort. Ce contact rapproché ne fit rien pour apaiser ses nerfs et elle regretta de ne pas avoir suivi son « instinct » quand elle le pouvait. Mais il était trop tard et, au fond, mieux valait qu'il ne se soit « rien » passé…

Dès qu'ils eurent appuyé le matelas contre le mur, elle étira longuement ses membres engourdis. Néanmoins, elle oublia ses courbatures en voyant Jackson boiter.

— Tu as mal ? s'écria-t-elle, consternée. C'est la première question que j'aurais dû te poser ce matin. Mon cerveau tourne au ralenti !

— Ne t'inquiète pas, ça va. Je sens juste quelques tiraillements. Les choses rentreront dans l'ordre dès que j'aurai marché un peu.

Alors qu'elle songeait à l'examiner, il gagna l'escalier en tenant bien haut sa lanterne.

— Je vais voir si l'encadrement de la porte s'est fissuré ou pas. Attends une seconde…

Elle obéit sagement. Quelques instants plus tard, il lui annonça qu'elle pouvait le rejoindre et elle monta les marches.

— Ça m'a l'air d'avoir tenu. Prête ?

— Euh… oui.

Il tourna la poignée de la porte. Rien n'obstruait le passage et, finalement, ils émergèrent dans le couloir.

Oh ! mon Dieu…

Tétanisée, elle se couvrit la bouche à deux mains alors que Jackson lui entourait les épaules. Sam gémissait, mais elle n'avait pas la force de le rassurer. L'univers s'était écroulé autour d'eux… ou presque.

Si cuisine et salle à manger paraissaient intactes, un simple coup d'œil lui avait permis de constater qu'elle n'avait plus de bureau. Pire encore, l'escalier était devenu un puits de lumière naturel !

Elle voulut s'en rapprocher, mais Jackson l'arrêta du geste.

— Laisse-moi regarder d'abord, ordonna-t-il.

Elle s'arrêta et mit une main sur la tête de Sam pour l'empêcher d'avancer. Des débris de toutes sortes jonchaient la cage d'escalier. Morceaux de tuile, laine de verre, plâtre… Que restait-il de la maison ?

Pour la première fois depuis la veille, elle prit la pleine mesure du danger encouru. Dire qu'elle s'était imaginée à l'abri ! Quelle erreur !

Revenu vers elle, Jackson la prit par le coude et glissa une main dans le collier de Sam pour les entraîner vers la cuisine.

— Je n'ai pas vu grand-chose, l'escalier est trop encombré, déclara-t-il. On va sortir. On se rendra mieux compte des dégâts depuis la cour. De toute façon, il vaudrait mieux ne plus entrer ici tant que tu n'auras pas fait contrôler la charpente. Allez, viens.

Comme un automate, elle fit deux pas en avant… puis nicha la tête au creux de son épaule. Elle aurait voulu pleurer, mais elle en était incapable. La respiration régulière de Jackson était son seul lien tangible avec la vie.

Fais comme lui. Inspire. Expire. Encore.

— Ma vie est finie, balbutia-t-elle.

Oh ! non ! Pourquoi ces mots lui avaient-ils échappé ? Il allait la prendre pour une créature geignarde. Pour une…

— Ça va aller, Lucy. Tout va s'arranger. Peut-être pas demain, mais beaucoup plus vite que tu ne crois.

Pour avoir occasionné tous ces dégâts, l'ouragan avait dû être particulièrement violent. Il avait dû ravager les environs, un désastre pour la faune sauvage et… *Mitzi !*

— Je dois aller voir Mitzi ! s'écria-t-elle.

Folle d'angoisse, elle se dégagea et se précipita dans le couloir vers la porte latérale.

— Peux-tu jeter un coup d'œil aux alentours pendant que je vais à l'étang ?

— Non, on va tout faire ensemble. Je t'accompagne, décréta Jackson. Tu m'aides à enlever ces barres de fer ?

Son intonation calme lui permit de se focaliser sur le « ici, maintenant ». L'analyse des émotions viendrait plus tard. Pour le moment, elle avait d'autres choses à faire et chaque geste était, en soi, un petit progrès. Bouger signifiait que le pire était derrière eux, qu'il y avait un avenir même si les prochains jours s'annonçaient compliqués…

Sachant que Jackson souffrait, elle l'assista au mieux pour dégager la porte qui était un peu gondolée. Au bout de cinq minutes, le battant s'ouvrit, révélant une scène de chaos à peine croyable.

La petite véranda avait disparu. Une masse considérable de branchages, tuiles, briques et autres matériaux jonchait la cour. Mais cette fois, elle avait anticipé le choc, et au lieu de se lamenter, elle pivota vers l'étang, cherchant le moyen le plus sûr d'y accéder.

Jackson était retourné chercher Sam qui gémissait sur le seuil sans oser sortir. Malgré le poids du chien, il le porta facilement jusqu'à la cour arrière, où il le déposa en sécurité près du mur d'enceinte.

Rassurée sur ce point, Lucy continua de marcher vers l'étang.

— Il n'y a pas d'inondation ! s'écria-t-elle.

Un aboiement la fit se retourner. Sam était resté sur les talons de Jackson qui leva un pouce en riant.

— Il a vu une mouette ! La preuve qu'il y a des survivants !

Elle opina et poursuivit son chemin. Elle ne voulait plus regarder les arbres déracinés ni les branches qui obstruaient le passage. Mitzi était sa priorité absolue. Elle ne pouvait pas tout gérer en même temps.

Si elle trouvait le nid inondé, elle saurait que la couvée était perdue. Il avait énormément plu, et même si le niveau d'eau était resté stable, les berges avaient subi des dégâts...

Le cœur battant, elle contourna un gros bout de tôle – le toit disloqué de son appentis – et se rapprocha. L'eau n'était pas montée jusqu'au nid ! constata-t-elle avec un profond soulagement. En revanche, elle ne voyait pas Mitzi.

Paniquée, elle se mit à courir autour de l'étang. Elle avait fait la moitié du tour lorsque, soudain, elle distingua une forme sombre qui flottait parmi les branchages. On eût dit un petit tronc d'arbre, mais ce n'était pas le cas. C'était « son » alligator !

Elle se décala pour mieux observer Mitzi sans l'énerver. Si seulement elle avait eu ses jumelles ! Mais l'objet en question se trouvait dans les décombres de son bureau...

Soudain, deux mains fermes la prirent aux épaules.

— Respire, lui chuchota Jackson à l'oreille. Mitzi va bien ?

— Je ne l'ai pas vue bouger, mais elle est du bon côté du nid. Elle a dû voir que les œufs étaient intacts. J'espère qu'elle s'en rapprochera à un moment.

— Et alors, tu sauras si elle est blessée ou non ?

— Oui. En cas de problème, il faudra que j'aille l'aider.

Elle pivota vers Jackson et, regardant aux alentours, se rembrunit.

— Où est Sam ?

— J'ai trouvé une laisse dans ton cabinet. Au fait, bonne nouvelle, le bâtiment est intact ! Donc... J'ai pris une laisse et j'ai attaché Sam devant l'entrée.

— Super...

Incapable de supporter son regard perçant, elle tapota du pied sur le sol.

— Quoi ?

— Tu me surprends à chaque minute, répondit-il en lui effleurant la joue de l'index. Je n'ai jamais rencontré une femme aussi forte et courageuse que toi !

— Tu es sauveteur. Avec ton métier, tu dois pourtant connaître pas mal de gens qui ont du caractère.

— Oui, mais tu ne ressembles à personne. Tu es différente, Lucy.

Touchée par son sourire, elle ne put s'empêcher de le lui rendre.

— Dans le bon sens, j'espère ?

Avant qu'elle ait pu réagir, il se pencha et l'embrassa avec ferveur. C'était le baiser d'un homme qui vient de renaître à la vie : incapable de réfléchir, elle lui rendit sa passion au centuple. Elle avait besoin de lui maintenant. Elle aurait *toujours* besoin de lui.

Toujours ?

Il lui sembla qu'une vanne trop longtemps fermée s'ouvrait dans son cœur. Les émotions déferlaient en cascade, libérées par l'ouragan, le stress, le désir. Et, bizarrement, cela faisait du bien. Elle se sentait plus libre et plus « courageuse » qu'elle ne l'avait jamais été de sa vie !

Elle se cambra contre Jackson, prête à tout lui donner, là, maintenant, s'il le demandait. Lui aussi avait laissé tomber le masque pour se livrer à cette étreinte sauvage. Tous deux flottaient loin, très loin au-dessus des réalités du monde...

Graduellement, ils se calmèrent. Leurs baisers se chargèrent d'une tendresse infinie et, au bout d'un moment, ils se retrouvèrent main dans la main, à se dévisager comme s'ils se voyaient pour la première fois.

— Merci, chuchota-t-elle d'une voix étranglée.

Le regard de Jackson reflétait une vive émotion au point qu'elle lisait en lui comme dans un livre ouvert. Elle devinait son chagrin, sa méfiance. Elle savait aussi qu'il était courageux, honnête et droit. Un homme d'exception.

Lorsqu'il resserra son étreinte, elle sut que leur désir partagé allait bien au-delà du physique. Ils avaient soudé leurs âmes, leurs cœurs, d'une manière infiniment plus dangereuse...

— Ne me remercie pas, murmura-t-il. Cela vient de toi. De ta force, de ta personnalité.

Il avait tort sur ce point : la magie venait d'*eux*. Ils avaient affronté l'ouragan *ensemble*. Ils lui avaient échappé *ensemble*. Seule, elle n'était rien !

Il lui planta un baiser rapide sur les lèvres, puis la prit par la main.

— Prête ? On va voir le reste ?

— Oui.

Elle jeta un dernier coup d'œil sur Mitzi et poussa un cri de joie.

— Regarde ! Elle est montée vers le nid !

— Je suis vraiment content pour elle, répondit Jackson avec un large sourire.

— Avec un peu de chance, elle n'aura pas besoin de soins ! Quant au nid, on ne peut qu'attendre et espérer. Finalement, la chance sera peut-être avec nous.

Avec nous. Comme si Jackson allait s'éterniser...

— Allons voir la clinique, reprit-elle. Si le bâtiment est sûr, on pourra remonter Bubba et Tigrou.

Lorsqu'ils arrivèrent sur place, Jackson défit la laisse de Sam puis il la guida à l'intérieur. Comme il boitait, elle ralentit le pas et appuya la tête sur son épaule.

Elle voulait qu'ils marchent ensemble, côte à côte.

Pour combien de temps ? Elle refusait de se poser la question.

12

Plusieurs heures s'étaient écoulées depuis que Lucy et Jackson étaient remontés du sous-sol.

Après avoir installé Bubba et Tigrou à la clinique, ils avaient effectué un tour de la maison sans se risquer à l'étage. L'évaluation des dégâts avait pris du temps et n'était pas finie, mais grâce à Jackson, Lucy avait tenu bon.

Combien de fois l'avait-il prise dans ses bras pour la réconforter ? Elle en avait perdu le compte. Elle savait juste que, sans lui, les choses auraient été bien pires.

Évidemment, cette parenthèse n'allait pas durer et, bientôt, elle se retrouverait seule. Pourquoi, alors, refuser l'affection de Jackson ? Mieux valait au contraire s'en imprégner. Ces souvenirs seraient précieux lorsqu'elle ne pourrait plus s'appuyer sur son épaule…

— Je crois que ça se termine !

L'accueil du cabinet était devenu un centre de tri. Elle sourit à Jackson qui venait de la rejoindre, un petit carton à la main, un grand sac-poubelle dans l'autre.

— Je suis sorti de la cour et j'ai enfin pu avoir Luis au téléphone, ajouta-t-il. Key West a été pas mal touchée, mais ça va dans l'ensemble. Il nous envoie de l'aide dès que possible. Ça risque d'être un peu long.

— Bien sûr, je comprends.

Il était presque 14 heures, et Jackson avait rétabli l'eau et l'électricité, au grand soulagement de Lucy. Ils avaient pu se doucher dans la salle de bains du cabinet et, ensuite, se restaurer. Elle s'était donc sentie plus en forme pour affronter la tâche colossale qui serait la sienne dans les heures, les jours et les semaines à venir.

Par chance, la clinique – de facture moderne – avait bien résisté. Seules quelques tuiles manquaient à l'appel, mais le bâtiment était utilisable.

— Tu en as assez fait, déclara-t-elle, voyant que Jackson boitait de plus en plus. Si tu allais te coucher dans l'arrière-salle ?

Plus tôt dans la matinée, il avait pris des antalgiques et elle avait refait son pansement après avoir vérifié les points. Mais il y avait des limites, même pour les super héros !

— Tu dors ici parfois ? demanda-t-il.

— Oui, quand certains animaux ont besoin de soins la nuit. Mon canapé-lit est très confortable.

Il s'adossa au comptoir et la dévisagea, l'air pensif.

— Tu te donnes à fond pour ton travail. Te reste-t-il du temps pour toi ?

— J'aime mon métier, voilà tout. Et n'essaie pas de détourner la conversation ! Va t'allonger, cette jambe a besoin de repos. Ordres du Dr Lucy.

Au lieu d'obéir, il s'assit sur un tabouret et posa le pied sur une caisse.

— Voilà, tu es contente ?

Oui, elle l'était. Elle se réjouissait de l'avoir près d'elle. Quel dommage que cela ne puisse pas durer…

— Je me demande une chose, reprit Jackson. Comment peux-tu financer un pareil sanctuaire ? Les soins privés que tu dispenses ne doivent pas couvrir tes frais. As-tu reçu des dons ou fais-tu appel au mécénat ?

— Non. Je me débrouille.

Elle n'avait aucune envie d'épiloguer car il s'agissait d'un sujet sensible. À quoi bon parler du passé quand elle était heureuse ici et maintenant ?

— T'arrive-t-il de te déplacer pour soigner des animaux ? Luis a fait pas mal de bénévolat à l'étranger. J'ai entendu dire que les vétérinaires donnaient aussi de leur temps.

— C'est exact, mais je préfère travailler ici. Les frais de transport jusqu'au refuge et mes honoraires sont gratuits dans ces cas-là… Luis a l'air d'être un chic type, enchaîna-t-elle pour éviter d'autres questions personnelles.

— Absolument. Mais comme toi, il lui arrive d'être pénible, ajouta-t-il avec un sourire en coin.

— Je ne suis pas pénible !

Cette fois, il éclata de rire.

— Mon cœur, tu es pire qu'une bande de chats sauvages en liberté ! Mais pour moi, c'est un compliment. Tu as une personnalité différente et j'aime ça.

Robert n'avait jamais apprécié cette « différence ». Il avait voulu la faire entrer dans un moule, coûte que coûte. L'histoire allait-elle se répéter ? Elle n'avait pas besoin qu'un homme la prenne en charge !

Jackson avait beau être adorable, elle ne le laisserait pas faire.

Ainsi, en quelques secondes, elle s'était barricadée derrière des murs invisibles. Jackson voulut parler, mais elle leva une main pour l'arrêter.

— Écoute, dit-elle d'un ton sec. Oublions ce qui s'est passé la nuit dernière et ce matin, d'accord ?

— Non, pas d'accord !

De manière incompréhensible, il s'était attaché à elle.

Il ne s'était jamais trouvé dans cette situation puisque d'habitude, il ne dormait pas avec ses conquêtes. Et, ironie de l'histoire, là, ils avaient dormi sans avoir fait l'amour !

Obsédé par Lucy, il avait espéré – une fois n'était pas coutume – que la relation se poursuivrait. Mais visiblement, elle ne partageait pas son point de vue.

Elle croisa les bras sur sa poitrine et releva le menton d'un air de défi.

— Réjouis-toi, je t'offre une belle porte de sortie. Pour un gars qui refuse de s'attacher, c'est l'idéal, non ?

— Je pensais juste qu'on pourrait discuter... Essayer de mieux se connaître.

— J'en sais suffisamment sur toi, Jackson.

Il sentit la colère le gagner. De quel droit lui parlait-elle sur ce ton ? Elle avait passé la nuit dans ses bras. Elle s'était laissé cajoler, elle lui avait rendu ses caresses, ses baisers. Et maintenant, elle voulait se débarrasser de lui !

— Ah bon ? Moi, au contraire, j'ai l'impression de me trouver face à une inconnue, marmonna-t-il. Désolé, mais je n'apprécie pas beaucoup les « je te prends, je te jette ». Et pendant qu'on y est, pourquoi te méfies-tu de la terre entière ? Quel besoin as-tu de mener tes combats toute seule ? Tu n'as rien à prouver !

— Arrête, Jackson. Tu ne sais pas de quoi tu parles.

Elle se détourna et recula légèrement, mais il ne se découragea pas. Il en connaissait un rayon sur le chagrin et la souffrance. De quoi voulait-elle se protéger ?

— Je sais que quelqu'un t'a blessée, reprit-il gentiment. Cette personne avait sans doute de bonnes intentions, mais cela n'a pas marché. Et pourtant, tu es toujours debout, Lucy. On est des survivants toi et moi, ajouta-t-il d'une voix étranglée. Mais dans la vie, tout le monde a besoin de quelqu'un à un moment ou un autre.

— Pas moi ! Et s'il te plaît, garde tes leçons de morale pour toi. Quand on pense que tu ne voulais même pas te laisser soigner la jambe ! Tu savais que la plaie risquait de s'infecter, mais non. Il fallait que tu me sauves, c'était plus fort que toi. Tu aimes jouer les héros, alors...

Il se leva si brusquement que le tabouret se renversa. Il s'approcha de Lucy pour la prendre dans ses bras et la serra à l'étouffer.

— N'essaie pas de me comprendre, tu n'y arriveras pas, dit-il d'une voix rauque. Mais tu as raison sur un point : mon but est de sauver le plus de gens possible. Je prends mes responsabilités très au sérieux.

Sa bouche était à quelques millimètres de la sienne, mais au lieu de l'embrasser, il ajouta :

— Si j'ai parlé de tes finances, c'est parce que je connais du monde. Oui, tu peux gérer seule, mais cela ferait sûrement plaisir à quelques mécènes de t'aider. Tu sais d'ailleurs tout le bien que je pense de toi. Tu n'ignores pas que je te respecte en tant que femme et en tant que professionnelle... Le problème n'est pas là, alors dis-moi franchement pourquoi tu me rejettes ! Donne-moi une bonne raison !

Elle se débattit, mais il ne la lâcha pas.

— Tu veux une bonne raison ? D'accord ! Quand les gens veulent t'aider, ils finissent toujours par te donner des ordres. J'ai perdu le contrôle une fois, et je ne recommencerai pas. Voilà pourquoi je n'accepterai aucune intervention extérieure, ni la tienne ni celle de quiconque.

— Donc c'est ça, ta vie ? Tu te replies sur toi-même et tu n'es heureuse qu'avec tes animaux ?

— On se comprend. Ils me respectent et vice versa. Je n'ai jamais pu en dire autant des personnes que...

— Que tu as aimées ?

Elle ouvrit la bouche puis la referma. Mais il ne voulait pas abandonner alors qu'il touchait au but. Il était sûr d'avoir visé juste !

— Parle-moi, Lucy.

— Quel intérêt ? s'écria-t-elle. C'est du passé, tout ça. Oui, j'ai souffert, et je ne laisserai plus personne me faire du mal. Tu n'entreras pas dans mon univers, Jackson. C'est non. Je ne peux pas t'ouvrir la porte !

Comme elle luttait toujours, il lui enfouit la tête au creux de son épaule et lui caressa doucement le dos.

— Pardon, murmura-t-il. Je sais quel effet cela fait d'être trahi par ceux qu'on aime. Je n'aurais pas dû insister, c'est ta vie, ton jardin secret. Ce ne sont pas mes affaires.

— Non, balbutia-t-elle en reniflant. Ma vie me plaît telle qu'elle est, Jackson. J'ai mon travail, mes animaux. Tout est stable, bien en ordre. Du moins ça l'était, car depuis qu'on se connaît, toi et moi…

Il lui releva le menton du bout des doigts.

— Je veux t'aider, Lucy, pas te transformer. Il n'y aura pas d'attache, tu ne me devras rien. S'il te plaît, laisse-moi essayer.

— Je… ne peux pas.

— Tu ne peux pas ou tu ne *veux pas* ?

Frustré, il la lâcha et retourna s'asseoir sur son tabouret. La dernière chose qu'il voulait, c'était une dispute. Mieux valait changer de tactique pour contourner la forteresse.

— Parle-moi au moins du refuge, ajouta-il. Cela ne prêtera pas à conséquence. Et sache que je serais très triste si tu devais cesser ton activité.

Elle haussa les épaules.

— Je n'ai pas besoin d'argent. J'ai les moyens d'acheter cinq propriétés comme celle-ci.

Il la considéra, ébahi. Jamais il ne s'en serait douté !

— Je n'imaginais pas qu'une vétérinaire gagnait aussi bien sa vie.

— Et à juste titre. C'est un héritage.

— Donc, tu es pleine aux as ? Grande nouvelle...

Il avait voulu faire une boutade, mais Lucy ne se dérida pas. Elle avait même l'air contrarié et il se demanda ce que cachait cette histoire. Personnellement, il se moquait qu'elle soit riche ou non. Tant mieux si elle était dégagée de tout souci matériel car elle avait assez de problèmes comme cela !

— Mes grands-parents maternels étaient entrepreneurs. Ils avaient fait plusieurs placements à mon nom, tous très lucratifs. Je n'ai rien utilisé, sauf pour acheter ce domaine. J'ai largement les moyens de tout rénover et même de l'agrandir, mais...

— ... Mais pour ça, il faudrait que tu engages du personnel et tu ne veux pas.

Soudain très pâle, elle se mordit la lèvre inférieure.

— Évite de me juger, s'il te plaît.

— Ce n'est pas le cas.

Elle le considéra en fronçant les sourcils.

— Pourquoi es-tu devenu ambulancier secouriste ? Tu aurais pu faire médecine comme Luis... Oh ! mais laisse-moi deviner ! En tant que sauveteur, tu diriges les opérations sur le terrain, et, ensuite, tu confies les patients à d'autres professionnels, ce qui t'évite de t'impliquer et te permet de garder tes distances. J'ai raison, n'est-ce pas ?

Il fit de son mieux pour contenir la nausée qui montait. Elle l'avait percé à jour et il détestait cela !

— On fait la paire, tous les deux, rétorqua-t-il, sarcastique.

— Pardon. Désolée...

Il inspira profondément, puis il se leva et reprit Lucy

dans ses bras. Elle s'abandonna sans résistance, la joue contre son torse.

— On est désolés tous les deux, chuchota-t-il. Nous voilà bien avancés.

Elle soupira.

— À dix-huit ans, j'aurais dû récupérer mon héritage, mais mes parents me croyaient incapable de le gérer, expliqua-t-elle. Comme Robert pensait la même chose, je me suis dit qu'ils devaient avoir raison. Robert me traitait toujours comme une grenade dégoupillée. Il restait avec moi car je lui étais utile pour ses études de psy, et pour l'argent, bien sûr.

Jackson se crispa. L'idée que quelqu'un ait pu trahir la confiance de Lucy le rendait fou de rage. Mais il ne devait pas le montrer…

— Je t'écoute, répondit-il d'un ton égal.

— On est sortis ensemble pendant six mois, on a été fiancés un an. Au début, j'aimais bien qu'il me traite comme une chose précieuse, mais j'ai vite étouffé. J'avais ressenti la même chose chez mes parents, mais là, c'était pire. Et un jour que je venais le chercher à la fac… je l'ai entendu débattre de mon cas avec son maître de thèse. Il lui demandait conseil. Il voulait savoir comment me « gérer » pour que notre mariage ne soit pas un frein à ses recherches. Ça a été la goutte d'eau.

Il lui embrassa doucement le front puis la joue.

— Qu'as-tu fait, alors ?

— Je l'ai quitté. J'étais bénévole dans un refuge animalier, à l'époque. Dave intervenait souvent là-bas, et on était devenus amis. Il pensait que j'étais faite pour ce métier, alors il m'a écrit une belle lettre de recommandation pour l'école vétérinaire. J'ai même obtenu une bourse puisque je n'avais pas accès à mon argent.

— Déjà battante. Ça ne m'étonne pas !

— Merci… Toujours est-il qu'avec mon diplôme, j'ai immédiatement trouvé du travail. Je me suis fait un nom, j'ai pris confiance. J'ai intenté un procès à mes parents pour récupérer mon héritage et j'ai gagné. Dave, qui était venu s'installer en Floride, m'a parlé de Big Pine Key… Tu connais la suite.

— Oui. J'espère juste que tu es heureuse ici, toute seule.

— C'est le cas, répondit-elle d'un ton ferme. J'ai tiré un trait sur le passé. Je mène ma vie comme je l'entends et je ne quitterai jamais Big Pine Key. Même pas à cause d'un ouragan.

Encore moins à cause d'un homme…

En quelques minutes, les illusions de Jackson s'étaient volatilisées. Il ne pouvait rien espérer de Lucy. La nuit précédente avait signé la communion éphémère de deux âmes perdues, mais en temps normal, rien ne se serait produit. Il devait l'accepter et tourner la page.

Par égard pour elle, il força un sourire sur ses lèvres.

— Tu sais quoi ? Si ces gens n'ont pas compris que tu étais une personne merveilleuse, alors tant pis pour eux. Ce sont eux les perdants, pas toi !

Elle eut un petit rire de gorge.

— On dirait que tu en connais un rayon sur le sujet.

Son estomac se crispa. Il aurait pu se confier à Lucy, mais pourquoi l'aurait-il fait ? Son histoire appartenait au passé. Il préférait la laisser dormir.

— Il m'est arrivé d'être déçu, répliqua-il du bout des lèvres. Comme toi…

Le souvenir du cadre qu'il avait ramassé la veille, dans le couloir, lui revint en mémoire tel un flash. Il lâcha Lucy et se dirigea vers un petit carton rangé au fond du hall. Il en sortit la photo qu'il lui tendit.

— Au fait, regarde ce que j'ai trouvé ! dit-il.

Quand elle prit le cadre, un maelström d'émotions se peignit sur son beau visage. Colère, tristesse, résignation… Il connaissait cette palette par cœur. Il éprouvait les mêmes choses lorsqu'il tombait sur une photo de lui avec sa mère biologique.

— Oh ! là là…, chuchota Lucy.

Cette fois, elle trouva d'elle-même refuge dans ses bras. Elle l'étreignit de toutes ses forces, puis leva la tête et plongea son regard dans le sien.

— C'est Robert.

— Je m'en doutais.

Il essayait de se composer un visage neutre, mais il bouillonnait. Il se sentait jaloux, malheureux. Il avait peur de se retrouver seul sans elle…

Désespéré, il enfonça les mains dans ses poches.

— Je suis désolé.

— Ne t'inquiète pas, ça va.

Le tremblement dans la voix de Lucy démentait ses paroles. Pouvait-il lui avouer combien il avait mal ? Non, surtout pas. S'il baissait la garde, il risquait de ne pas s'en remettre…

Les mots étaient dangereux, inutiles. Son cœur explosait : il se pencha et prit la bouche de Lucy en un baiser furieux.

Comment garder le contrôle ? Il avait autant besoin de la toucher que de respirer.

Ivre de joie, il promena les mains sur ses joues, sa nuque et ses bras. Elle laissa tomber le cadre à photo, puis elle agrippa les pans de sa chemise et, en quelques secondes, il se retrouva torse nu. La poitrine nue, le cœur à nu… Il était décidément trop tard pour ériger des barrières entre lui et cette femme merveilleuse.

Il l'embrassa de nouveau, submergé par un désir

incontrôlable. Plus il la caressait, plus il avait envie d'elle. Il voulait explorer chaque parcelle de son corps, conscient que cette première fois serait – probablement – la dernière.

Le visage enfoui dans son cou, il promena la langue sur sa peau satinée.

— Tu es douce.

Elle ouvrit les paupières, puis se pencha pour lui lécher le torse. Le contact de ses lèvres sur son téton durci lui arracha un gémissement. Elle s'arrêta et le questionna du regard.

— Tout va bien…, chuchota-t-il. C'est juste… merveilleux.

Quand elle lui sourit, ses dernières défenses volèrent en éclats. Personne n'avait jamais eu un tel pouvoir sur lui et, le pire, c'était qu'il s'en moquait. Il voulait tout lui donner, pourvu que son fardeau s'allège et qu'il trouve la paix dans ses bras.

Lentement, elle traça un sillon de feu sur sa poitrine vers le second téton qu'elle agaça de sa langue. Il se cambra, le corps en feu. Son érection devenait douloureuse et il crispa les poings, sidéré par la force irrésistible qui le poussait vers elle. Il avait plus d'expérience qu'il n'en fallait, mais jamais, de toute sa vie d'homme, il n'avait jamais connu un tel déferlement d'émotions. S'il ne pouvait pas assouvir sa soif de Lucy, il en perdrait la raison !

Par la fenêtre ouverte, une brise chaude et humide électrisait l'atmosphère. Galvanisé par ce souffle tiède, il glissa les mains sous le T-shirt de Lucy. Elle ne portait pas de soutien-gorge et le contact de ses seins ronds l'émerveilla. Il voulait la rendre heureuse. Il voulait qu'elle se sente belle, désirable… aimée.

Il lui enleva prestement cette barrière de tissu, mais, soudain timide, elle se couvrit la poitrine à deux mains.

— Non. Ne te cache pas. Tu es si belle…

Une lueur incertaine dansait dans son regard. Il lui effleura la joue pour la rassurer.

— S'il te plaît, Lucy... N'aie pas peur. Je veux te voir.

Quand elle laissa retomber les bras, il eut l'impression de se consumer sur place.

— Tu es adorable. Absolument parfaite.

Il arrondit les paumes sur sa taille et s'arrêta à la lisière de son jean en espérant que, cette fois, elle ne l'arrêterait pas.

— Je continue ?

Son sourire timide lui alla droit au cœur.

— Oui, chuchota-t-elle. S'il te plaît.

Il lui déboucla sa ceinture puis, avec une lenteur délibérée, commença à descendre la fermeture à glissière.

— Tes désirs sont des ordres, mon cœur.

13

Lucy se contorsionna pour aider Jackson à la dévêtir, puis le regarda, fascinée, tandis qu'il se déshabillait à son tour.

Entièrement nu, il s'adossa au mur en souriant. Il semblait à l'aise, bien dans son corps et dans sa tête, et elle lui envia sa décontraction. Que faire ? Ce genre de situations ne lui était pas familière, loin de là…

— Approche, ordonna-t-il d'une voix rauque. Touche-moi, Lucy. Je t'appartiens. Fais de moi ce que tu veux.

Timidement, elle s'avança et referma la main sur son sexe durci. La peau était douce, chaude, satinée. Jackson eut un sursaut et elle le regarda droit dans les yeux. Si elle se mettait à genoux, elle pourrait…

— Oui, mon cœur. S'il te plaît.

Sa timidité envolée, elle le prit dans sa bouche. Il n'y avait plus ni tabou ni angoisse, et il n'y aurait aucun regret. Jamais elle ne s'était sentie aussi libre. La main de Jackson dans ses cheveux était un merveilleux encouragement : dans cette bulle de bonheur, ils étaient seuls au monde…

Enivrée par ses gémissements, elle promena la bouche sur son ventre plat, remonta vers son torse viril. Il avait crispé la mâchoire et elle s'émerveilla de l'effet qu'elle produisait sur lui. Puis enfin, leurs regards se soudèrent dans un échange muet qui la laissa sans forces.

Tout ce qu'elle avait besoin de savoir était là, devant elle. Le reste n'avait aucune importance.

— Il y a un préservatif dans mon portefeuille. La poche arrière...

Les mots lui parurent austères, sans fioritures, exactement ce qu'elle voulait. Sans quitter Jackson des yeux, elle recula et explora le carrelage à tâtons pour trouver son jean. Ses doigts tremblaient lorsque, finalement, elle déchira le petit emballage du préservatif, puis lorsqu'elle revint protéger Jackson en un geste qui trahissait son impatience et son émoi.

Alors, soudain, il se pencha pour la soulever. Elle lui noua les bras autour du cou, enroula les jambes autour de ses hanches. Elle se rappela alors qu'il était blessé, qu'elle devait faire attention, mais tout fut oublié lorsque, centimètre par centimètre, elle glissa sur lui jusqu'à s'oublier complètement dans cette fusion sensuelle.

Jackson la dévorait du regard. Elle se tortilla pour aligner leurs bassins, redoutant d'avoir une crampe...

— Arrête de réfléchir. Détends-toi, ma chérie.

Il pivota, et elle se retrouva adossée au mur, soutenue par des bras dont la force n'avait d'égale que la tendresse. Puis il se pencha et arrondit la bouche dans son cou.

— Là... C'est mieux.

Il lui massa doucement les hanches puis, sentant leurs corps s'ajuster, remonta vers ses seins, qu'il captura entre ses paumes. Une vague de plaisir déferla en elle et elle se cambra en poussant un cri rauque. Aussitôt, il se figea.

— Lucy, mon cœur... Je te fais mal ?

— Non. C'est juste... incroyable.

Ils se mirent à onduler en parfaite symbiose. Jackson

épousait ses moindres mouvements et, bientôt, le rythme devint frénétique. Elle enfonça les ongles dans ses épaules, exultant de sentir ce corps musclé contre le sien, déterminée à lui rendre le plaisir qu'il lui donnait.

Alors qu'elle vacillait au bord du gouffre, il taquina soudain le point le plus sensible de son intimité. Elle bascula dans le précipice et le monde explosa en un millier d'étoiles tandis que Jackson, au cœur de l'univers, criait son prénom en même temps que sa délivrance.

Elle s'abandonna contre lui, hors d'haleine, la peau moite et le corps en feu. Pour la première fois depuis des lustres, elle n'arrivait plus à réfléchir. D'ailleurs, elle ne voulait penser à rien.

Un signal d'alarme s'était déclenché, loin, très loin dans son cerveau, mais elle était trop heureuse pour en tenir compte. Le réveil viendrait bien assez tôt…

Jackson écarta une mèche du visage de Lucy, tremblant encore après le tsunami qui l'avait balayé. Il voulut alors l'embrasser légèrement, mais ce fut plus fort que lui : il continua de butiner ses lèvres tandis que, peu à peu, leurs souffles s'apaisaient.

Malgré la fatigue qui s'insinuait en lui, il luttait pour rester connecté au moment présent. Il ne voulait pas briser le contact. Il voulait rester là, avec elle, pour l'éternité…

La conscience lui revint d'un seul coup et il réprima un sursaut d'angoisse en comprenant ce qu'il venait de faire. Il avait ouvert les portes de son cœur ! Il avait baissé la garde, oublié ses défenses. Jamais il n'avait fait cela !

Il ferma les yeux et appuya le front contre l'épaule de Lucy. Il aurait dû s'éloigner, récupérer ses affaires, se rhabiller. Il agissait toujours ainsi, d'habitude. Il ne s'attardait jamais.

Sauf que là, il avait *envie* de rester.

Sentant Lucy se détacher de lui, il ouvrit les paupières. Elle s'était remise debout, sur le carrelage, mais il lui encercla la taille.

— Jackson. Il faudrait…

— Ne te sauve pas, chuchota-t-il. Pas encore. On discutera de tout ça, bien sûr, mais reste un peu dans mes bras…

Elle fronça les sourcils.

— Jackson…

— S'il te plaît, Lucy. J'ai besoin de te serrer contre moi.

Elle se figea puis se détendit à nouveau et il butina son cou, heureux comme jamais. Il ne voulait pas penser à la suite. Il se sentait trop bien.

Le vrombissement d'un hélicoptère vint, tout à coup, s'insinuer dans sa conscience. Déjà ? La « suite » – et sans doute la fin – arrivaient plus tôt que prévu !

Couché sur le seuil, Sam se leva et se mit à aboyer tandis que, dans la pièce voisine, Bubba se rappelait à leur bon souvenir en criaillant.

— C'est l'aide dont tu m'as parlé ? demanda Lucy.

— Probablement, marmonna-t-il.

Pour une fois, il aurait voulu que son frère soit moins efficace. Mais Luis avait dû considérer que leur cas était urgent !

Il lâcha Lucy à regret, et un silence gêné s'installa pendant qu'ils se rhabillaient. Avant qu'il ait pu trouver quelque chose à dire, elle avait rejoint la porte.

— Je vais voir Mitzi, dit-elle par-dessus son épaule.

Les doutes de Jackson resurgirent violemment, mais il s'efforça de les balayer. Il ne voulait pas croire que Lucy puisse le rejeter après ces moments exceptionnels. Non, ce n'était pas cela… Elle se préparait sans doute mentalement à accueillir leurs sauveteurs. Il serait bien inspiré d'en faire autant. Angoisser bêtement ne donnerait rien de bon…

Posté sur le seuil, il regarda l'hélicoptère des garde-côtes effectuer ses manœuvres d'approche. Le seul point d'atterrissage possible était le pré contigu à l'étang. Sans arbre à proximité ni troncs déracinés, le champ offrait un espace dégagé au milieu du chaos et Jackson se dirigea lentement vers cette piste improvisée en essayant de se convaincre que l'arrivée des secours était providentielle.

Dès qu'ils auraient fait le point, il serait libre de regagner Key West où l'attendait son équipe. Lucy et lui pourraient discuter plus tard, quand l'émotion serait retombée. Ce ne serait sans doute pas plus mal.

Elle avait rejoint le pré, elle aussi, et il s'arrêta quelques mètres derrière elle. Si elle l'avait entendu approcher, elle ne manifesta aucun signe et, cette fois, il eut vraiment peur.

Il avait eu plus de chagrin qu'il n'en fallait dans sa courte vie. Pourtant ni l'abandon ni les dangers qu'il avait affrontés durant sa carrière ne l'avaient préparé à une telle épreuve.

D'ici quelques minutes, il risquait de perdre Lucy et, le pire, c'était qu'il ne pouvait rien y faire. Il ne pouvait que regarder son dos, impuissant et désespéré. Il s'était engagé dans l'aventure en connaissance de cause. Il savait qu'elle aimait sa liberté autant que lui, peut-être même davantage. Pouvait-il y avoir un vainqueur dans cette bataille qui allait lui laisser le cœur en ruines ?

Il regarda l'hélicoptère atterrir comme s'il en voyait un pour la première fois. Finalement, la porte latérale s'ouvrit et le pilote descendit pour courir vers eux.

— Docteur Lucy Miller ?

— Oui, c'est moi, répondit Lucy en lui serrant la main. Merci d'être venu.

— C'est normal, madame ! J'ai fait aussi vite que possible, ajouta-t-il en se tournant vers Jackson.

— J'en suis bien conscient. Qu'est-ce que ça donne à Key West ?

Après avoir débriefé la situation, Jackson commença à faire le tour du sanctuaire avec le pilote, tandis que Lucy allait voir Mitzi. Le sauveteur, prénommé John, lui donnait beaucoup de détails sachant qu'il aurait dû diriger les opérations, mais, bizarrement, Jackson n'éprouvait aucun regret d'avoir quitté son poste. L'essentiel n'était pas là. N'était *plus* là...

Les mains enfoncées dans les poches, il essaya de paraître attentif.

— ... Et vous avez été bien touchés aussi, disait John. J'espère que l'état de catastrophe naturelle permettra une indemnisation rapide. Mais avec ces fonds d'aide, on ne sait jamais combien de temps ça peut prendre...

Lucy se dirigeait vers eux, à présent, et le cœur de Jackson battit plus vite dans sa poitrine. Elle semblait distante, lointaine. Il songea qu'il aurait eu bien besoin d'un décodeur pour lire ses pensées.

Et si, au lieu de les rapprocher, faire l'amour les avait irrémédiablement éloignés ? Il avait vécu l'expérience la plus magique de toute sa vie d'homme, mais peut-être ne partageait-elle pas son ressenti ?

— ... Et merci d'avoir pris le temps de venir, disait Lucy, s'adressant au pilote. Vous avez sûrement beaucoup d'autres familles à voir ?

John consulta sa montre et soupira.

— Oh ! que oui ! Il faut que j'y aille. Si l'un de vous veut partir, j'ai de la place pour un adulte et un petit animal.

Jackson vit que Lucy le regardait avec insistance.

— Vas-y et emmène Tigrou, suggéra-t-elle. J'ai retiré la perfusion ainsi que le pansement, et il va bien. Et puisque la route est coupée pour au moins vingt-quatre heures, tu ne peux pas rester bloqué ici.

— Pardon ?

Elle lui tourna le dos et entra dans la clinique. Il la suivit, refusant de discuter devant John.

— Emmène Tigrou à Key West, répéta-t-elle.

— Je ne partirai pas. Du moins, pas tout de suite. Il faut qu'on discute. Les choses ont changé, Lucy.

— Ah bon ? Changé comment ?

Paniqué, il regarda dehors. John attendait, le temps pressait. Que faire ? Le désespoir l'enveloppait tel un nuage noir. Lucy le rejetait. Elle ne voulait pas de lui. Devait-il tomber à genoux et la supplier ?

La douleur se teinta de colère, engloutissant tout, y compris sa patience et le peu de maîtrise qui lui restait. Voilà pourquoi il gardait toujours ses distances. Il n'aurait jamais dû déroger à cette bonne habitude car, pour lui, il n'y aurait jamais d'espoir. Il ne méritait pas mieux que des relations éphémères.

Ivre de chagrin, il se détourna et passa dans la pièce voisine, où il récupéra Tigrou. Le chaton, au moins, parut heureux de le voir ! Piètre consolation, mais c'en était une...

Il repassa dans le hall, posa la caisse de transport sur le carrelage, puis se planta devant Lucy.

— Tu as raison, il vaut mieux que je parte. J'ai beaucoup de choses à faire, dit-il froidement. Et je vais prendre Tigrou, comme tu me l'as demandé.

— Très bien. C'est réglé, alors.

Lucy ignora le froncement de sourcils de Jackson. Il était à l'évidence contrarié, mais elle devait s'endurcir et faire taire la petite voix qui la suppliait de le garder.

Faire l'amour avec lui avait été une révélation : la plus belle chose qui lui soit arrivée de toute sa vie. Néanmoins, elle ne devait plus y penser, au risque de voir sa détermination fléchir. Les prochains jours sans lui allaient être un enfer, mais elle n'avait pas le choix. Elle devait lui rendre sa liberté et récupérer la sienne. C'était ce qu'elle voulait, non ? Être libre ?

— Va vite rejoindre ton équipe, ajouta-t-elle d'une voix étranglée. Moi, je vais être bien occupée ici.

La vue brouillée par un rideau de larmes, elle sortit. Autant abréger les adieux. C'était une épreuve inutile qu'elle ne devait pas s'infliger.

— Jackson va partir avec vous, dit-elle en passant devant John. Merci encore d'être venu et bon courage.

Elle retourna près de l'étang sans pouvoir s'empêcher de regarder l'hélicoptère. Elle vit Jackson passer la cage de Tigrou au pilote et crut qu'il allait monter à bord, mais non. Il revint vers elle en boitant.

— Tu es sûre que ça va ? demanda-t-il.

Il lui pressa le bras avec douceur, mais elle se dégagea. S'il la touchait, elle était perdue. Mieux valait en finir une fois pour toutes.

— Ça va moyen, mais c'est passager, répondit-elle.

Avec un peu de chance, elle irait mieux en effectuant quelques routines quotidiennes. Néanmoins, il allait être difficile de ranger les placards, de monter l'escalier en comptant les marches ou d'arpenter le salon au rythme de l'horloge. Sa maison était en ruines. La majorité de ses repères avaient disparu !

Submergée par l'angoisse, elle déglutit péniblement. Ses TOC l'avaient laissée tranquille jusqu'à présent. Ils s'étaient évaporés comme par magie, mais là, ils se réveillaient de manière inquiétante…

Tu peux le faire. Tu maîtrises la situation.

— Il faut y aller, maintenant ! cria John depuis la porte du cockpit. J'ai deux autres vols prévus !

— Lucy ? murmura Jackson sans la quitter des yeux.

Son air impassible démentait le tremblement de sa voix et elle le fixa, perdue. Était-il aussi bouleversé qu'elle ? Quoi qu'il en soit, elle ne pouvait pas lui demander de rester. Ils étaient des solitaires, l'un comme l'autre. Ils savaient chacun à quoi s'en tenir et elle ne reviendrait pas sur ce qu'ils s'étaient dit.

Mais liberté ou pas, elle savait déjà qu'au fond, elle resterait liée à Jackson pour toujours... Quelle ironie ! Pourquoi la vie était-elle si compliquée ?

— Vas-y. Ne t'inquiète pas, murmura-t-elle. J'ai des provisions pour un mois, je vais me débrouiller. Comme je te l'ai dit, j'aime bien être toute seule.

Jackson parut hésiter puis, brusquement, il se tourna vers John et lui fit signe qu'il arrivait.

Voilà, c'était terminé. Elle n'aurait plus l'occasion de le voir seule. Il trouverait un vétérinaire à Key West pour Tigrou et il ne reviendrait sans doute jamais au sanctuaire. Pourquoi l'aurait-il fait ? Ils se connaissaient à peine !

Mais malgré tout, ils s'étaient aimés...

Elle se mit à trembler sous son regard insistant. S'il ne partait pas là, tout de suite, elle allait fondre en larmes, terrassée par le chagrin. Quelle humiliation !

Soudain, elle se retrouva prisonnière de l'étau de ses bras. Il l'embrassa avec violence, comme s'il voulait graver son souvenir à jamais, puis il la repoussa brutalement alors que ses genoux se dérobaient sous elle.

— Tu veux que je parte, j'ai compris ! lança-t-il d'un ton amer. Je m'excuse de ne pas être assez bien pour toi. J'aurais voulu correspondre à tes attentes. Je suis désolé...

Quoi ? Mais non, non, non !

Elle voulut répondre qu'il était son homme idéal, son alter ego, que le problème venait *d'elle* et d'elle seule. Mais il la fit taire d'un doigt posé sur sa bouche.

— Adieu, Lucy. Je n'oublierai jamais cet ouragan. Fais bien attention à toi.

14

Ce matin-là, en arrivant aux urgences de l'hôpital, Jackson repéra immédiatement Luis qui triait ses dossiers à l'accueil.

Deux semaines s'étaient écoulées depuis le passage de *Mathilda* et les équipes d'intervention avaient réalisé un travail formidable. À titre personnel, Jackson se considérait comme chanceux car sa péniche n'avait subi que des dégâts mineurs. Quant à son pick-up, il s'en tirait avec deux vitres cassées et un capot enfoncé. La compagnie d'assurances avait envoyé une dépanneuse à Big Pine Key, lui évitant ainsi d'y retourner.

Il s'était senti soulagé, ne sachant pas quoi faire à propos de Lucy. Il avait appris par les secouristes qu'elle allait bien et que, comme tous les habitants du secteur, elle se consacrait à la remise en état de sa propriété. Mais dans quel état d'esprit se trouvait-elle ? Avait-elle le moral ? Ses TOC avaient-ils pris le dessus ?

Et surtout regrettait-elle, comme lui, lui la manière dont les choses s'étaient terminées ?

Si au moins elle lui avait donné une chance ! Il n'avait pas vraiment eu l'occasion de lui prouver qu'il était digne de son amour...

— Tiens, salut ! Comment va monsieur le directeur régional ce matin ? demanda Luis sans lever la tête.

— Très bien, dit-il, mentant sans vergogne.

Il effectua une discrète rotation de la nuque pour soulager la tension dans ses épaules. Depuis quelques jours, il souffrait de migraines à répétition et, chose inhabituelle, de maux de dos. La promotion tant attendue lui avait laissé un goût amer. Certes, il allait gagner plus d'argent. Il aurait d'ici peu les moyens de s'offrir une jolie villa en bord de mer. Et après ? Que valait la vie sans Lucy ?

— Enfin... À peu près, ajouta-t-il en s'appuyant sur le comptoir d'accueil.

— Ta jambe cicatrise mal ?

— Non. Lucy a fait du très bon boulot.

— Magnifique... Je me réjouis qu'une femme trouve enfin grâce à tes yeux.

L'ironie de son frère accentua sa mauvaise humeur, mais il ravala un commentaire acerbe. Ce n'était pas la faute de Luis si tout allait de travers !

Il brûlait d'aller rejoindre Lucy pour essayer de remettre son univers en place. Avec elle, il avait enfin réussi à oublier ses vieux démons. Il avait trouvé la joie, la paix. Il s'était senti heureux, tout simplement.

— Aurais-tu... cinq minutes à m'accorder ? bafouilla-t-il.

Luis le regarda fixement, tendit ses dossiers à la surveillante, puis, du geste, désigna la porte de son bureau. Jackson le suivit en boitillant un peu. Il n'avait pas menti sur ce point : il allait beaucoup mieux physiquement. Quant au reste...

— Assieds-toi, dit Luis. Non... pas sur cette chaise. Prends l'autre !

Jackson se figea puis se retourna et pesta entre ses dents.

— Un bébé tortue ! Peux-tu m'expliquer pourquoi tu as installé cette chose dans ton bureau ?

À sa grande surprise, Luis rougit comme un collégien. Une seule personne était capable de lui faire cet effet-là, et elle s'appelait Stacy !

Il ignorait ce qui s'était passé la nuit de l'ouragan, mais une chose était sûre : Luis et Stacy se voyaient beaucoup. Et quelque part, il les enviait.

— Son propriétaire est hospitalisé. J'ai promis de la garder le temps qu'il se rétablisse. Avec Stacy, on a pensé que ça pourrait nous faire un bon entraînement si…

Luis s'interrompit et rougit de plus belle. À un autre moment, Jackson l'aurait taquiné, mais là, il n'en avait pas envie.

Il avait souvent craint que son frère, absorbé comme il l'était par son métier, ne finisse célibataire. C'était vraiment une excellente chose que Stacy soit revenue dans sa vie. Le destin réservait parfois de curieuses surprises. Lui-même en avait eu la preuve quand il avait rencontré Lucy.

Maintenant, pour combler le vide, il passait ses nuits sans sommeil à cajoler un chaton hyper actif !

Luis s'assit dans son fauteuil et le considéra en plissant les yeux.

— Tu n'es plus le même depuis l'ouragan. Il s'est passé quelque chose à Big Pine Key.

À quoi bon nier ? Son frère et lui se connaissaient par cœur. Ils ne s'étaient jamais rien caché.

— Mouais, marmonna-t-il.

— Je m'en doutais ! s'exclama Luis en riant. Alors, qu'est-ce que tu vas faire ?

C'était la question du siècle, sauf qu'il n'avait pas la réponse. Il avait besoin du mode d'emploi pour construire une relation saine, durable, basée sur la confiance mutuelle.

En était-il capable ? Pouvait-il faire le grand saut dans l'inconnu au risque de souffrir si les choses tournaient mal ?

Une partie de lui-même voulait retourner voir Lucy, lui demander pardon d'avoir tout gâché, la supplier de repartir de zéro. Mais le petit garçon qui sommeillait en lui avait peur !

Allons... Était-il vraiment à un chagrin près ? Il s'était toujours reconstruit. Il avait su regarder vers l'avant malgré les épreuves. En revanche, s'il ne retournait pas voir Lucy, il resterait figé sur place. Mieux valait souffrir une bonne fois, plutôt que de vivre dans l'ignorance et les regrets !

Il dévisagea Luis en silence puis, pris d'une soudaine inspiration, regarda le bébé tortue.

— Puis-je te l'emprunter ?

— Hein ? Pour quoi faire ?

— Je pense qu'il a besoin d'une consultation vétérinaire.

Luis eut un sourire en coin. Puis il se leva, prit le bac qui hébergeait la tortue et le lui tendit.

— Fais bien attention, frangin. J'en suis responsable, moi.

— Là où je vais, il sera entre de bonnes mains. Mais je risque de rentrer tard...

— Pas de souci, mon patient ne sortira pas de l'hôpital aujourd'hui. Prends ton temps et... bonne chance.

— Merci, répondit-il gravement. Je t'en dois une sur ce coup-là.

Luis s'esclaffa.

— Oh ! oui ! Je saurai m'en souvenir.

À cause de l'état chaotique des routes, Jackson avait choisi la voie maritime pour se rendre à Big Pine Key.

Il remercia chaleureusement le pilote du bateau de s'être rendu disponible. Puis, une fois à quai, il marcha d'un bon pas vers le sanctuaire animalier, le panier de Tigrou dans une main, le bébé tortue dans l'autre.

Arrivé près du refuge, il constata sans surprise que le paysage n'avait guère changé. Le toit écroulé de la maison avait été bâché, certains troncs d'arbres évacués, mais pour le reste, la désolation était toujours là, bien présente.

Encore Lucy pouvait-elle s'estimer heureuse. D'autres secteurs côtiers avaient tout bonnement disparu de la carte après le passage de *Mathilda* !

En entrant dans la cour, il remarqua tout de suite les gravats entassés aux quatre coins de la propriété. Lucy avait paré au plus pressé, mais le gros du déblaiement restait à faire. Si, par chance, les choses tournaient bien, il pourrait au moins l'aider. Sauf que la « chance » et lui ne faisaient pas souvent bon ménage.

— Cette fois, les amis, il va m'en falloir une bonne dose, dit-il en regardant tour à tour le chat et le bébé tortue.

Alors qu'il se dirigeait vers la maison, il remarqua soudain Lucy qui regardait les abords de l'étang à la jumelle. Il eut un violent coup au cœur et s'arrêta un moment. Seigneur, qu'il était nerveux ! Et s'il avait rêvé tout cela ? Allons, il était trop tard pour reculer !

Il était à moins de vingt mètres de Lucy quand elle se retourna, alertée par les aboiements joyeux de Sam. Une incroyable confusion se peignit sur son visage et il songea qu'elle devait être aussi perturbée que lui.

Mais très vite, elle arbora un masque glacial, offrant un contraste absolu avec Sam qui, déjà, bondissait autour de lui.

— Salut, Jackson. Y a-t-il un problème avec Tigrou ?

— Non.

Il posa les deux animaux devant lui. Quand il se redressa, Lucy avait toujours l'air aussi méfiant.

— Qu'est-ce que tu fais ici, alors ?

— J'avais... besoin de te voir.

— Ah bon ? Pourquoi ?

Désarçonné par sa froideur, il montra la tortue du doigt.

— Stacy et Luis font du baby-sitting. Ils gardent cette petite bête le temps que son propriétaire sorte de l'hôpital. J'ai pensé... que tu pourrais peut-être l'aider.

S'il avait suivi son instinct, il aurait enlacé Lucy et l'aurait étreinte de toutes ses forces. Mais il devait garder la tête froide. Sinon, il risquait encore de tout gâcher...

— Qu'est-ce qui ne va pas ? demanda-t-elle, penchée sur le petit bac.

— Je la trouve un peu apathique. Peut-être qu'elle s'ennuie et qu'elle a juste besoin de retourner dans la nature ?

— Dans ce cas, ce n'était pas la peine de me l'amener !

Malgré sa froideur apparente, le regard de Lucy était révélateur. Il comprit soudain que, comme lui, elle était triste, anxieuse et rongée par le doute. Alors, n'y tenant plus, il abattit ses cartes.

— Il fallait que je vienne, Lucy. Je n'arrête pas de penser à toi parce que... tu es la femme de ma vie. Il n'y aura jamais personne d'autre que toi !

Elle le dévisagea d'un air incrédule, puis lui tourna le dos. Il eut si mal qu'il faillit tomber à genoux, et les images du jour de son abandon lui revinrent en mémoire tel un flash. Mais il les balaya résolument pour les remplacer par d'autres. Il se revit, heureux avec Luis chez les Durand. Des choses positives pouvaient arriver, à condition d'y croire !

Lucy n'allait pas lui faciliter la tâche. Rien n'était simple avec elle, mais c'était justement pour cette raison qu'il l'aimait.

Il se rapprocha, les poings enfoncés dans les poches. Elle avait de nouveau chaussé ses maudites jumelles et faisait comme s'il n'existait plus !

— Qu'est-ce que tu regardes ?

— Les bébés alligators sont en train de sortir. D'habitude, ils ne survivent pas tous. Mais comme il n'y a pas d'autres alligators adultes ici, ils ne risquent pas de se faire dévorer à la naissance.

— Donc…

— Chut !

Elle agita la main pour le faire taire, puis murmura :

— Tu entends ces petits gargouillis, comme des bruits de succion ?

Malgré son extrême nervosité, il tendit l'oreille et opina.

— Oui, assez nettement.

— Ce sont les petits ! Et si on les entend d'ici, ça veut dire qu'ils sont nombreux. Ils sont vivants. Ils vont s'en tirer !

Ce fut moins une qu'il ne prenne Lucy dans ses bras pour la faire tournoyer en l'air. Patience, patience. Il ne voulait pas l'effaroucher.

— Tu veux bien qu'on aille… discuter à la clinique ? S'il te plaît ? ajouta-t-il d'une voix rauque.

— D'accord.

Après avoir jeté un dernier coup d'œil sur l'étang, elle rangea ses jumelles et son carnet de notes dans les grandes poches de son short kaki. Jackson reprit le chat, la tortue, et ils se dirigèrent côte à côte vers le cabinet.

— Je vis là pour l'instant, expliqua Lucy.

Elle le précéda à l'intérieur et rangea ses affaires, tandis qu'il posait la tortue, bien calée dans son bac, sur une table. Puis il ouvrit le panier de Tigrou et l'observa, curieux de voir comment il réagirait devant Sam.

Pas effrayé pour deux sous, le chaton courut vers le chien. Ils se mirent à jouer ensemble sur le carrelage, et quand il revint près de lui, Tigrou se frotta à ses jambes en ronronnant.

— Dis donc, il va bien ! commenta Lucy. Ça fait plaisir. Je ne pensais pas qu'il bougerait autant, si vite !

— Oui, il est en forme. Un vrai petit diable.

Lucy s'était adossée au comptoir et un silence gêné retomba. C'était maintenant ou jamais. Il ne pouvait plus reculer. Il devait parler, s'expliquer...

— Après la mort de mon père dans le Golfe, ma mère a vécu des moments très durs, commença-t-il. Comme elle était enceinte, elle ne trouvait pas de travail. Après ma naissance, elle a perdu la maison, ses amis. On s'est retrouvés à la rue quelques mois, puis elle a obtenu un logement social. Elle survivait grâce aux aides, mais elle était très malheureuse.

— Oh...

— J'imagine qu'à un moment, la situation est devenue intenable. Elle a fini par m'abandonner devant une maison, avec ma valise, en me disant de ne pas bouger, que quelqu'un allait venir. Elle m'a serré très fort dans ses bras, encore plus que d'habitude. Elle pleurait. J'avais quatre ans et c'est mon dernier souvenir d'elle.

Incapable de se contenir, il renifla, les yeux baissés sur ses chaussures.

— Je me suis longtemps dit que, si j'étais sage, ma mère reviendrait me chercher. J'avais sûrement fait quelque chose de mal, mais avec de gros efforts, ça marcherait, non ? Voilà ce que je pensais, dans ma petite tête. Sauf qu'elle n'est jamais revenue. Alors, même après mon adoption, j'ai continué à croire que je ne valais rien, que je n'étais pas digne d'être aimé. Je me suis fait beaucoup de reproches.

— Quoi ? Jackson, je suis tellement triste..., bredouilla Lucy d'une voix tremblante. Pourquoi as-tu culpabilisé à ce point ?

— Parce que j'étais son enfant et que, malgré les problèmes, j'aurais dû être son rayon de soleil. Mais non. J'ai été un fardeau. Un poids trop lourd à porter.

Il se passa une main nerveuse dans les cheveux, puis ajouta :

— Tu avais vu juste, à propos de mon métier. Je sauve des gens pour avoir une meilleure image de moi-même. Mais au fond, cela ne fait aucune différence. J'ai toujours aussi mal quand je pense que ma mère est là, quelque part, et qu'elle ne veut pas de moi.

— Oh ! Jackson ! Je suis désolée.

La voix de Lucy, son visage blême montraient que son empathie n'était pas feinte. Il était sûr qu'elle le comprenait. Et pourtant, il devait aller plus loin.

— Toute ma vie, j'ai essayé de prouver des choses. J'ai voulu aider, rendre service, sauver des vies pour que les gens s'attachent à moi. Et au bout du compte, ça ne fonctionne pas. Je suis toujours un perdant.

— C'est faux, Jackson ! Tu es l'un des hommes les plus gentils et les plus honnêtes que je connaisse. Tu n'as rien à prouver. Tu mérites d'être aimé pour toi-même, indépendamment de ton travail ou de ton histoire. Et ce n'est pas ta faute si ta mère t'a abandonné, ajouta-t-elle dans un sanglot. Tu n'étais qu'un petit garçon.

Il haussa les épaules.

— Peut-être. De toute manière, cela n'a plus d'importance.

— Mais...

— J'avais depuis longtemps fermé mon cœur pour éviter de souffrir. Comme cela, me disais-je, personne ne m'abandonnerait plus.

Il abolit en deux enjambées la distance qui le séparait de Lucy et la prit par les épaules.

— Quand je t'ai amené Tigrou, ce fameux matin, je

rentrais de Miami. J'étais allé au tribunal chercher le résultat d'un comparatif ADN. Je venais d'apprendre qu'ils n'avaient trouvé ma mère nulle part. Je songeais même à engager un détective en dernier recours... Puis tu es entrée dans ma vie et, tout à coup, mon obsession a disparu. Je me sens prêt à oublier le passé, à regarder l'avenir avec toi. Tu comprends ?

— Je pense que oui, mais...

Elle le considéra d'un air méfiant, puis ajouta :

— Tu refuses de t'engager. Tu n'aimes que les relations éphémères. Donc, où cela nous mène-t-il ?

Il appuya le front contre le sien et soupira.

— J'ai changé, Lucy. *Tu* m'as changé. J'ai toujours ressenti un vide en moi, mais aussi bizarre que cela puisse paraître... tu l'as comblé. Tu es la seule à pouvoir le faire. J'en suis certain.

Elle recula légèrement, comme pour mieux l'observer.

— Et qu'adviendra-t-il quand les choses seront trop compliquées à gérer ? Quand tu rencontreras une fille plus jolie et, surtout, normale ? Tu voudras peut-être partir. Et moi, je ne m'en remettrai jamais.

— Je ne partirai pas, Lucy. Je suis incapable de rester loin de toi. J'ai essayé, pourtant, depuis notre séparation. J'ai fait mille efforts pour te sortir de ma tête, mais ça n'a pas marché. Je pense à toi sans arrêt, je m'inquiète pour toi. J'ai tellement besoin de toi que je souffre physiquement.

Il crispa la mâchoire en pensant aux douleurs qu'il éprouvait depuis deux semaines. « Le mal d'amour » existait bel et bien. Il en avait ri autrefois, mais maintenant...

— L'ouragan m'a confirmé une chose : la vie n'offre aucune garantie. J'ai toujours su que le monde n'était pas parfait, mais là, j'ai compris que rester dans sa bulle était une mauvaise idée. En s'isolant, on finit seul et malheureux.

Comme Lucy ne répondait rien, il posa la question fatidique :

— Mais peut-être... que tu ne veux pas de moi ?

— Bien sûr que si ! s'écria-t-elle. Jamais, de toute ma vie, je n'ai voulu quelque chose aussi fort que rester avec toi. Quand je t'ai vu, tout à l'heure, j'ai su que j'étais prête à accepter tout ce que tu voudrais bien m'offrir, mais...

— Mais quoi ?

— Je ne suis pas sûre d'être assez bien pour toi.

— Quoi ? Arrête tes bêtises ! Tu es absolument géniale. Je te trouve forte, courageuse, pleine de ressources. Tu es la femme idéale pour moi !

Lucy s'était efforcée de maintenir ses distances, mais elle n'y arrivait plus. Le regard brillant de Jackson, ses certitudes et sa force de persuasion minaient ses défenses.

— Si tu me quittais un jour, cela me tuerait...

Avec une extrême douceur, il lui captura le visage.

— Je ne partirai jamais, répéta-t-il. Même si on se dispute. Même si tu fais le tour de la maison dix fois en courant. Même si un jour, tu t'amuses à compter le nombre de pas entre ici et Miami, aller-retour !

Elle ne put s'empêcher de rire et Jackson l'imita.

— En réalité, tu es *trop bien* pour moi, Lucy. J'ai dit que je refusais de m'engager parce que j'avais peur. Peur de mes sentiments, peur de baisser la garde. Ni le travail ni mes histoires sans lendemain n'avaient pu combler le vide en moi. Et d'un seul coup, toi, tu as tout chamboulé. Alors j'ai essayé de garder mes distances, persuadé que tu n'accepterais jamais de m'accueillir dans ta vie. Mais je savais déjà que tu étais mon alter ego, l'autre moitié de moi.

Elle le dévisagea, bouleversée. Enfin, il laissait tomber le masque et se livrait tel qu'il était. Un homme sensible, tendre et vulnérable.

— Si j'ai une certitude, c'est qu'on est faits l'un pour l'autre. Il n'y aura plus jamais d'autre femme, Lucy. C'est impossible.

Les mots de Jackson l'enchantèrent et la firent stresser tour à tour. Lui et elle étaient d'exacts opposés. Ils ne se ressemblaient pas et, pourtant, elle l'aimait. Elle n'avait jamais connu cet amour absolu, inconditionnel !

Au fil des jours, elle s'était mise à détester la vie sans lui. Son univers était devenu sombre, morne et sans perspective. Pourquoi avait-elle refusé de l'admettre ?

Sa vue se brouilla brusquement, et elle aurait chancelé si les bras de Jackson, solides et rassurants, ne s'étaient pas refermés autour d'elle. Alors elle sut ce qu'elle devait faire. Si elle ne saisissait pas cette chance, elle le regretterait jusqu'à son dernier souffle.

— Jackson…, chuchota-t-elle d'une voix rauque.

Il la considéra d'un air inquiet.

— Oui ?

— Tu es sincère ? Tu penses tout ce que tu as dit ?

— Bien sûr. Je ne t'ai jamais menti.

Un vent de panique souffla sur elle. Tout dépendait de sa réponse. Si seulement elle avait le courage de se lancer…

— Je veux être avec toi aussi ! s'écria-t-elle. J'en rêve depuis des jours. Je ne pense plus qu'à ça. Mais j'ai peur…

— Parce que tu t'imagines que moi, non ?

— Je n'en sais rien. Tu es l'homme le plus courageux que je connaisse.

— Tu es courageuse aussi. Tu es très forte, Lucy.

Il avait chuchoté son prénom comme une prière. Elle sentit son cœur manquer un battement dans sa poitrine.

— Je croyais que Robert m'aimait et je me suis trompée. Il se servait de moi.

Il resserra son étreinte et posa le menton sur ses cheveux.

— Je t'aime, Lucy. D'un amour vrai, sincère et profond. On s'en fiche de Robert. S'il était là, devant moi, je lui casserais la figure.

— Je voudrais bien voir ça, répliqua-t-elle en souriant.

Elle lui effleura la joue avec tendresse.

— Moi aussi, j'ai compris certaines choses pendant l'ouragan. J'avais voulu mon indépendance et j'étais fière du résultat. Mais en restant bloquée là-dessus, je m'étais aussi privée d'un avenir. Le prix de la liberté était devenu trop cher, surtout quand je pensais à toi.

— Qu'essaies-tu de me dire, Lucy ?

C'est maintenant ou jamais. Lance-toi.

— Je suis désolée... de t'avoir fait du mal. C'était la dernière chose que je voulais. Je n'aurais jamais dû te renvoyer après l'ouragan. Mon but n'était pas de te rabaisser, au contraire. Je te trouvais trop beau, trop gentil pour être vrai. Tu correspondais à mon homme idéal et j'avais peur... de ne pas pouvoir te rendre heureux. Alors j'ai préféré te laisser partir.

Elle attira son visage à elle et l'embrassa avec toute la tendresse, l'amour et le respect dont elle était capable. Mais à son grand désarroi, il ne lui rendit pas son baiser et elle s'écarta, les larmes aux yeux.

Avait-elle perdu la partie ?

— Je suis désolée, répéta-t-elle dans un sanglot. Que dire... de plus ? Je ne sais pas comment me faire pardonner. La peur n'excuse rien. J'ai eu tort de te repousser. Je n'ai jamais voulu que tu t'en ailles.

Jackson se détendit un peu et la considéra, ses paupières mi-closes.

— Et donc ? chuchota-t-il.

— Et donc je t'aime, Jackson Durand. Ne me laisse pas. Si tu restes avec moi, je promets de ne jamais te quitter.

Cette fois, ce fut lui qui se pencha pour l'embrasser. Il lui donna un baiser ardent puis se redressa.

— Tu ne me perdras pas, Lucy. Jamais...

— Ouf...

Elle se mit à sangloter de manière incontrôlable. Riant à travers ses larmes, elle lança un coup d'œil navré à Jackson.

— Je suis désolée, je ne peux pas m'arrêter. Toutes ces émotions... C'est juste...

— Je sais, ma chérie. Je comprends très bien.

— On fait la paire, tous les deux.

Ce fut le moment que choisit Bubba pour chanter « Je t'aime » à tue-tête depuis son perchoir. Jackson éclata de rire et la fit tournoyer sur elle-même avant de la nicher contre son cœur.

— Lucy ?

— Hum...

— Dis-le encore. J'ai besoin de l'entendre.

— Je t'aime, Jackson. Pour le meilleur et pour le pire.

— Je t'aime aussi. Et j'essaierai de me montrer digne de ton amour parce que je crois en nous deux. Pour l'éternité.

Ils scellèrent leurs retrouvailles d'un nouveau baiser, prélude à l'avenir radieux, et certainement plein de surprises, qui les attendait à Big Pine Key.

TRACI DOUGLASS

Souvenir d'une nuit étoilée

Traduction française de
VIRGINIE CANTIN

BLANCHE

HARLEQUIN

Titre original :
HER ONE-NIGHT SECRET

Ce roman a déjà été publié en 2021.

1

Le capitaine Stacy Williams sauta du camion de pompiers dès que celui-ci s'arrêta devant l'hôpital général de Key West, avec la plupart des autres membres de son équipe. Dans le respect du protocole, ils n'avaient laissé qu'un personnel réduit à la caserne pour le cas où d'autres urgences se présenteraient. Si presque tous les effectifs l'avaient suivie, c'est parce que c'était l'un des leurs qui était sur la civière, aujourd'hui.

Elle emboîta le pas du brancardier, incapable de détacher le regard du visage trop pâle du lieutenant Reed Parker. Pompier depuis plus de deux décennies, celui-ci consacrait sa vie à protéger les habitants de Key West, mais aujourd'hui, c'était ce père de trois enfants qui avait besoin d'être secouru.

— Qu'est-ce qu'on a, les gars ? demanda un médecin urgentiste.

Sa voix lui était familière, mais Stacy ne prit pas le temps de lever la tête vers lui.

— Homme, quarante et un ans, chute de moto, déclara l'un des secouristes, Jackson Durand. Il est conscient et réactif. Fracture ouverte du fémur gauche.

Reed gémit alors très fort et essaya de se lever, mais Jackson le maintint en place d'une main posée sur sa poitrine. Stacy avait mal pour son collègue. Reed venait travailler à moto pour évacuer son stress, et cet accident était une terrible injustice.

— Monsieur, comment vous appelez-vous ? dit le médecin urgentiste en se penchant vers Reed.

On transféra Reed sur un lit d'hôpital, et une infirmière souleva le drap couvrant le bas de son corps pour examiner la blessure.

— Reed… Suis… pompier… professionnel. Il se passe quoi, là ? Cette jambe… me fait un mal de chien.

— Vous avez une belle fracture, déclara le médecin en plaçant son stéthoscope sur la poitrine du blessé pour écouter son cœur. On va s'en occuper très vite.

Il fit un signe de tête à Jackson, puis le remplaça au chevet du patient.

— L'air passe bien, pouls OK. Reed, ouvrez les yeux. Restez avec moi, s'il vous plaît. C'est très important. Pouvez-vous remuer les orteils du pied gauche ?

Reed laissa échapper un cri de douleur.

— Aïe… Peux… pas. J'ai… trop mal !

— Tension ? demanda le médecin à l'infirmière.

— 7/4, docteur.

Stacy se tenait avec le reste de son équipe, dans le couloir qui longeait la salle de soins, assez près pour entendre ce qui se faisait et se disait, mais à l'écart du personnel opérationnel. Alors que l'évaluation de l'état de Reed se poursuivait, elle ressentit une profonde empathie pour son collègue. Une fracture ouverte du fémur était très douloureuse, mais l'hôpital ne pourrait rien lui donner pour le soulager à cause de son hypotension. Cela pourrait entraîner des complications…

— D'accord, dit le médecin.

Son léger accent et sa voix grave ravivèrent un souvenir

dans la mémoire de Stacy. Il y a quelques années, elle avait vécu une nuit de passion avec un bel étranger venu de Cuba, et neuf mois plus tard, elle donnait naissance à son fils Miguel. Ce n'était pas possible ! L'homme qu'elle avait connu se trouvait à l'autre bout du monde et…

— Faites passer six culots de O négatif ! reprit le médecin, ramenant Stacy à l'instant présent, et à l'urgence de la situation. Appelez le bloc. On descend !

Stacy recula au moment où le rideau s'ouvrait sur le médecin, qui se dirigea vers le poste des infirmières situé au bout du couloir. Il était grand, et la dépassait de vingt bons centimètres, et ses épaules larges remplissaient sa blouse verte. Mais elle n'avait pas eu le temps d'apercevoir son visage. Elle et le reste de sa brigade connaissaient la plupart des médecins de cet hôpital, car ils aidaient souvent les ambulanciers urgentistes. La plupart du temps, les pompiers arrivaient avant l'ambulance lorsqu'on appelait les secours.

Comme une des infirmières qu'elle connaissait, Jenny, sortait de la salle de soins, Stacy lui demanda des nouvelles de Reed.

— Comment va-t-il ?

— Pas très bien, répondit Jenny sans cesser de taper sur le clavier de son ordinateur. Il ne réagit pas à la perfusion. Le docteur l'envoie en chirurgie pour traiter une éventuelle hémorragie. Nous en saurons plus après ça.

Une fois Jenny repartie, Stacy ne put s'empêcher de la suivre et de tendre l'oreille pour glaner quelques informations supplémentaires.

— Oui… Un pompier a chuté de sa moto. Fracture du fémur connue, fracture pelvienne suspectée… Je l'ignore, mais il ne répond pas aux transfusions. C'est aussi ce qui m'inquiète. Peut-être une lésion d'un organe non diagnostiquée. Le foie ou la rate. Ou une hémorragie interne due à la fracture pelvienne. Sauver la jambe n'est pas notre priorité.

Oh ! mon Dieu !

Stacy se laissa tomber sur une chaise et se prit la tête dans les mains.

Je vous en prie, mon Dieu ! S'il vous plaît, faites que Reed s'en sorte !

Elle ne pouvait pas imaginer annoncer une mauvaise nouvelle à sa femme, ses enfants... Soudain, des images de sa propre enfance, du jour où sa mère lui avait dit que son père était parti, resurgirent dans son esprit.

Son père n'était pas mort. Il venait de les quitter, sa mère et elle, mais le choc avait tout de même été terrible. Elle ne l'avait jamais revu...

Dès que le médecin eut raccroché, Stacy se leva. Elle devait découvrir ce qui se passait avant que la famille de Reed n'arrive et n'exige des réponses. En tant que capitaine et officier sur place, il était de son devoir de tenir la famille et son équipe informées.

Avant qu'elle ne puisse atteindre le médecin, dont les longues jambes le portaient étonnamment vite vers la cage d'escalier, les portes automatiques s'ouvrirent sur Annette, la femme de Reed, et ses trois enfants adolescents.

— Que s'est-il passé ? Où est mon mari ? lança Annette, paniquée, en se précipitant vers elle. Est-ce qu'il va bien ? Je lui ai dit de ne pas rouler trop vite dans les virages, avec ce satané engin. Je lui ai dit qu'il allait se tuer un jour s'il...

Ses mots se muèrent en sanglots et elle s'effondra dans les bras de Stacy.

— Oh mon Dieu ! Si quelque chose arrivait à Reed, je ne sais pas ce que je deviendrais !

Stacy guida Annette et ses enfants dans un petit salon

discret au bout du couloir, près des ascenseurs, pour lui dire ce qu'elle savait, c'est-à-dire assez peu pour le moment.

Il fallait qu'elle parle au médecin responsable, mais il se tenait près du poste des infirmières, en train de parler à Jackson. Si elle se dépêchait, elle pourrait peut-être encore le voir avant qu'il ne monte en chirurgie...

— Tiens bon, Annie, dit-elle en prenant la femme affolée par les épaules. Donne-moi quelques minutes et je reviens, d'accord ?

Puis elle leva les yeux... et se figea. Non pas parce que le médecin était parti, mais parce qu'elle découvrit enfin son visage. Un visage qu'elle n'aurait jamais cru revoir. Elle cligna des yeux, tandis que des effluves de mer et de sable assaillaient ses sens. Tout à coup, les bruits des urgences se muèrent en doux clapotis... Elle était jeune et stupide, en quête de plaisir, rien de plus. Et lui aussi.

Pourtant, cette insouciance n'avait pas été sans conséquences. Cette nuit-là a changé sa vie, et lui avait apporté plus de joie, de tristesse et de surprises qu'elle n'aurait jamais pu l'imaginer. Un fils qu'elle n'attendait pas, et dont son père ignorait l'existence.

Oh non...

Son souffle se bloqua, et elle eut soudain l'impression que le temps était suspendu, tandis qu'elle croisait ses yeux noisette, comme cette nuit-là, sur la plage.

C'était lui.

Luis...

Puis, tout à coup, le temps reprit son cours – en accéléré. Elle le vit pousser la porte de la cage d'escalier et disparut. L'avait-il reconnue ?

Respire...

Elle ne pouvait pas se permettre de céder à la panique en ce moment. Pas avec Reed qui se battait pour survivre et une réunion de l'équipe d'intervention d'urgence prévue dans un peu plus d'une heure, et à laquelle devait participer son amie Lucy.

Cette journée s'annonçait cauchemardesque.

Ce n'était pas possible. Et pourtant... Ça l'était.

Il savait que cela était aussi réel que le patient qu'il observait à travers la vitre de la salle d'examen du bloc opératoire, et qui était loin d'être tiré d'affaire. L'opération pourrait stopper le saignement et stabiliser son état. C'était la bonne nouvelle. La mauvaise nouvelle, c'est qu'il fallait évaluer cette jambe, nettoyer la blessure avant de confier le patient à l'orthochirurgien qui implanterait un dispositif de fixation pour stabiliser son fémur cassé. Malheureusement, lorsque Luis était arrivé aux urgences, il n'y avait pas de pouls dans le pied gauche du patient, et d'après ce qu'il percevait dans l'Interphone du bloc opératoire, il n'y en avait toujours pas, même après une heure de soins. Ce qui pourrait signifier que les blessures étaient plus importantes qu'il n'y paraissait – une irrigation sanguine compromise dans la jambe ou une possible lésion nerveuse.

Certes, le pronostic vital de cet homme n'était plus engagé en ce moment, mais à quel prix ?

Cette question tourmenta Luis tandis qu'il retournait au premier étage pour la réunion de l'équipe d'intervention d'urgence. Il était déjà en retard, ce qui n'était pas nouveau. Son agenda était toujours surchargé. Il aimait être productif, et rester concentré sur ses objectifs.

Après tout, des gens étaient morts pour qu'il puisse mener la vie qu'il menait aujourd'hui. À commencer par ses propres parents...

Il leur devait d'accomplir le plus de choses possible pour le plus grand nombre de personnes dans le temps dont il disposait. C'était sa philosophie, même s'il ne pouvait pas s'empêcher, seul dans son lit lors de ses nuits d'insomnie, de se poser cette question simple : *à quel prix ?*

Vêtu de sa blouse de laboratoire, il se dirigea vers la salle de conférences où se tenait la réunion et salua de la tête plusieurs collègues avant de se frayer un chemin dans l'espace bondé.

En vérité, il était très fier de son frère adoptif, Jackson, qui avait supervisé les interventions lors de ce dernier ouragan. Son frère était l'ambulancier urgentiste le plus assidu de la région, et attendait depuis longtemps une promotion et la reconnaissance qui l'accompagnait. Il espérait que tout se passerait comme prévu et que Jackson obtiendrait le nouveau poste qu'il souhaitait, car personne ne le méritait plus que lui.

En silence, il prit place à côté de son frère et s'appuya contre le mur, juste au moment où l'on tamisait les lumières de la salle pour éclairer le podium et la personne qui animait cette réunion.

Stacy Williams...

La gorge serrée et l'adrénaline déferlant dans ses veines, Luis laissa les souvenirs affluer à son esprit. Et se revit sur la plage, au clair de lune, avec elle... Blottis sur une couverture, enlacés, avec les étoiles pour seuls témoins, ils s'étaient aimés, passionnément, et son monde en avait été bouleversé à jamais.

C'était la veille de son départ pour la Birmanie. La nuit où l'avenir lui semblait si incertain qu'il s'était accroché à elle, désespérément. En fermant les yeux, il éprouva de nouveau la sensation de sa peau soyeuse contre la sienne, le goût de ses baisers...

— Tout va bien ? demanda Jackson.

— Oui, répondit Luis, en secouant la tête pour se forcer à revenir à l'instant présent.

— Et maintenant, je cède la parole à Jackson Durand, des soins intensifs, déclara Stacy.

Comme elle regagnait son siège, son regard croisa brièvement le sien, et Luis sentit sa gorge se serrer. Elle l'avait reconnu. Elle *savait*.

Ils n'avaient plus jamais parlé, après cette nuit-là. Il avait quitté les États-Unis tôt le lendemain matin pour l'Asie, et elle était retournée à Miami, supposait-il. Ils avaient tous les deux repris le cours de leur vie, mais Luis sut d'instinct qu'elle se souvenait de cette nuit-là, tout comme lui. Comme mues par une volonté propre, ses jambes se mirent à bouger et en un éclair, il avait traversé la pièce et s'était rapproché de l'endroit où elle était assise. Il voulait lui parler, d'autant plus qu'il l'avait vue plus tôt avec le pompier blessé et qu'ils risquaient de se rencontrer à nouveau.

Après tout, ils faisaient tous les deux partie de l'équipe des urgences, et une bonne relation de travail avec les pompiers était la clé de tout plan d'intervention réussi. Il ne faisait que son travail.

Et peut-être que s'il se le répétait suffisamment souvent, il parviendrait à le croire.

Mais d'abord, Luis devait en terminer avec cette maudite réunion qui semblait s'éterniser.

Quand il fut appelé, il se leva et exposa les plans d'urgence et les protocoles de triage de l'hôpital en cas de catastrophe. Avec Key West et les îles environnantes, toutes situées dans une zone chaude, il n'était pas rare de subir plusieurs ouragans à chaque saison. Cette année, cependant, était pire que les précédentes, et cela ne semblait pas près de s'arrêter.

Lorsqu'il eut fini, Luis retourna à sa place et vit qu'une autre femme, Lucy Miller, avait rejoint Stacy. Lucy présentait un syndrome d'Asperger, et il l'avait souvent croisée au service psychiatrique, accompagnée de son chien thérapeutique.

— Très bien, conclut Jackson sur le podium. C'est tout pour aujourd'hui. Veuillez garder un œil sur les bulletins météo, et si les prévisions changent, nous nous reverrons rapidement. Je vous remercie.

Les gens commencèrent à sortir de la pièce, et Stacy chuchota quelque chose à Lucy avant de se lever et de se diriger vers la porte. C'était maintenant ou jamais, et Luis sentit son pouls s'accélérer.

Il n'était plus un collégien maladroit, mais pour une raison étrange, l'idée de parler à cette femme le rendait très nerveux. Peut-être parce qu'il avait revécu cette nuit d'il y a cinq ans tant de fois en pensée pendant ses moments de solitude, qu'il l'avait transformée en quelque chose de complètement magique. Peut-être que la réalité n'égalerait jamais le rêve. Peut-être que tout cela était une terrible erreur…

Avant de pouvoir s'en empêcher, Luis toucha son bras juste au moment où elle atteignait la porte et elle se retourna. Ses yeux bleu azur s'écarquillèrent, aussi jolis que dans son souvenir et de nouveau, Luis eut l'impression de se noyer. Malgré lui, ces mots franchirent ses lèvres :

— C'est toi…

2

Sa première impulsion fut de feindre la surprise, mais à la façon dont il l'avait observée pendant la réunion, il était clair qu'il l'avait reconnue, alors à quoi bon ? De plus, la dernière chose que Stacy voulait était attirer l'attention. Elle fit un léger signe du menton à ses collègues puis sortit dans le hall et se tourna vers Luis.

Un sourire plaqué sur son visage, elle le regarda. Il était toujours aussi beau. Quand elle repensait à cette nuit-là, elle croyait avoir rêvé ces cheveux noirs et bouclés, ces yeux caramel, ces cils incroyablement longs que devaient lui envier bien des femmes. Des traits dont son fils avait hérité, neuf mois tout juste après leur rencontre...

— Je... oui, c'est bien moi. Comment vas-tu ? Tu as l'air... en forme, dit-elle.

Luis cligna des yeux un moment, et un léger froncement de sourcils assombrit son visage.

— Je me suis toujours demandé ce qu'il t'était arrivé après cette nuit-là, répondit-il. Comment tu allais.

Son léger accent la ramena aussitôt des années en arrière, et elle revit cette plage, les étoiles qui scintillaient au-dessus de leurs têtes, et ses mains sur son corps...

— Euh... Je vais bien. Super, en fait, bredouilla-t-elle.

Elle avait besoin d'air, et d'espace. Il était si proche

qu'elle percevait sa chaleur, son odeur de savon et de bois de santal. Elle se dirigea vers le couloir, indifférente aux bruits de conversation qui emplissaient maintenant le hall, et désigna son badge.

— Je suis capitaine, maintenant.

Luis lui emboîta le pas, et ajusta sa foulée à la sienne. Elle mesurait bien quinze centimètres de moins que lui, mais ils avançaient au même rythme.

Arrête de penser à cette nuit-là. Arrête !

— Vis-tu à Key West ? demanda-t-il.

— Oui.

Miguel et elle avaient emménagé dans un bel appartement l'année précédente, lorsqu'elle avait accepté le poste de capitaine après avoir quitté son service à Miami.

— Et toi ? Es-tu toujours en mission dans le monde entier ?

Il appuya sur le bouton commandant l'ouverture des portes automatiques.

— Non, plus maintenant. Je suis le chef du service des urgences ici à Key West General, donc je reste sur place.

Elle réprima un frisson. Ce n'était pas bon. Pas bon du tout. Parce que s'ils habitaient tous les deux à Key West, ça voulait dire qu'elle devrait lui parler de Miguel, et cela la terrifiait. Pourtant, elle n'avait pas eu l'intention de garder ce secret aussi longtemps ; mais quand elle avait découvert qu'elle était enceinte, il était parti depuis longtemps et elle n'avait aucun moyen de le contacter. Puis, le bébé était né et elle avait dû se débrouiller seule, trop occupée à travailler pour vivre pour envisager de rechercher Luis. Avoir été acceptée dans le programme de formation de l'académie des pompiers avait été une bénédiction : un bon salaire, beaucoup d'exercice physique et une nouvelle famille élargie dont elle avait toujours rêvé mais qu'elle n'avait jamais pu avoir. Les pompiers du comté de Miami les avaient adoptés, elle et son fils !

Pourtant, avoir un père – *son* père – dans sa vie était important pour Miguel, et elle voulait informer Luis de son existence. Mais elle attendrait que le lieu et le moment soient plus appropriés.

— Tu travailles avec Reed ? demanda Luis alors qu'ils s'arrêtaient près du poste des infirmières. Le pompier blessé ?

— Oui. Je ne fais pas équipe avec lui, mais nous sommes tous dans la même brigade. C'est comme une grande famille, tu sais…

Luis prit le dossier qu'une infirmière lui tendait.

— Une rude bataille attend ton collègue.

— Sait-on comment l'opération s'est déroulée ? demanda-t-elle, impatiente d'en savoir plus.

— Je ne peux pas discuter des détails, mais je peux te dire que lorsque j'ai quitté le bloc opératoire à l'étage, il était stable. L'hémorragie a été maîtrisée et nous allons pouvoir évaluer sa blessure à la jambe.

— Va-t-il remarcher ?

— Je ne peux pas te donner de pronostic à ce sujet pour le moment, désolé. Ce sera une longue convalescence et vu l'étendue de la blessure initiale, il y aura des lésions nerveuses et tissulaires qui mettront du temps à guérir. Il faudra établir un protocole de rééducation, qu'il garde cette jambe ou non…

— Crois-tu qu'il pourra reprendre son service actif en tant que pompier ? demanda Stacy, le cœur brisé à l'idée de ce qu'allait traverser sa famille. Je connais Reed, et il détesterait rester assis derrière un bureau toute la journée.

— Nous ne le saurons qu'après l'opération et la

consultation ortho, mais si tout se passe bien, pourquoi pas ? Ne nous avançons pas trop pour l'instant.

Stacy l'avait observé pendant leur échange, et elle avait noté de minuscules rides au coin de ses yeux qui n'étaient pas là quand elle l'avait connu, et une barbe naissante qui ombrait sa forte mâchoire. Elle se demanda combien de temps avait duré sa garde et si quelqu'un l'attendait à la maison une fois qu'il aurait terminé…

Non que cela la regarde. Pas du tout. Elle ne cherchait personne. Elle avait assez à faire avec son travail, Miguel et maintenant l'ouragan qui ne manquerait pas de les occuper, elle et ses collègues, dans les prochains jours. C'est juste que s'il était engagé avec quelqu'un d'autre, il serait plus difficile de lui révéler l'existence de son fils. Elle devait être prudente, car la dernière chose dont Miguel avait besoin en ce moment était de voir son quotidien bouleversé. Avec son Asperger léger, la routine était le ciment de son existence. Et surtout, elle ne voulait pas que son fils soit blessé.

Enfant unique élevée par une mère célibataire, Stacy ne connaissait que trop bien la douleur de laisser entrer quelqu'un dans sa vie, pour ensuite le voir s'en aller ou vous décevoir. Elle se souvenait du moment où son propre père les avait abandonnées. Au début, elle avait pleuré toutes les larmes de son corps, courant à la fenêtre chaque fois qu'une voiture passait devant leur maison dans l'espoir de le voir revenir. Ensuite, elle avait cru que c'était sa faute s'il était parti et que si elle avait été meilleure, son père ne les aurait pas laissées, sa mère et elle. Un sentiment de culpabilité qui se traduisait par une volonté constante de faire plus, mieux pour empêcher ceux qu'elle aimait de s'éloigner d'elle…

Stacy refusait que son fils subisse le même traumatisme

en lui présentant un homme qui pourrait disparaître de leur vie aussi vite qu'il y était entré. Elle n'avait jamais vraiment expliqué à Miguel où se trouvait son père, et heureusement, il n'avait pas demandé. Mais maintenant qu'il grandissait, elle craignait que les questions ne viennent, et ne savait pas comment réagir. Elle ne pouvait pas imaginer sa vie sans son fils. Il était sa raison d'être.

Pour Miguel, elle se sentait capable de tout. Y compris de dire la vérité à Luis.

Bientôt. Mais pas tout de suite…

Ils restèrent là un moment, ne sachant que dire, jusqu'à ce que Stacy aperçoive la femme et la fille de Reed dans le couloir et saisisse l'occasion de s'échapper.

— Je… vais retrouver la famille de Reed. Excuse-moi. Contente de t'avoir revu…

— J'aimerais qu'on dîne ensemble, lâcha Luis alors qu'elle s'éloignait, pour discuter de la manière de nous coordonner pour gérer cet ouragan.

Elle sentit son cœur battre plus fort.

— Euh, je…

Il s'approcha d'elle, et elle s'efforça de fixer le triangle de peau bronzée visible au niveau de l'encolure de sa blouse verte et non sur ses yeux, ces yeux trop perspicaces qui voyaient toujours bien plus que ce qu'elle voulait révéler. Comme le fait qu'après toutes ces années, elle était encore sensible à son charme.

— Juste un dîner rapide, disons à 20 heures, après ma garde ? À moins que tu n'aies déjà d'autres projets ?

Tout en se maudissant pour sa lâcheté, elle répondit :

— Désolée, mais j'ai déjà quelque chose de prévu. Une autre fois, d'accord ?

Elle disparut avant qu'il ne puisse poser d'autres

questions, et sentit son regard s'attarder sur sa nuque pendant qu'elle remontait le couloir.

Luis alla voir ses patients et termina sa garde aux urgences, puis il se rendit à l'étage pour vérifier les progrès de Reed avant de rentrer chez lui pour la nuit. Au passage, il vit que la famille de Reed discutait avec le chirurgien orthopédique. Stacy était là elle aussi, et il croisa brièvement son regard avant de recentrer rapidement son attention sur le médecin.

Il ne voulait pas s'immiscer, mais il entendit la conversation.

— La bonne nouvelle, c'est que nous avons pu rétablir la circulation dans sa jambe. La mauvaise nouvelle, c'est que sa jambe est restée sans flux sanguin pendant une longue période.

Un long silence accueillit cette déclaration, puis la femme demanda :

— Qu'est-ce que cela signifie, en clair ?

— Eh bien, je ne vais pas vous mentir, soupira le chirurgien, il y a beaucoup d'obstacles à franchir avant de pouvoir sauver sa jambe...

C'est ce qu'il avait tout de suite pensé, lui aussi, songea Luis. Il appuya sur le bouton de l'ascenseur et regarda défiler les chiffres au-dessus des portes métalliques. Parler aux familles était difficile. C'était l'aspect le plus délicat du travail, quel que soit le domaine dans lequel on pratiquait. La nature humaine voulait qu'on offre le plus d'espoir possible, mais la réalité scientifique obligeait à se montrer très modeste quant aux résultats possibles et à ne pas trop présumer de l'avenir. C'était un numéro d'équilibriste auquel il se livrait tous les jours aux urgences, surtout dans les cas de traumatisme les plus graves comme celui de Reed.

En vérité, ces conversations l'empêchaient souvent de dormir la nuit, car il s'inquiétait pour l'avenir de ses patients. Et même si cet homme n'était pas son patient, il avait du mal à se décharger de cette responsabilité. Oui, il était ainsi. Il analysait tout, réfléchissait trop...

Il repensa à la conversation qu'il venait d'avoir avec Stacy tout à l'heure, et fut soudain ramené cinq ans en arrière...

Cette nuit-là, elle ne lui avait pas parlé de son désir de devenir pompier, et elle ne lui avait pas paru spécialement attirée par le risque et l'exercice physique. En fait, à l'époque, elle semblait être l'incarnation même de la fêtarde du sud de la Floride, une femme libre, heureuse de vivre, qui cherche à s'amuser et à laisser ses soucis derrière elle. Elle avait prétendu avoir vingt-deux ans ce soir-là, mais il avait vu dans ses yeux et dans son cœur une maturité bien supérieure à son âge. Entre eux, l'alchimie avait été instantanée, tout comme la passion ardente qui, bientôt, les avait poussés dans les bras l'un de l'autre.

Elle lui avait pris la main alors qu'ils se promenaient sur la plage, au clair de lune. Puis, une fois qu'ils avaient laissé derrière eux la musique assourdissante et les acclamations bruyantes du pub, il l'avait embrassée. Aucun des deux n'était complètement sobre, mais ils s'étaient tous deux abandonnés au désir qui flambait entre eux. Être avec elle avait été à la fois une révélation et une malédiction. Stacy ne ressemblait à aucune des femmes qu'il avait connues jusqu'alors – elle était si douce, si délicate et si délicieusement sensible à chacun de ses baisers, chacune de ses caresses... Mais cette harmonie avait fait son malheur, car il ne l'avait jamais oubliée, depuis cette nuit magique. La revoir après cinq longues années de manière aussi inattendue l'avait secoué au plus profond de lui-même, et...

— Décidément... On n'arrête pas de se croiser, aujourd'hui !

Stacy se tenait à quelques mètres de lui, et dit sans le regarder :

— Je peux, euh... prendre les escaliers.

— Pourquoi donc ? Tu veux m'éviter ? répondit Luis avec un sourire en lui désignant la porte de l'ascenseur.

Elle hésita, puis finit par entrer dans la cabine en même temps que lui.

Luis appuya sur le bouton du premier étage, tandis que Stacy regardait droit devant elle, sans ajouter un mot.

Ce fut Luis qui brisa ce silence étouffant.

— Reed se remet bien de son opération, tu sais ?

— Oui, répondit Stacy, mais le pronostic est encore incertain concernant sa jambe, comme tu me l'as déjà expliqué.

— En effet.

L'ascenseur s'arrêta au deuxième étage et une vieille dame y entra. Elle sourit et leur fit un signe de tête avant de se retourner pour faire face aux portes.

Luis recula légèrement et s'éclaircit la gorge.

— Mes pensées vont à sa famille pendant cette période difficile.

— Les miennes aussi.

Stacy prit une grande inspiration, avant de dire :

— Écoute, Luis, je suis désolée d'avoir été un peu trop brusque, tout à l'heure. J'étais sous le coup de la surprise et j'avais beaucoup de choses en tête et...

Ding !

Les portes s'ouvrirent sur le hall du premier étage, et ils

sortirent dans le couloir. Luis attendit que l'ascenseur se referme avant de prendre le bras de Stacy et de la conduire dans un endroit calme.

— Inutile de s'excuser. Je pense que nous avons tous les deux été un peu choqués par ces retrouvailles inattendues. Mais mon invitation tient toujours.

Il consulta sa montre, puis planta ses yeux dans les siens.

— Ma garde est terminée. Je rentre à la maison. On peut toujours aller dîner si tu veux.

— Oh ! je ne peux pas ce soir, désolée, répondit-elle en sortant son téléphone. J'ai des choses à régler à l'appartement.

— Très bien. Pourquoi pas demain soir, alors ? Je suis de repos toute la journée, mais j'ai des projets jusqu'à plus tard dans l'après-midi. Et si on dînait après ça ? Disons, 19 heures au pub ?

Elle leva vers lui un regard surpris.

— Le Durand's Duck Bill Pub ? Je n'y suis pas allée depuis des années…

— Raison de plus, alors…

Il sourit. De toute façon, il avait prévu d'aider ses parents adoptifs demain, en faisant de menus travaux au bar, comme il le fait depuis qu'il avait été accueilli au sein de leur famille, à l'âge de six ans.

— Je doute que l'endroit ait tant changé depuis la dernière fois que tu l'as vu. Il y a sans doute encore plus de drapeaux qu'avant. Et des T-shirts accrochés au mur.

— Oui, je m'en souviens.

Elle sourit, et il sentit une vague de chaleur déferler sur lui. Mais son sourire s'effaça dès que son téléphone se mit à vibrer.

— Très bien. D'accord pour dîner ensemble demain soir. Nous avons beaucoup de choses à nous dire.

Luis hocha la tête et ajoutant l'événement à son calendrier électronique. Il n'était pas sûr de ce dont ils devaient discuter exactement, mais il était heureux de pouvoir faire à nouveau connaissance avec elle afin de voir si ses souvenirs lui rendaient justice ou s'il l'avait transformée en une sorte de fantasme dans son esprit.

— Super. Demain soir à 19 heures, alors. Je serai probablement derrière le bar quand tu arriveras, au cas où tu ne me trouverais pas.

Elle leva vers lui un regard interrogateur.

— Tu travailles là-bas comme serveur ?

Il rit.

— Non, en tout cas pas officiellement, mais j'aide ma famille quand je le peux.

— Oui, c'est vrai que ce sont tes parents qui tiennent ce pub, j'avais oublié.

Une brève ombre passa sur son joli visage, si vite qu'il l'aurait manquée s'il ne l'avait pas observée de si près.

— Très bien, à demain, alors...

— Oui.

Elle s'éloigna de lui et il se dirigea vers les vestiaires du personnel pour se changer, assailli par un sentiment d'appréhension mêlé d'impatience Cela n'en valait pas la peine, décida-t-il : ce n'était rien d'autre que deux collègues qui partageraient un repas.

Deux collègues qui avaient eu une aventure, cinq ans auparavant. En fermant les yeux, Luis aurait juré l'entendre crier son nom alors qu'elle jouissait dans ses bras, sentir la chaleur de sa peau contre la sienne, et goûter sa douceur sur sa langue.

Mon Dieu, la fatigue le rendait bêtement sentimental !

C'était un homme rationnel, pourtant. Il accordait une grande importance à la vérité, aux faits et à la science. Il méprisait les émotions et l'intuition, qui ne faisaient que vous attirer des ennuis. Or mieux valait être prudent. Ses parents avaient manqué de prudence et l'avaient payé de leur vie. Alors que les bulletins météo de l'époque annonçaient l'arrivée imminente d'une tempête tropicale, ils avaient ignoré le danger et traversé de nuit les courants puissants et les eaux infestées de requins du détroit de Floride, afin de donner à leur famille une chance d'avoir une vie meilleure. Cette erreur avait laissé Luis orphelin. Heureusement, les Durand l'avaient recueilli peu après son placement en famille d'accueil et lui avaient donné une seconde chance, celle que ses parents biologiques auraient voulue pour lui. Mais tout de même…

Luis avait un but. Un objectif sérieux, et il ne voulait surtout pas que ses émotions ne l'empêchent de l'atteindre.

Il se changea et regagna sa luxueuse propriété isolée en bord de mer, au nord de l'île de Key West, incapable de se défaire de l'étrange sentiment selon lequel il se passait quelque chose entre lui et Stacy. Il s'arrêta dans son allée et coupa le moteur de sa Mercedes, puis resta longtemps immobile, à fixer la façade de son imposante demeure moderne de deux étages. Il avait travaillé dur pour s'offrir un cadre de vie confortable et il donnait aussi généreusement de son temps et de son argent à des organisations caritatives locales pour aider les défavorisés et les réfugiés. Mais il manquait quelque chose à son existence, il en prenait soudain conscience.

Oui. Il y avait certainement une raison pour laquelle le destin les avait réunis. Et il avait bien l'intention de découvrir exactement laquelle.

3

La musique provenant du Duck Bill Pub se déversait jusque dans la rue, et avant même qu'elle n'atteigne l'entrée, le mélange entraînant de calypso et de pop lui donna envie de danser.

Elle n'était pas revenue ici depuis son déménagement à Key West, l'année précédente, mais elle avait une mission importante à mener, à savoir parler à Luis du fils qu'il ignorait avoir. Elle lui devait bien ça, et elle le devait à Miguel.

Si seulement son cœur pouvait cesser de battre comme un fou, elle serait fin prête !

Une petite foule s'était déjà rassemblée près de l'entrée. La rue Duval était de toute façon célèbre auprès des touristes, et le pub était une institution dans la région. Alors qu'elle traversait la rue et marchait vers l'entrée, le groupe termina sa chanson sous un tonnerre d'applaudissements. Elle se pencha vers le videur et lui dit :

— Je suis censée retrouver Luis Durand au bar, pouvez-vous me laisser entrer ?

Le type fit un signe de tête et pointa du doigt la salle.

— Entrez. Il vous attend.

— Merci.

Elle se fraya un chemin parmi la foule et les tables toutes

occupées, et atteignit le grand bar en demi-cercle situé tout au fond. Les murs lambrissés étaient couverts de souvenirs et de photos des propriétaires avec des célébrités en visite, et des drapeaux pendaient aux poutres apparentes du plafond. Chaque fois qu'un visiteur étranger arrivait au Duck Bill, il accrochait le drapeau de son pays d'origine sur les chevrons. D'après le panneau de pointage sur le mur, le pub en était à 178. Impressionnant, étant donné qu'il n'y avait que 195 pays dans le monde.

Stacy se glissa entre deux groupes de clients et s'aperçut que le barman n'était autre que Luis !

Il lui fit un signe de la tête, puis mélangea le cocktail qu'il était en train de préparer avant de lui sourire.

— Salut.

— Salut.

Elle le regarda verser le liquide dans deux jolis verres qu'il déposa sur le plateau d'un serveur à l'autre bout du bar avant de revenir vers elle. Il avait l'air différent ce soir, en T-shirt à l'effigie du Duck Bill Pub comme le reste du personnel. Dans son jean décontracté, il paraissait plus jeune qu'en blouse de médecin – et plus plus sexy, aussi.

Elle déglutit pour tenter de chasser la boule qui lui serrait la gorge. Comme toujours lorsqu'elle se sentait nerveuse, elle opta pour l'humour.

— Tu devrais peut-être demander une augmentation à l'hôpital.

— Ils me paient très bien, répondit-il en se penchant vers elle, un sourire éclatant aux lèvres. Je peux t'offrir quelque chose à boire ?

— Euh…

Elle était tellement occupée à le regarder qu'elle n'avait pas pris la peine de consulter la carte. Elle jeta un coup d'œil sur le plateau du serveur, où brillait un liquide mousseux d'un joli rose.

— Je prendrai la même chose que cela, si ça n'est pas trop compliqué, dit-elle

— Un Super Barbie Fraise ! Pas de problème.

Pendant qu'il préparait son cocktail, elle l'observa de plus près. Il était musclé mais pas trop, et se mouvait avec une grâce que bien des danseurs lui envieraient. C'est une des choses dont elle se souvenait, et Miguel avait hérité de cette souplesse féline.

Son fils avait aussi les cheveux noirs bouclés et le sourire facile de son père. Parfois, la nuit, lorsqu'elle fermait les yeux, elle croyait encore sentir ses mèches glisser entre ses doigts et la force de ses bras autour d'elle lorsqu'il avait crié son nom en jouissant sous les étoiles. Le moment où ils avaient conçu Miguel avait été intense, merveilleux, et ce souvenir les unissait aujourd'hui encore sans même qu'ils aient besoin d'en parler...

Dis-lui.

Luis revint avec son verre, et elle prit une gorgée du cocktail. Il était fruité, avec un soupçon de rhum et de menthe pour l'équilibre. Délicieux.

— Pouvons-nous trouver un endroit tranquille pour parler, ici ?

— Bien sûr.

Il contourna le bar pour la rejoindre, puis la guida habilement à travers la foule jusqu'à un salon privé, à l'écart de la salle principale, et beaucoup plus tranquille.

— Je l'ai réservée pour nous tout à l'heure.

— Super.

Quand ils prirent place, elle remarqua qu'il tenait encore un torchon entre ses mains, qu'il triturait nerveusement. Il ne lui était pas venu à l'esprit qu'il pouvait être aussi gêné qu'elle, mais d'après son langage corporel, il était lui aussi sur des charbons ardents.

— Alors, dit-elle, en faisant rouler la paille de son cocktail entre ses doigts, tes parents vont bien ?

— Oui, très bien. Ils sont à Miami en ce moment, et je leur ai demandé d'y rester jusqu'à ce que la tempête passe, pour ne pas prendre de risque. Le personnel peut s'occuper de tout jusqu'à leur retour.

— C'est pour ça que tu joues les barmans ce soir ?

Il fronça légèrement les sourcils puis secoua la tête.

— Pas vraiment. Le barman a appelé juste avant le service pour dire qu'il était malade alors je l'ai remplacé en attendant qu'un autre arrive, c'est tout.

Elle prit une nouvelle gorgée, puis se jeta à l'eau.

— Il y a quelque chose dont je… voulais te parler ce soir…

— As-tu faim ? demanda Luis. Nous avons un menu complet maintenant : sandwichs, steaks, fruits de mer, salades, tout ce que tu veux. Je t'invite !

— D'accord. Je n'ai pas déjeuné aujourd'hui, et je suis affamée.

— Parfait ! Tu me permets de choisir pour toi ? As-tu des allergies ? Des aliments que tu n'aimes pas ?

— Pas d'allergies, répondit-elle. Mais je n'aime pas les plats trop épicés.

— D'accord.

Il leva le bras, puis s'adressa à un homme qui tapa une commande sur l'ordinateur.

— C'est fait. Nos apéritifs devraient bientôt être prêts. Maintenant, s'il te plaît, dis-moi de quoi tu voulais discuter. On se connaît si peu…

Il avait raison. Elle avait pensé à la même chose plus tôt en venant ici. C'était étrange d'avoir partagé une telle intimité avec une personne sans connaître son deuxième prénom, sa date de naissance, ni même sa couleur ou son plat préféré. C'était un peu la règle du jeu, quand on avait des aventures d'un soir : pas d'engagement, pas d'attaches...

Oh ! mon Dieu !

Dans son esprit, Stacy avait imaginé ce moment un million de fois, mais cela ne ressemblait en rien à ses représentations. Ils étaient assis dans un coin ombragé situé à l'écart, mais on pouvait encore entendre le bruit de la foule dans le bar principal, les percussions de l'orchestre de *steel drum*, de délicieuses odeurs de cuisine et de rhum flottaient dans l'air.

Cela ressemblait beaucoup à la nuit où ils s'étaient rencontrés cinq ans auparavant, et pourtant, c'était si différent !

Stacy avait grandi seule dans un quartier pauvre de Miami et appris très tôt à prendre soin d'elle et à gérer les situations difficiles, de manière directe. C'est l'une des raisons pour lesquelles elle était si efficace dans son travail de pompier. Mais aujourd'hui, ces compétences lui faisaient défaut. Elle ne savait pas comment aborder le sujet avec lui franchement, sans mensonges ni artifices...

Non. Elle ne lui avait jamais menti à propos de Miguel. Elle avait juste omis de lui révéler son existence. Et ce n'était pas faute d'en avoir eu envie. Il avait quitté le pays et elle ne savait pas comment le joindre. Elle avait dû assurer sa subsistance et nourrir son bébé, puis le temps avait passé et la vie continué... Maintenant qu'ils étaient tous les deux réunis, elle devait prendre ses responsabilités. Elle n'attendait rien de lui et la dernière chose qu'elle voulait, c'était que son fils soit blessé par tout cela.

Jusqu'à présent, Miguel n'avait jamais posé de questions sur son père, mais à quatre ans, il ne tarderait plus à vouloir savoir.

Elle prit une grande inspiration et expira lentement.

— Te souviens-tu de notre nuit ensemble, il y a des années ?

Luis croisa son regard où se mêlaient chaleur et méfiance.

— Oui. Je n'oublie pas si facilement.

En effet. Elle-même ne savait plus combien de fois elle avait revécu cette nuit-là sur la plage, le plaisir qu'elle avait trouvé dans ses bras… et la douleur qui persistait en elle, depuis. Elle ne s'était jamais donnée à un autre homme…

Malgré l'émotion qui la submergeait, elle se força à continuer.

— Hum, il y a quelque chose que tu dois savoir à propos de cette nuit-là. Quelque chose qui s'est passé…

— Oh mon Dieu ! dit-il, en s'adossant à sa chaise. Je ne t'ai pas fait mal, n'est-ce pas ?

— Non, non. Tu ne m'as pas fait mal, répondit-elle. *Mais je… je* suis tombée enceinte. Cette nuit-là. Nous n'avons pas utilisé de protection, et…

Ses yeux s'agrandirent légèrement et sa bouche s'ouvrit, puis se referma, puis s'ouvrit à nouveau.

— Je suis désolé. Je ne… Quoi ? !

— Je suis tombée enceinte cette nuit-là, Luis. J'ai eu un bébé. Un fils. *Notre* fils. Miguel.

Le temps semblait suspendu, et Luis avait l'impression que la terre s'ouvrait devant lui, menaçant de l'engloutir. Les mots se bousculaient dans sa tête, mais tout ce qu'il réussit à dire fut :

— J'ai un fils ?

— Oui.

Elle se tut pendant que le serveur apportait un grand plateau d'entrées froides et chaudes.

— Il s'appelle Miguel, comme mon père. Il a quatre ans, dit-elle une fois qu'ils se furent de nouveau seuls, en triturant sa serviette de ses mains tremblantes. Il est intelligent, sensible et calme. On lui a diagnostiqué un syndrome d'Asperger bénin, qui fait partie du…

— Spectre autistique. Je sais.

Luis n'arrivait pas à faire fonctionner son cerveau correctement. Il se passa une main sur le visage, dans l'espoir d'atténuer le choc. Il avait un fils !

Mais avant qu'il ne puisse la questionner, Stacy leva la main pour l'arrêter.

— Sache que je ne te dis pas tout cela parce que j'attends quelque chose de toi. J'ai juste pensé que tu devais savoir. Miguel et moi nous sommes bien débrouillés par nous-mêmes, et cela va continuer. Soudain, Luis sortit de sa stupeur.

— Attends… Tu veux dire que tu ne veux pas que je le rencontre ?

— Bien sûr que non ! C'est ton fils et je n'ai pas l'intention de te priver de tes droits parentaux, mais je veux que tu y réfléchisses longuement avant de te décider. C'est un garçon très spécial et il représente tout pour moi. Je ne veux pas le voir souffrir. Donc, si tu n'as pas l'intention de faire partie de sa vie à l'avenir, il serait peut-être préférable que tu ne fasses pas connaissance avec lui.

Luis secoua la tête. Il avait du mal à croire que cela se produisait vraiment, mais c'était le cas. Il avait toujours voulu avoir des enfants, une fois qu'il se serait installé, qu'il aurait mis de l'ordre dans sa vie, qu'il aurait surmonté les craintes de son enfance…

Son fils avait vécu sans lui pendant les quatre dernières années et s'en était apparemment très bien accommodé. Mais que de temps perdu, que d'occasions manquées ! En regardant Stacy assise de l'autre côté de la table, il savait qu'elle lui disait la vérité. Le fait que son fils soit lui aussi atteint d'un Asperger léger le confirmait.

Il était père de famille !

— Je, euh... dit-il enfin, en posant ses mains sur la table, je n'ai aucune idée de ce que je dois faire. Et tu as raison. Je ne veux pas faire du mal à cet enfant. Si je n'ai pas l'intention de construire une relation avec lui, alors je devrais me tenir à l'écart. Mais si je veux faire partie de sa vie ?

Stacy se figea et le regarda droit dans les yeux.

— Oh ! eh bien...

Elle prit un beignet, croqua une bouchée, puis s'essuya longuement les doigts.

— Dans ce cas, il faut que nous en discutions ensemble.

Elle expira lentement, l'air aussi déconcerté que lui.

— Je suis... un peu confuse. Honnêtement, je ne savais pas à quoi m'attendre en venant ici ce soir. Et je voudrais que tu saches que je te l'aurais dit plus tôt si j'avais pu. Mais quand j'ai essayé de te contacter après avoir appris ma grossesse, tu étais parti et j'ignorais quand tu reviendrais aux États-Unis, ni même si tu reviendrais. Alors j'ai cherché un emploi pour subvenir à mes besoins et à ceux du bébé et...

Il fronça les sourcils.

— Je comprends, répondit Luis, très ému. Je ne t'en veux pas. Mais... Pourquoi n'as-tu pas poursuivi tes recherches ?

Il laissa échapper un juron et secoua la tête.

— Désolé. Ce n'est pas ce que je voulais dire. Nous sommes tous les deux responsables de ce qui s'est passé cette nuit-là sur la plage. J'aurais pu me soucier de toi aussi, une fois de retour aux États-Unis.

— C'est vrai. Je suppose que nous aurions tous les deux dû persister dans nos efforts.

Luis fit un signe de tête brusque puis la regarda reprendre son beignet.

— Es-tu retournée à Miami ?

— Oui. J'ai vécu avec ma mère pendant ma formation à de pompier, puis une fois que j'ai obtenu mon diplôme et mon premier poste, j'ai trouvé mon propre logement pour moi et Miguel. Ce n'était pas le grand luxe, mais cela nous suffisait.

— Ça a dû être dur, de travailler à plein temps avec un bébé à la maison ? dit-il, assailli par un soudain sentiment de culpabilité.

Si seulement il avait su, il l'aurait aidée, soutenue. Mais il était lui-même très occupé par sa carrière à l'hôpital. Qui peut dire qu'il aurait réagi honorablement ? Il aimait à penser qu'il l'aurait fait, mais il aurait peut-être aussi mal géré les choses.

— C'était dur, je l'avoue. Encore plus après le diagnostic de cancer du sein de ma mère…

Elle repoussa son assiette, et ajouta d'une voix brisée :

— Elle gardait parfois Miguel, au début, mais très vite la chimio l'a rendue vraiment malade. Heureusement, elle a fini par s'en sortir, et nous sommes tous retournés à Key West pour recommencer de zéro.

— Oh mon Dieu, Stacy ! Je suis vraiment désolé, Stacy… Si j'avais su ce qui se passait, j'aurais été là pour vous, pour vous deux.

Il se pencha et lui prit la main.

— Je suis vraiment désolé.

— C'est bon. Tu ne pouvais pas savoir…

Elle haussa les épaules et se libéra.

— Je n'ai pas besoin de ta pitié. Miguel ne sait rien de

toi. Comme il n'a jamais vraiment posé de questions sur son père, je ne lui ai rien dit. Alors, si tu veux oublier son existence, c'est encore possible. Nous pouvons tous les deux continuer comme avant…

Une vague de regret le submergea soudain, lui serrant la gorge. Il n'avait que deux ans de plus que son fils quand il avait perdu ses parents, et il aurait tout donné pour les retrouver, pour passer un jour, une heure de plus avec eux. Maintenant qu'il savait pour Miguel, il ne pouvait plus l'abandonner. Oui, son emploi du temps était chargé, mais il trouverait un moyen d'être là pour son fils, parce qu'il n'y avait rien de plus important au monde.

— Et si je veux faire partie de sa vie à l'avenir ? demanda-t-il.

— Alors il faut…

Avant qu'elle puisse finir sa phrase, son téléphone sonna dans son sac à main et elle décrocha. Je suis désolée. C'est la caserne, je dois prendre cet appel…

Luis se leva et s'éloigna de quelques pas.

Il avait un fils ! Un petit garçon prénommé Miguel dont il ignorait tout. Si le sol s'était ouvert sous ses pieds et l'avait avalé en entier, Luis n'aurait pas été plus étonné. Mais il devait se ressaisir et trouver un moyen de faire avancer les choses. Continuer comme avant n'était plus possible, maintenant qu'il savait. L'avenir de son enfant était en jeu.

Au fil des ans, il s'était souvent demandé ce qui avait bien pu pousser ses parents à entreprendre cette traversée périlleuse de nuit, sur un rafiot branlant, de tout risquer pour une issue plus qu'incertaine.

Maintenant, alors qu'il regardait Stacy arpenter le patio en parlant au téléphone, il connaissait enfin la réponse.

Certaines choses valaient la peine qu'on risque tout, et Miguel, son fils, en faisait partie.

4

Les deux jours qui suivirent furent très chargés, ce qui convenait très bien à Stacy car cela lui permit de se concentrer sur son travail et l'empêchait de trop penser à Luis.

Elle s'agrippa au bord de son siège alors que le camion d'intervention prenait un virage serré, toutes sirènes hurlantes.

Ils se rendaient sur le site d'un accident, après avoir reçu un rapport faisant état d'une voiture dans un fossé et des victimes coincées à l'intérieur. Les pompiers devraient utiliser de nombreux outils pour les désincarcérer. Si seulement elle pouvait réparer elle aussi les dégâts qu'elle avait causés la veille !

Elle se rappela soudain les expressions du visage de Luis, quand elle lui avait parlé de Miguel. D'abord sous le choc, il avait ensuite paru terrifié, avant de s'apaiser peu à peu. Il voulait être impliqué dans la vie de leur fils ? Soit, mais tous les pères ne le souhaitaient-ils pas ? Son propre père l'avait certainement promis, ce qui ne l'avait pas empêché de partir un jour pour ne jamais revenir. Il lui avait fallu beaucoup de temps pour s'avouer à elle-même qu'elle ne le reverrait jamais.

Stacy refusait de faire subir cela à Miguel. Elle préférait

qu'il ne connaisse jamais son père plutôt que de grandir dans la souffrance parce que ce dernier avait subitement changé d'avis.

— On y va ! lança Rob, le pompier qui conduisait le camion, à ses coéquipiers. Ça va être difficile...

En sortant par l'arrière du véhicule, Stacy ne vit d'abord qu'un épais mur de feuillage, puis l'un des policiers présents sur les lieux pointa du doigt une masse noire à peine visible au fond du ravin abrupt.

— Il y a certainement quelqu'un de coincé dans la voiture, déclara l'officier. Il a heurté un arbre à cet endroit.

Il désigna un chêne massif, à quelques mètres de là, dont l'écorce avait été abîmée.

— L'impact a écrasé l'avant du véhicule. Les airbags se sont déclenchés.

Stacy descendit avec précaution, ses bottes glissant sur le sol meuble, jusqu'à ce qu'elle atteigne le véhicule avec deux autres membres de l'équipage. Phil se dirigea vers le côté passager du véhicule pendant qu'elle prenait le côté conducteur, le cœur battant la chamade et le sang martelant ses oreilles. Elle tira sur la poignée de la porte cabossée de son côté, en vain. Phil essaya lui aussi de son côté : rien. Le sol était boueux et glissant, et ils devaient lutter pour garder leur équilibre.

— John, va chercher les cisailles !

— J'y vais ! dit le plus jeune, en remontant la colline pour revenir quelques minutes plus tard avec les outils qu'ils appelaient les « mâchoires de la vie ».

Avec l'aide d'un autre pompier, il ouvrit la porte du côté conducteur, puis recula pour que Stacy puisse évaluer son patient.

Alors qu'elle s'approchait du véhicule accidenté, un gémissement de douleur lui parvint et elle sentit sa poitrine se serrer. Pourtant, cela était bon signe : la victime était toujours consciente. Stacy se pencha pour vérifier le pouls de la femme au volant. Elle avait une vingtaine d'années, portait un short et des tongs, un T-shirt décolleté, et sentait légèrement l'alcool. Malheureusement, la conduite en état d'ivresse était trop fréquente dans les Keys. Elle mesura son rythme cardiaque, puis écouta sa respiration. Tout était normal.

Elle lui tapota la joue.

— Vous m'entendez ? dit-elle d'une voix forte. Je m'appelle Stacy Williams et je fais partie de l'équipe des pompiers de Key West. On va vous sortir de là, d'accord ?

La jeune femme entrouvrit un œil, puis fut soudain prise de panique.

— Que s'est-il passé ?

— Vous avez heurté un arbre et quitté la route, expliqua Stacy. Vous avez beaucoup de chance d'être en vie.

Après avoir palpé les bras, les épaules et la poitrine de la femme pour détecter d'éventuelles blessures, elle vérifia ses pupilles et regarda ses jambes, coincées sous le tableau de bord.

Phil inspecta le côté passager tandis que Stacy se penchait pour récupérer le sac de la jeune femme et chercher une pièce d'identité. La victime s'appelait Alicia. Pendant ce temps, les ambulanciers descendirent pour vérifier sa tension artérielle.

— Alicia, restez avec nous, d'accord ? dit Stacy.

La jeune femme ouvrit de nouveau les yeux.

— Pouvez-vous me dire où vous avez mal ? demanda l'un des secouristes. Au cou, aux épaules ?

Alicia secoua légèrement la tête, puis gémit et montra ses jambes tandis qu'un ambulancier glissait ses mains sous le tableau de bord. Lorsqu'il les ressortit, son gant était couvert de sang.

— Fracture du tibia, c'est sûr. Du péroné aussi peut-être, annonça-t-il en fouillant dans la trousse de secours à ses pieds. On va lui donner quelque chose contre la douleur. Alicia, qu'avez-vous bu ?

Elle marmonna quelque chose à propos de quelques bières, et l'ambulancier et Stacy échangèrent un regard.

— Je vais le signaler par radio, dit le premier urgentiste, en remontant le ravin. Et je prépare l'Air Vac au cas où.

Stacy cherchait un moyen de faire sortir la victime de l'habitacle en toute sécurité. L'ambulancier plaça des compresses de gaze sous le tableau de bord, autour des jambes d'Alicia, pour tenter de stopper l'hémorragie. S'ils savaient avec certitude que la femme n'avait pas de blessures à la colonne vertébrale, ils se sentiraient ainsi plus en sécurité pour l'examiner, mais tant qu'ils ne lui avaient pas posé un collier cervical et des planches dorsales, Stacy ne pouvait pas risquer de la bouger.

Comme Alicia gémissait de nouveau, Stacy l'observa. Ses lèvres semblaient légèrement plus bleues qu'auparavant. Ce n'était jamais bon signe. Elle demanda à l'ambulancier de vérifier à nouveau sa respiration.

— Elle s'affaiblit, dit celui-ci un instant plus tard. Poumon perforé, peut-être, à cause d'une côte brisée sur le volant.

Le problème est qu'ils n'avaient aucune idée des antécédents médicaux d'Alicia, et qu'elle n'était pas en état de leur parler. La jeune femme commençait à avoir une respiration sifflante et à haleter, et Stacy fouilla de nouveau dans son sac et y trouva un inhalateur. Alicia était asthmatique. Elle parvint à lui administrer une dose d'aérosol.

— Je sais que c'est dur de respirer quand on a mal à la poitrine, mais essayez de prendre le plus d'air possible, d'accord ? Vous vous en sortez bien, Alicia. Ça devrait vous aider jusqu'à ce qu'on puisse vous sortir de là.

Une heure plus tard, ils avaient réussi à dégager les jambes d'Alicia et à la sortir du véhicule pour la porter en toute sécurité jusqu'à l'ambulance.

Stacy décida de rester à ses côtés jusqu'à l'hôpital, et Alicia ne lâcha pas sa main pendant tout le trajet. Quand ils arrivèrent à Key West General, les urgences étaient bondées, comme d'habitude.

Luis les attendait à la porte et demanda d'un air absent :

— Qu'est-ce qui se passe ?

Elle resta près du brancard pendant que les ambulanciers conduisaient Alicia dans une salle d'examen. Elle était concentrée sur la patiente, même si elle sentait le regard de Luis sur sa nuque.

— La patiente s'appelle Alicia Myers. Elle a vingt-sept ans. Nous l'avons désincarcérée. La cause de l'accident est inconnue à ce stade, mais l'alcool est sans doute en cause. Fracture présumée du tibia gauche, peut-être aussi du péroné. On lui a donné dix milligrammes de morphine il y a environ une heure. La patiente est également asthmatique et pourrait avoir un pneumothorax droit. Son état s'est amélioré avec les médicaments, mais elle a du mal à respirer depuis que nous sommes arrivés sur le lieu de l'accident.

Luis prit la relève.

— Installons-la en salle 3. Nous aurons besoin d'une radio du thorax et d'un drain thoracique, s'il vous plaît.

Il se tourna et riva son regard à celui de Stacy, puis il suivit les infirmières dans la salle d'examen et ferma le rideau.

Plusieurs heures s'écoulèrent avant que Luis stabilise sa patiente et se rende au bloc opératoire avec un chirurgien orthopédique. Alicia avait eu beaucoup de chance, et elle s'en sortirait.

Luis monta ensuite à l'étage pour voir comment allait Reed, le pompier victime d'une mauvaise fracture. Quatre jours avaient passé depuis son accident. Normalement, lorsqu'il transmettait des patients à d'autres médecins, c'était la fin de son engagement, mais il avait tenu à continuer de s'occuper de Reed, surtout grâce à Stacy.

Il ne parvenait pas à les chasser de son esprit, elle et son fils. À quoi ressemblait le petit garçon ? Était-il intelligent, drôle, opiniâtre comme sa mère ? La seule chose dont il était certain, c'était qu'il avait hérité de l'autisme de son père. Il voulait rencontrer Miguel, voir par lui-même, mais il ne voulait pas pousser Stacy trop loin, trop tôt. Il ne lui reprochait pas de ne pas l'avoir informé de sa paternité avant, mais il regrettait d'avoir manqué autant de moments précieux de la vie de son fils.

Luis frappa doucement puis passa la tête pas l'entrebâillement pour s'assurer qu'il ne dérangeait pas Reed. La femme de celui-ci lui fit signe d'entrer.

— Docteur Durand, quel plaisir de vous voir ! lança-t-elle en lui souriant. Nous ne vous attendions pas. Est-ce que tout va bien ?

— Bien, répondit Luis en jetant un coup d'œil au dossier de Reed. Je suis de garde aux urgences et je profite d'une accalmie pour venir voir comment les choses se passent.

D'après ce qu'il avait pu lire dans le dossier, le chirurgien avait pu rétablir le flux sanguin dans la jambe de Reed. C'était une bonne nouvelle. La mauvaise nouvelle était qu'on pouvait encore découvrir de possibles lésions nerveuses et musculaires dans les jours suivants.

— On tient bon, Doc, dit Reed en prenant la main de sa femme. J'ai hâte de sortir d'ici et de retourner au travail. Quand croyez-vous que je serai de nouveau sur pied ?

Luis prit une grande respiration et regarda son patient. C'était au chirurgien orthopédiste d'avoir cette conversation, mais il pouvait donner son avis et, espérons-le, fixer des attentes réalistes.

— Tout d'abord, vu votre état de santé la dernière fois que je vous ai vu, je dirais que vous allez bien. Le fait que vous soyez bien entouré est très favorable.

— Mais qu'en est-il de ma jambe, Doc ? demanda Reed d'un air anxieux. Parlez-moi franchement, je veux savoir la vérité.

— D'accord. Je dirais que vous avez des raisons d'être prudemment optimiste à ce stade. Une fois que vous aurez commencé la rééducation, on pourra formuler un pronostic plus précis. Il est important de garder à l'esprit la gravité de la blessure et la quantité de sang perdu. En fonction de la rapidité de votre guérison et des efforts que vous faites pour retrouver votre mobilité, il est possible que vous puissiez retourner travailler.

— Mais pas en tant que pompier, n'est-ce pas ? dit Reed, des sanglots dans la voix. Je ne suis pas sûr de pouvoir rester assis derrière un bureau toute la journée. J'aime l'adrénaline, vous comprenez ?

Luis hocha la tête.

— Comme je l'ai dit, le chirurgien orthopédiste aura une meilleure idée que moi. N'oubliez pas de lui faire part de vos inquiétudes la prochaine fois qu'il passera vous voir.

— Il a raison, chéri, dit la femme de Reed en lui embrassant les doigts. Je suis juste content que tu sois toujours là, avec moi.

— Comment vous sentez-vous ? demanda Luis.

— Pas bien du tout, répondit Luis.

— Mais tu es vivant ! dit sa femme.

— Vous souvenez-vous de l'accident ?

Reed soupira et s'affaissa sur ses oreillers.

— Je me souviens de tout dans les moindres détails.

Avant que Luis ne puisse lui en demander plus, deux adolescents, une fille et un garçon, entrèrent dans la pièce et allèrent embrasser leur père.

— Papa, tu m'as tellement manqué ! lança la fille en essuyant une larme.

— Tu m'as manqué aussi, ma chérie, répondit Reed en regardant Luis. Vous avez des enfants, docteur ?

Il était sur le point de répondre non, mais se tut. Ce n'était pas vrai. Plus maintenant.

— Oui, un fils, s'entendit-il répondre. Il s'appelle Miguel.

— Vous avez une photo de lui ? demanda la femme de Reed.

Il n'avait pas de photos de Miguel. Pas encore…

— Non. J'ai un nouveau téléphone. Je ne les ai pas encore transférées.

Luis resta encore un peu à bavarder, puis s'éclipsa pour rejoindre les urgences et aider les aides-soignantes à ranger le matériel qu'ils venaient de se faire livrer. Cela faisait longtemps qu'il n'avait pas fait ce genre de choses, mais le travail physique l'aidait toujours à se vider la tête, et Dieu sait qu'il en avait besoin !

Il poussait la porte de la cage d'escalier quand il heurta celle qui n'avait cessé de hanter ses pensées depuis le début de la journée. Elle avait l'air très tendu.

— Qu'est-ce qui ne va pas ? demanda-t-il, inquiet. Il s'est passé quelque chose ?

— C'est Miguel ! Il est blessé, murmura-t-elle, des sanglots dans la voix. Il est en salle d'examen.

Ils se précipitèrent vers le poste des infirmières et Luis écarta le rideau sans une seconde d'hésitation. Il n'avait pourtant aucune idée de ce qui l'attendait…

Il découvrit un petit garçon aux cheveux foncés et aux grands yeux marron qui serrait un ours en peluche contre son cœur tandis qu'une infirmière soignait son bras gauche. Des larmes brillaient sur ses joues et son avant-bras gauche était rouge et gonflé. Luis supposa qu'il était cassé et se tourna vers Stacy.

— Que s'est-il passé ?

— Je l'ai emmené au parc, près de notre appartement. Il faisait beau et j'ai pensé qu'il serait bon de prendre l'air. D'habitude, c'est ma mère qui le garde, mais elle est partie rendre visite à un ami malade avant que la tempête ne frappe. Miguel a glissé d'une balançoire et il est tombé.

Elle ferma les yeux.

— C'est ma faute. J'étais au téléphone quand cela s'est produit. Je sais que ce n'est pas grave, mais quand je l'ai entendu crier, j'ai eu l'impression qu'on m'arrachait le cœur.

— Docteur Durand, intervint l'interne chargé du dossier de Miguel, voulez-vous vous occuper de ce patient ?

Oh oui, il le voulait ! Mais cela n'étant pas conforme à la déontologie, il devait s'abstenir.

— Non. Allez-y.

D'accord, répondit l'interne en s'asseyant sur le tabouret, près de l'enfant.

— Je vais examiner ton bras, d'accord ? Ce n'est pas très agréable, mais ça ne fait pas mal et ce sera bientôt fini, promis ?

Miguel hocha bravement la tête, mais en voyant son petit menton trembler, Luis eut envie de se précipiter pour le prendre dans ses bras. Hélas, c'était impossible, et il se contenta de regarder son confrère travailler.

Une infirmière s'approcha.

— Nous sommes prêts pour la radio, docteur.

— Merci, dit l'interne par-dessus son épaule. Nous devons l'emmener au troisième étage faire quelques scanners afin de pouvoir placer cet os correctement. Ils sont souvent un peu en retard, donc ça peut prendre jusqu'à une heure...

Quand il se pencha pour ébouriffer les cheveux de Miguel, Luis sentit une bouffée de jalousie monter en lui.

— Je resterai avec lui tout le temps, promit l'infirmière.

Voyant Stacy hésiter, Luis lui prit le bras. Compte tenu de leurs horaires de folie et de la tempête qui s'annonçait, c'était peut-être leur dernière chance de parler tranquillement de leur fils.

— Laisse-les s'en occuper.

Elle laissa échapper un long soupir et embrassa son fils.

— Cette gentille dame va monter avec toi, d'accord, chéri ? Je t'attendrai ici.

Miguel fit un vague signe de tête, apparemment fasciné par les instruments que l'infirmière mettait sur un plateau.

Tandis qu'on emmenait l'enfant, Luis murmura :

— Ce n'est pas comme ça que j'avais imaginé ma première rencontre avec mon fils.

— Je ne lui ai encore rien dit, avoua Stacy. Pas avant de savoir ce que nous allons faire à l'avenir.

Luis fronça les sourcils.

— Il a le droit de savoir. C'est important, et nous devons nous mettre d'accord sur ce que nous allons lui dire. Ensemble. On pourrait peut-être prendre un café à la cafétéria pendant qu'il passe son scanner ?

— Oui, c'est une bonne idée.

5

— Je veux le dire à Miguel, dit Luis, une fois qu'ils furent assis à une petite table de la cafétéria. Aujourd'hui, avant que tu ne quittes l'hôpital.

— Je pensais que nous allions d'abord en parler. Décider de la manière de faire.

Elle essayait encore de mettre de l'ordre dans ses pensées et de songer au rôle qu'il pourrait jouer dans sa vie et dans celle de Miguel.

— Je ne veux pas l'accabler ; Il faut trouver des mots simples. Il n'a que quatre ans..., murmura-t-elle.

Luis acquiesça.

— Je sais. Et ce n'est pas mon intention. Je veux juste faire sa connaissance, lui dire qui je suis pour lui. Avec l'ouragan qui arrive et le travail qui nous attend, je crois que nous devons le faire maintenant. Je veux le dire à mes parents aussi.

Stacy leva la main.

— Attends une seconde. Tout ça va très vite.

— Oui. Et j'en suis désolé, mais c'est la situation dans laquelle nous nous trouvons, Stacy, nous n'avons pas le choix. Si quelque chose arrive à l'un d'entre nous pendant la tempête...

Il secoua la tête et regarda fixement la table.

— Je ne veux pas prendre ce risque et laisser des choses non dites.

Le soupçon de tristesse qu'elle percevait dans sa voix l'intrigua. Ils avaient encore tant à apprendre l'un de l'autre ! Elle aurait voulu en savoir plus sur son passé, mais son expression douloureuse lui disait que le moment était mal choisi pour demander. En outre, elle était trop nerveuse, et ne cessait de consulter sa montre pour s'assurer que son fils n'avait pas déjà été ramené dans sa chambre, aux urgences. C'était la première fois qu'elle n'était pas à son chevet, et elle se sentait coupable. Pour chasser son anxiété, elle se concentra sur la conversation.

— Que vas-tu lui dire ? Son autisme rend les choses un peu plus compliquées. Je peux peut-être t'aider à choisir tes mots. Ou être présente quand tu lui parleras.

— Je ne sais pas...

Luis jouait avec son gobelet, et avait à peine avalé une gorgée de café.

— Mais je pense que nous devrions en discuter à l'avance. Et quand je lui parlerai, il vaudrait mieux que tu sois auprès de lui.

Oui, elle resterait tout près de son fils. Stacy le regarda un moment puis s'assit, s'efforçant de chasser le stress qui menaçait de l'envahir. Luis était un homme bon. Elle le savait d'après le souvenir de leur nuit passée ensemble. Il était honnête et bienveillant, mais elle avait vraiment besoin d'être rassurée.

— Dis-moi franchement, Luis : as-tu l'intention de dire à Miguel que tu es son père et de disparaître ensuite ? Parce que si c'est ton idée, c'est moi qui devrai réparer les dégâts. Je ne veux pas que Miguel s'attache à toi pour être dévasté plus tard.

Luis la regarda, et ses yeux noirs si semblables à ceux

de son fils lui serrèrent le cœur. Mon Dieu, qu'il était beau, même après des heures de travail qui avaient marqué ses traits ! Il semblait si vulnérable qu'elle avait l'impression qu'il allait se briser. Mais elle savait ce que c'était que de grandir sans père et ferait n'importe quoi pour épargner une telle souffrance à son fils. Elle avait pris le risque de parler de Miguel à Luis, et celui-ci avait le droit de savoir. Mais s'il trahissait la confiance qu'elle lui avait accordée, alors...

Elle attendit sa réponse en retenant son souffle.

Finalement, il dit :

— Non, je serai là. Je n'ai plus l'intention de courir le monde. Mon plan est d'entamer avec Miguel une relation solide, qui durera toute une vie. Mais j'ai besoin que tu sois patiente avec moi. Je n'ai aucune idée de la façon de procéder. Pour un homme aussi minutieux que moi et soucieux des règles et du détail, c'est effrayant, mais je fais de mon mieux ici. Tu as dit que Miguel ne savait rien de moi ?

La pression dans sa poitrine se relâchant un peu, Stacy prit une profonde respiration avant d'acquiescer.

— Non, pas vraiment. Je veux dire, il a posé des questions, d'ordre plus... général. Il a remarqué que tous ses amis voyaient leur père de temps en temps, même ceux dont les parents étaient divorcés. Il voulait savoir où était le sien. J'ai dit que tu aidais des gens dans le monde entier, dans des pays lointains. Donc, ce n'est pas un mensonge total.

Elle esquissa un sourire.

— De toute façon, une leçon à retenir est de ne dire aux enfants que ce qu'ils veulent savoir. Miguel n'a jamais demandé qui tu étais, mais il voulait savoir où tu vivais. C'était il y a quelques mois. Et aujourd'hui...

— Hum...

Il sirota son café et grimaça.

— J'aurais aimé que tu me retrouves plus tôt.

— J'ai essayé, comme je l'ai dit. Mais c'était plus difficile de se rendre souvent à Key West tout en travaillant à Miami. Je n'ai jamais eu l'intention de te cacher Miguel. Honnêtement. Tu étais parti et plus cela durait, plus je me disais que tu serais furieux et que tout cela perturberait Miguel et...

Elle leva les mains en signe d'exaspération.

— Les choses étaient déjà assez compliquées comme ça. Et j'avais peur que tu ne veuilles pas le reconnaître...

— Ne pas le reconnaître ? répéta Luis, visiblement confus.

Elle se raidit.

— Nous avons eu une aventure d'un soir, Luis. Il ne s'agissait pas d'une vraie relation... Et je ne voulais pas que tu croies que j'avais voulu te piéger, que j'attendais quelque chose de toi. Il n'était pas complètement fou d'imaginer que tu ne voudrais pas de cet enfant ou que tu nierais en être le père. Cela arrive bien plus souvent que tu ne le penses.

— Non...

Luis lui prit le poignet, d'un geste à la fois doux et ferme. Puis il s'approcha d'elle, assez pour qu'elle puisse sentir la chaleur de son souffle sur sa peau, humer son parfum de savon et de bois de santal.

— Ce n'était peut-être qu'une nuit, mais cela signifiait quelque chose pour moi. Je n'arrête pas de me repasser les images dans ma tête...

Sa voix s'éteignit et il secoua la tête devant son regard inquisiteur.

Dieu sait qu'elle avait elle aussi repensé à cette nuit-là,

pendant les cinq dernières années, à ses caresses, à ses paroles enflammées, à ses baisers et à lui, en elle...

Non ! Il ne s'agissait pas de cela, mais de Miguel et seulement de lui.

Elle croisa les jambes.

— Continue.

— Je t'ai crue dès le moment où tu m'as parlé de notre fils. Et maintenant que je l'ai vu, on ne peut nier qu'il est de moi. Miguel est mon fils, je n'ai aucun doute là-dessus.

Il relâcha sa prise sur son poignet et s'adossa à sa chaise.

— Stacy, nous avons encore beaucoup de choses à apprendre l'un de l'autre, mais ça n'a rien à voir avec Miguel. Si nous pouvons séparer ces deux sujets, cela nous facilitera la tâche. Je ne veux pas faire de mal à Miguel à cause de ce qui se passe entre nous. Ce ne serait pas juste.

Elle déglutit avec peine pour chasser son malaise. Elle était toujours attirée par lui, même après toutes ces années, mais cela devait passer au second plan.

— Non, répondit-elle, ce ne serait pas juste.

— Je lui parlerai quand il reviendra de la radio. Ou préfères-tu que nous le fassions ensemble ?

— Je pense que ce serait mieux.

Luis haussa les épaules.

— D'accord. Tu peux peut-être lui dire que tu as été surprise de me revoir, ce qui est vrai. Alors je lui dirai qu'à partir de maintenant, je serai toujours là et il saura toujours où je suis. Ça te convient ?

— Je crois, oui...

Il se pencha de nouveau vers la table, et mêla ses doigts aux siens, ce qui l'apaisa quelque peu.

— Je sais que c'est dur, mais nous y arriverons, fais-moi confiance.

Tout à coup, son téléphone bipa dans sa poche et il fronça les sourcils en lisant l'écran.

— On dirait que Miguel a fini ses radios. Remontons aux urgences !

Sur le seuil de la salle d'examen, Luis regarda l'interne finir de poser le plâtre de Miguel. L'infirmière qui l'assistait se tenait à proximité avec un plateau d'outils et en expliquait l'utilité au petit garçon. Miguel semblait complètement absorbé par tout cela, ce qui était typique du syndrome d'Asperger. Luis avait jadis prêté la même attention aux détails, et c'était toujours le cas aujourd'hui.

Miguel avait l'air plus détendu maintenant qu'on lui avait donné des médicaments contre la douleur et que son bras était plâtré. Pourtant, en short et en T-shirt rayé de couleurs vives, il paraissait minuscule dans le grand lit d'hôpital. Ses cheveux bruns étaient tout ébouriffés et ses joues rouges, mais il ne pleurait plus, ce qui était une bonne chose.

L'interne se leva et l'infirmière emporta le plateau d'instruments, les laissant tous les trois dans la chambre. Luis tendit à l'enfant son ours en peluche, qu'on lui avait pris le temps qu'il passe ses examens.

— Tu vois, il est sain et sauf.

— Merci, docteur Durand, dit Miguel, en serrant le jouet contre son cœur. Dozer m'a manqué. C'est un très gentil ours. Il m'aide à dormir.

Luis ne put s'empêcher de sourire, malgré l'émotion qui lui nouait la gorge.

— Tu veux bien que je m'assoie un moment ? demanda-t-il, en plaçant une chaise près du lit. J'aimerais te poser quelques questions, si tu es d'accord.

Miguel posa sur lui ses grands yeux noirs qui lui mangeaient le visage.

— D'accord, dit-il d'un air sérieux.

Luis prit une grande inspiration, puis se jeta à l'eau.

— Je voulais te parler de ton papa.

Le petit garçon redressa le nœud papillon de son ours avant d'affirmer :

— Mon papa est à l'autre bout du monde.

— C'est ce que ta maman t'a dit ?

— Oui. Il aide les gens. C'est un homme très gentil.

Luis le regarda droit dans les yeux.

— Et si je te disais que ton père est là, maintenant ?

Le garçon haussa les épaules sans comprendre.

— Miguel, reprit Luis. C'est... C'est moi, ton papa.

L'enfant le regarda, puis se tourna vers Stacy et demanda.

— Et où sont les gens que tu aides, alors ?

— Ici, dans cet hôpital. J'aide les gens de Key West maintenant, au lieu de voyager à travers le monde. Je suis le chef des urgences.

— Oh... Tu peux aller me chercher une autre sucette, alors ?

Stacy se mordit la lèvre pour ne pas rire en voyant la réaction de Luis.

— Je vais voir si je peux envoyer une infirmière en chercher une à la cafétéria. Quel est ton parfum préféré ?

— Framboise.

— Moi aussi, déclara Luis. Je vais m'en occuper bientôt.

Miguel acquiesça puis désigna son plâtre violet et blanc, qui tranchait sur sa peau bronzée.

— Tu veux bien le signer ? reprit-il.

— Bien sûr. Est-ce que ça fait mal ?

— Pas vraiment. Mais ça fait bizarre.

Le petit garçon leva les yeux vers Luis.

— Tu as un chien ?

— Non, je n'ai pas de chien. Et toi ?

— Pas encore. Mais maman a demandé à son amie Lucy de m'en trouver un. Elle est dresseuse de chiens !

— Super ! Tu dois être content ?

— Oui, dit Miguel. Tu as une grand-mère ?

Luis sentit sa gorge se serrer. Il n'avait qu'un très vague souvenir de ses grands-parents cubains, et ses grands-parents adoptifs étaient décédés avant qu'il ait pu tisser des liens avec eux. Mais ce n'était pas encore le moment d'aborder ces sujets.

— Avant, quand j'avais ton âge, j'avais une grand-mère et un grand-père. Abuela y abuelo.

Il se prépara à une question plus difficile, mais elle ne vint pas. Au lieu de cela, Miguel changea complètement de sujet.

— Sais-tu qu'il va y avoir un ouragan ?

— Oui. L'ouragan *Mathilda*. Ton oncle, Jackson, dirige l'équipe qui s'occupe des opérations de sauvetage.

— Et ma maman fait aussi partie de cette équipe. Un ouragan peut déverser de 15 à 30 cm de pluie dans une région. Les vents les plus violents et les pluies les plus fortes se produisent dans l'œil du cyclone. Chaque seconde, un gros ouragan libère l'énergie de dix bombes atomiques. Les ouragans peuvent également produire des tornades, récita l'enfant.

— C'est très impressionnant, déclara Luis, fier de la mémoire de son fils.

Lui-même avait une mémoire hors du commun, ce qui était à la fois une bénédiction et une malédiction.

— Savais-tu que le mot « ouragan » vient du mot amérindien taino « *huracán* », qui signifie « mauvais esprit du vent » ?

Miguel fronça les sourcils.

— C'est vrai ?

— Bien sûr. Je ne te mentirais jamais, *mijito*. Mon fils.

En voyant Miguel bâiller, Luis proposa de lui lire une histoire. Stacy alla chercher un livre au guichet des infirmières et les informa que la salle d'examen serait occupée un peu plus longtemps que prévu.

Miguel insista pour que Luis s'assoie à côté de lui sur le lit, car c'est comme ça que sa mère le faisait toujours. Le garçon se blottit contre lui, son ours replié sous son bras plâtré. Si Luis mourait sur-le-champ, il serait un homme heureux.

Miguel s'endormit dès le début de la deuxième histoire, et Luis somnolait, lui aussi, lorsqu'on lui toucha l'épaule.

— Luis...

Réveillé en sursaut, il mit un moment à se rappeler où il était. À l'hôpital. Dans la chambre de Miguel... son fils !

Il sourit et déposa un baiser dans les cheveux de l'enfant.

— Combien de temps ai-je dormi ?

— Environ une demi-heure, dit-elle en l'aidant à sortir du lit sans réveiller Miguel. Ils ont besoin de cette salle d'examen pour accueillir de nouveaux patients.

— Oui, d'accord...

— Je devrais réveiller Miguel pour que nous puissions partir.

Luis se tourna vers elle et lança :

— Dîne avec moi, ce soir ! Rien que nous deux. Il y a encore tant de choses dont nous devons parler, et j'aimerais que nous soyons amis. Pour Miguel.

Stacy regarda son fils, puis Luis, et déclara :

— Je ne sais pas. Je suis très occupée avec l'équipe d'intervention et nous avons de nouvelles recrues auxquelles je dois donner des cours le lundi et le jeudi, plus la paperasse de mon capitaine à rattraper dans l'après-midi... Et je vais voir si mon voisin peut garder Miguel car ma mère est à Miami en ce moment et...

— S'il te plaît. Il faut bien que tu manges, n'est-ce pas ? Et nous devons prévoir certaines choses.

Elle secoua la tête.

— Je ne suis pas sûre que ce soit une bonne idée après ce qui s'est passé entre nous.

— Tu ne veux pas parler de cette nuit sur la plage, j'espère ? C'est juste un dîner, pas un rendez-vous galant !

— Écoute, Luis. J'ai vraiment besoin que tu comprennes ce que je vais te dire. Tu es de retour dans ma vie depuis moins d'une semaine, et tu connais Miguel depuis moins longtemps encore. Je suis heureuse que vous ayez créé des liens, mais notre situation ne change pas juste parce que nous avons un enfant ensemble.

— Miguel mérite une mère et un père, dit-il à voix basse pour ne pas réveiller le garçon.

— Et c'est ce qu'il a, répondit-elle. Peu importe ce qui se passe entre nous, nous restons ses parents. Mais ne nous précipitons pas et ne commettons pas d'erreurs que nous pourrions tous deux regretter plus tard.

Frustré, il se passa une main dans ses cheveux.

— Écoute, je ne vais nulle part. Je ne sais pas ce qu'il faut faire pour te convaincre de cela, Stacy, mais je suis déterminé à essayer. Je sais que ton père t'a profondément blessée quand il est parti, mais s'il te plaît, ne me punis pas pour ses erreurs. Je t'en prie. J'aimerais venir demain passer un peu de temps avec Miguel, si tu es d'accord. Me feras-tu assez confiance pour cela ?

Sans réfléchir, Luis se pencha et l'embrassa. Un baiser léger, doux, rapide.

Elle eut l'air aussi stupéfait que lui, et il recula d'un pas.

— Maman ? dit une petite voix depuis le lit. Qu'est-ce que tu fais ?

Stacy rougit et se tourna vers leur fils.

— Papa et moi étions juste en train de parler. Tu es prêt à rentrer à la maison ?

Pendant qu'elle allait le chercher, Luis s'appuya d'une main contre le mur.

Qu'est-ce que tu as fait, imbécile ! Embrasser Stacy n'allait pas arranger la situation, mais il en avait eu envie et avait cédé à cet élan soudain, ce qui ne lui ressemblait pas du tout.

S'il n'y prenait garde, ses émotions seraient tout aussi ravageuses que l'ouragan qui ne tarderait pas à s'abattre sur Key West...

6

Le lendemain, la seule chose qui surprit Luis plus que la facilité avec laquelle le garçon s'était attaché à lui fut de constater à quel point il se réjouissait de passer du temps avec son fils.

En fait, dès la fin de son service, il se dirigea vers l'appartement de Stacy, comme convenu. Elle lui ouvrit au bout de quelques secondes seulement. Elle portait un sweat-shirt ample et confortable et ses cheveux étaient encore humides à cause de la douche.

— Salut ! On dirait que je suis juste à l'heure. Je peux entrer ?

Elle s'écarta pour le laisser passer.

— Rude journée ?

— Je m'attendais à ce que ce soit plus calme, mais je me trompais. J'ai couru toute la journée et franchement, je suis épuisée.

— Alors, repose-toi. Pourquoi ne fais-tu pas une sieste ? Je peux emmener Miguel au parc et faire quelques courses pendant que tu dors. Qu'en dis-tu ?

— Oh… Je ne sais pas. Tu n'as pas encore été seul avec lui. Pas longtemps en tout cas, or il peut être assez difficile et…

— S'il te plaît…, insista Luis en lui prenant la main. Je suis urgentiste. Je m'occupe de patients difficiles tous les jours, alors je pense être capable de m'occuper d'un garçon de quatre ans. Je promets de t'appeler en cas de problème, mais fais-moi confiance...

Elle réfléchit quelques instants, puis jeta un coup d'œil à l'horloge.

— Dans deux heures, je voudrais que vous soyez de retour ici. Et ne le laisse pas te convaincre de lui acheter des friandises. Je préparerai le dîner.

— Parfait ! Je te remercie. Maintenant, dis-moi où est Miguel, s'il te plaît...

— Papa !

Le petit garçon s'élança du bout du couloir et jeta ses bras autour des jambes de Luis, qui sourit à Stacy. Vingt-quatre heures après sa première rencontre avec son fils, il était devenu papa, et il comprit que l'abîme qui les séparait avait été franchi. Désormais, il ne pouvait plus revenir en arrière, ni se soustraire à sa responsabilité.

Hélas, entre lui et Stacy, rien n'était clair, et il y avait une autre personne à prendre en considération.

Luis se pencha et ébouriffa les cheveux de Miguel comme il l'avait fait la veille, impatient de sentir leur douceur soyeuse sous ses doigts.

— Salut, *mijito*. Comment vas-tu ? dit-il. Tu veux venir au parc avec moi ?

— Oh oui ! dit Miguel en levant les yeux vers lui. Je suis prêt.

— Mais il te faut des chaussettes et des chaussures, d'abord, dit Stacy en le poussant vers sa chambre.

Luis se tourna vers Stacy.

— Tu as besoin de quelque chose ?

— Non, rien, merci. Mais surveille bien Miguel, s'il te plaît. Mets bien sa ceinture de sécurité, fais de fréquents arrêts aux toilettes et ne le quitte jamais des yeux !

— J'ai compris...

— Bien. Et n'oublie pas de m'appeler en cas de problème. Je ne dors que d'un œil, surtout quand je fais la sieste.

Son téléphone bipa dans sa poche, et il le sortit pour vérifier le message.

— Quelque chose d'important ? demanda Stacy.

— Non. Juste un rappel pour la réunion d'équipe de demain.

— Bien.

Miguel apparut dans le couloir, Dozer sous le bras.

— On y va ?

Luis prit la main de son fils et se dirigea vers la porte, puis lança à Stacy par-dessus son épaule :

— Repose-toi. On se voit plus tard.

Luis n'avait pas menti à Stacy sur son expérience avec les patients difficiles, mais honnêtement, il s'agissait le plus souvent d'adultes, et s'il était sûr de ses compétences, le fait est qu'il n'avait jamais passé beaucoup de temps seul avec des enfants. Lorsqu'il était en mission, il était toujours occupé et n'avait pas beaucoup de temps pour se faire des amis en dehors du travail. La plupart de son temps libre était maintenant consacré au pub, où il n'y avait pas beaucoup d'enfants non plus. De plus, Miguel n'était pas juste un enfant, c'était son fils, et il appréhendait un peu les heures qui allaient suivre...

Pendant qu'ils étaient au parc, Luis se rendit compte qu'un homme seul avec un enfant exerçait une véritable fascination sur la gent féminine. En effet, plusieurs femmes s'approchèrent de lui au parc, et engagèrent la conversation, lui demandant s'il vivait dans le quartier et si elles pouvaient inviter son fils à jouer avec leurs propres enfants...

Un peu mal à l'aise, il répondit qu'il ne s'attarderait pas, parce que sa femme l'attendait à la maison.

— C'est qui, ta femme, papa ? lança soudain Miguel en le tirant par la manche.

La femme enceinte à qui il parlait éclata de rire, et Luis coupa court à la conversation. Sur le chemin du retour, dans la voiture, il dit à Miguel :

— Je dois t'expliquer quelque chose, *mijito*.

Comme il réfléchissait à la façon de lui présenter la situation, le petit garçon demanda :

— Papa ? Comment les bébés arrivent-ils dans le ventre de leur maman ?

Oh ! mon Dieu !

Il ralentit pour s'arrêter à un feu rouge puis se tourna vers son fils pour tenter de faire diversion.

— Et si on s'arrêtait pour acheter une glace pour ce soir ?

— Oh oui ! Une glace ! s'écria l'enfant, ravi.

— Quel parfum préfères-tu ? ajouta-t-il, heureux d'avoir obtenu un sursis, chocolat ou vanille ?

Plus tard dans la soirée, après le dîner, alors que Miguel jouait dans sa chambre et qu'il faisait la vaisselle avec Stacy, celle-ci demanda :

— Alors, raconte-moi, comment ça s'est passé aujourd'hui ?

— Euh... Bien. Nous sommes allés au parc, puis en ville. C'était bizarre, parce que plusieurs femmes sont venues me voir pour discuter. Elles m'ont même demandé mon numéro de téléphone.

Elle le regarda par-dessus son épaule.

— Tu es sérieux ? Elles t'ont fait des avances en présence de mon fils ?

Luis se sentit rougir.

— Comment ? Mais non, voyons ! Elles voulaient juste que les enfants fassent connaissance et jouent ensemble.

— Ah oui ? répliqua Stacy, dubitative. Je dirais plutôt que c'est avec toi qu'elles voulaient faire connaissance !

Il fronça les sourcils. Ce n'était pas ce qu'il cherchait, pas maintenant que Miguel était entré dans sa vie. Et Stacy. S'il voulait s'engager dans une relation, c'était avec elle, et avec personne d'autre. Or ce soir, il ne s'agissait pas d'un rendez-vous galant, mais d'un simple dîner entre deux adultes responsables d'un enfant.

N'est-ce pas ?

Soudain, Stacy posa son torchon et dit :

— Je vais voir ce que fait Miguel. Je reviens tout de suite...

Quand elle revint, Luis lui parla de la question que Miguel lui avait posée, dans la voiture, et elle éclata de rire.

— Ce n'est pas drôle ! protesta-t-il. Je ne savais pas quoi dire !

Stacy reprit son sérieux.

— J'ai un livre sur le sujet. Je suppose qu'il est temps que nous commencions à le lire ensemble. J'avais remis cela à plus tard, persuadée qu'il n'était pas encore prêt, mais apparemment je me trompais.

— Il existe des livres pour les enfants de son âge sur ce sujet ?

Elle sourit.

— Pas exactement. On explique les différences entre le corps des hommes et celui des femmes. C'est très bien fait, tu verras.

Elle lui donna un petit coup de coude.

— Si tu es sage, peut-être que je te le lirai, plus tard !

Il se détendit quelque peu, et renchérit :

— Ah oui ? Et si tu es très sage, je te ferai une démonstration, grandeur nature...

Ses joues se teintèrent d'un joli rose, et elle se détourna pour ranger le reste de la vaisselle.

— Je crois que je me souviens comment on fait les enfants, merci !

Il prit une profonde respiration, puis posa la question qui le torturait depuis longtemps déjà :

— Comment est-ce arrivé dans notre cas ? Je veux dire... nous avions tous les deux un peu bu, ce qui explique probablement pourquoi je n'ai pas utilisé de préservatif, ce soir-là. Pour te dire la vérité, c'est un peu flou dans mon souvenir...

— C'est un peu flou pour moi aussi. Mais ce genre d'accidents arrive, et pour tout t'avouer, je suis ravie qu'il se soit produit, car il m'a donné le plus beau cadeau que la vie puisse offrir... Tu as passé un bon moment avec Miguel au parc aujourd'hui, n'est-ce pas ?

— Oui. Il est incroyable. Vraiment. Une fois qu'il sera couché, nous reparlerons de tout cela, d'accord ?

— D'accord, je vais aller le mettre au lit. Il a probablement fini de construire son gratte-ciel, de toute façon.

Une fois Miguel bordé et les lumières éteintes, Luis et Stacy s'installèrent sur le canapé de son salon, deux verres de vin posés sur la table basse, devant eux. Ils discutèrent tranquillement de leur passé, de leur famille, de leurs espoirs, de leurs rêves et de leurs craintes. Tout ce que la plupart des gens savaient l'un de l'autre avant de passer leur première nuit ensemble fut pour eux une révélation.

— Cela a dû être terrible, dit-elle, les larmes aux yeux, alors qu'elle imaginait Luis enfant, seul dans un pays étranger, orphelin livré à lui-même.

Elle comprenait, maintenant, pourquoi il avait travaillé

si dur, pourquoi il s'était donné tant de mal pour aider les autres, pourquoi il était si motivé…

— Mes parents ont tout sacrifié pour me donner une vie meilleure, dit-il en fixant ses mains. Le moins que je puisse faire est de vivre ma vie d'une manière qui les rende fiers.

Elle ne put résister à l'envie de poser sa main sur la sienne.

— Je suis sûr qu'ils sont fiers de toi, Luis. Regarde tout ce que tu as accompli. Ils doivent te regarder de là-haut et se réjouir pour toi.

Il prit une profonde inspiration, puis la regarda.

— Et toi ? Et ta famille ? Qu'est-il arrivé à ton père ?

Stacy se pencha pour prendre une gorgée de vin, puis replia ses jambes sous elle.

— Il nous a quittées ma mère et moi quand j'avais huit ans. Il a fait ses bagages et est parti sans même dire au revoir. Je ne l'ai pas revu depuis.

— Je suis désolé… Cela a dû te faire très mal.

— En effet, mais on se reconstruit…

Elle tenta d'ignorer son chagrin, comme elle l'avait toujours fait. Mais avec Luis qui l'observait de ses yeux profonds et sombres remplis de sollicitude, elle ressentit un besoin inattendu, presque irrépressible, de faire tomber ses défenses, de parler de la plaie béante que l'abandon de son père avait laissée en elle et qui pourrait ne jamais guérir. Mais se mettre ainsi à nu la terrifiait.

Comme s'il lisait en elle, Luis la prit dans ses bras et murmura à son oreille :

— Tu as travaillé très dur. Tu es très courageuse…

Stacy cligna des yeux pour chasser l'émotion qui s'emparait d'elle. Elle avait travaillé dur, en effet.

— Après son départ, maman et moi avons dû emménager

dans un logement social, à Miami, parce que nous n'avions plus les moyens de payer la maison. Elle cumulait trois emplois pour joindre les deux bouts. Dès que j'ai été assez âgée, je suis allée travailler aussi. J'ai économisé assez pour aller à l'université, déterminée à prouver que je n'avais pas besoin d'un père pour réussir. Pour prouver que c'était possible.

Elle ferma les yeux, consciente de sa présence silencieuse et bienveillante à ses côtés. Alors, il s'approcha un peu plus près, et déposa un baiser sur le dos de sa main.

— *Mi sirenita*, tu n'as rien à prouver, tu sais...

Ma petite sirène ?

Ce surnom qu'il venait de lui trouver la fit sourire.

— C'est gentil à toi de dire ça, mais j'ai souvent eu l'impression de devoir me battre plus que les autres pour être prise au sérieux. Juste pour être traitée comme les autres.

Luis soupira.

— Je n'ai jamais vécu ce que tu as vécu, donc je ne peux pas dire que je comprends vraiment, mais sache que je suis là pour vous soutenir, toi et Miguel, de toutes les manières possibles. En fait, je prévois d'ouvrir un compte bancaire pour couvrir les frais d'éducation de Miguel, ainsi que tout ce dont il pourrait avoir besoin en grandissant. Je veux que tu utilises cet argent si tu en as besoin, toi aussi.

Stacy l'écouta calmement, tandis qu'une foule d'images se bousculaient dans son esprit. Elle savait qu'il dirigeait le service de médecine d'urgence de Key West General et était à l'aise financièrement, mais sa générosité dépassait ses attentes. Après leur longue nuit passée ensemble, elle avait parfois imaginé comment il serait dans la vie de tous les jours. À l'époque, elle le voyait comme une sorte de play-boy millionnaire, parcourant le monde pour sauver des vies. Mais Luis Durand était tellement différent, tellement meilleur que tout ce qu'elle avait pu imaginer. Sympathique, loyal, intelligent, fort… et sexy en diable.

— Je n'ai pas besoin de tout ça, tu sais. Nous sommes bien installés, avec Miguel, et cet appartement est confortable. J'aime mon travail à la caserne. Il est difficile, mais il me permet de rester en forme. Ma mère me rend souvent visite, et peut garder Miguel quand je suis au travail. Changer tout ça maintenant…

— Je sais, dit-il doucement. Je n'essaie pas de précipiter les choses. Je voulais juste t'aider à relâcher un peu la pression. Je sais que cela ne fait que quelques jours que nous nous sommes retrouvés, mais je trouve que les choses se passent bien jusqu'à présent.

Les larmes lui piquaient les yeux quand elle murmura :

— En effet, ça se passe très bien, même.

Leurs regards se rivèrent et lentement, ils se penchèrent l'un vers l'autre. Stacy retenait son souffle, se rappelant ce qu'elle avait ressenti quand il avait posé ses lèvres sur les siennes pour la première fois… Luis s'arrêta tout près de sa bouche, attendant son consentement muet.

Mais avait-elle vraiment le choix ? Éperdue de désir, elle combla la minuscule distance qui les séparait et l'embrassa, d'abord doucement, puis avec plus de fougue. D'un seul coup, il lui saisit la nuque pour l'attirer plus près encore et lorsque leurs bouches se séparèrent, ils étaient tous deux hors d'haleine.

— C'est donc ça, la « coparentalité » ? lâcha-t-il, son front contre le sien.

Elle sourit, les doigts dans ses épais cheveux noirs, avant de blottir la tête contre son épaule, tandis qu'il l'entraînait vers la chambre en prenant soin de ne faire aucun bruit pour ne pas réveiller Miguel.

Luis se révéla aussi prévenant et passionné que durant leur première nuit. Quand elle fut nue sur son lit, il lui baisa les chevilles, puis remonta jusqu'au cœur de sa féminité pour lui prodiguer la plus intime des caresses...

Il lui fit l'amour longtemps, passionnément, faisant naître en elle une vague de plaisir si forte qu'elle menaça de tout balayer sur son passage.

Quand ils eurent tous deux joui dans un même cri, ils restèrent longtemps enlacés sans rien dire. Que se passerait-il, demain ? se demanda Stacy en revenant peu à peu à la réalité. Luis n'avait pas parlé de construire une relation durable avec elle, si ce n'est pour s'occuper de Miguel. Peut-être qu'il ne voulait que des rencontres occasionnelles ? À moins qu'il n'ait décidé de repartir à l'autre bout de la planète et de les laisser derrière lui ?

Cette dernière pensée l'effrayait plus que tout, et il lui fallut un long moment avant de suivre Luis dans le sommeil.

7

Stacy était en congé le jour suivant, mais elle alla tout de même passer quelques heures à la caserne pour rédiger des courriers, laissant Miguel avec Luis chez elle.

Lorsqu'elle rentra cet après-midi-là, elle trouva l'appartement en désordre. Les journaux éparpillés sur le comptoir dans la cuisine étaient couverts de matériel de bricolage, des feuilles de papier jonchaient le sol, et il y avait des paillettes littéralement partout. Au centre de tout cela se trouvait un sac à dos noir couvert de dessins peints à la main.

— Salut ! dit Luis en sortant de la salle de bains, une serviette à la main. Tu rentres tôt. Nous étions en train de préparer les fournitures scolaires de Miguel pour septembre.

— Maman ! s'écria Miguel, tout excité, en s'élançant vers elle. Regarde ce que papa et moi avons fait !

— Je pense qu'il y a autant de paillettes sur son plâtre que sur son sac à dos, mais ce n'est pas grave, je vais nettoyer, dit Luis, en ébouriffant les cheveux de son fils avec un clin d'œil.

Stacy se dirigea et revint deux secondes plus tard.

— Il y a un sac de sport dans ma chambre.

Luis lui adressa un sourire timide.

— Euh… J'ai pensé que je pourrais rester toute la semaine. Jusqu'au retour de ta mère.

Elle le regarda fixement, sans rien dire.

Il posa son balai et sa pelle et s'approcha d'elle, puis la prit doucement dans ses bras.

— Écoute, je suis désolé de ne pas t'avoir demandé ton avis, mais après la nuit dernière, j'ai pensé qu'il serait plus pratique pour nous deux que je sois là. Avec la tempête qui approche, je pourrai garder Miguel quand tu es au travail et je te promets que je ne te dérangerai pas. Je peux rester ?

Son cœur battait follement dans sa poitrine quand elle répondit :

— Nous n'avons jamais vraiment fait ça avant. Vivre ensemble.

Le regard sombre de Luis se fit plus tendre.

— Il y a une première fois à tout.

Il avait raison. Ce serait plus facile d'affronter la tempête à trois.

— D'accord, dit-elle enfin.

Il lui donna un rapide baiser puis retourna à son ménage tandis qu'elle se changeait. Lorsqu'elle revint, Luis avait nettoyé la cuisine et commençait à préparer le dîner.

— Ça va mieux ? demanda-t-il.

— Oui, merci. Où est Miguel ?

— Dans sa chambre, en train d'admirer son nouveau sac à dos.

— J'espère que ça ne te dérange pas si nous mangeons un peu plus tôt ? Ma garde à l'hôpital commence à 20 heures.

— Pas du tout, dit-elle, en posant la main sur son bras. Que puis-je faire pour t'aider ?

Le dîner se déroula dans une ambiance chaleureuse, familiale, puis Luis se prépara pour l'hôpital pendant que Stacy et Miguel faisaient la vaisselle. Ensuite, ils s'assirent dans le salon pour regarder un film.

— Nous nous verrons demain, dit Luis en se penchant pour déposer un baiser sur la joue de Stacy et un sur le front de Miguel. Soyez sages, tous les deux, et appelez-moi si vous avez besoin de quelque chose.

En regardant les dessins animés à la télévision, Stacy se repassa tous les événements de ces derniers jours. C'était beaucoup. Beaucoup trop, même, à assimiler en si peu de temps. Miguel semblait mieux y parvenir qu'elle, mais ses expériences et sa vision du monde étaient beaucoup plus simples que les siennes.

Une part d'elle pensait que Luis était génial et qu'elle avait de la chance de l'avoir auprès d'elle. L'autre part n'en était pas si sûre. La vérité, c'est qu'elle n'était pas douée pour demander de l'aide ou l'accepter quand on lui en proposait. Probablement parce qu'elle avait été habituée à aider les autres, et non l'inverse. Son premier instinct était toujours de gérer les choses elle-même, et l'autonomie était son mode de vie. Il était difficile d'y renoncer, même pour construire quelque chose de merveilleux.

Agitée, elle se leva et fit les cent pas dans l'appartement pendant que Miguel regardait la télévision. Elle consulta ses e-mails, donna son bain à Miguel, puis lui lut une histoire jusqu'à ce qu'il s'endorme, sa petite bouche ouverte comme le bec d'un oisillon. Même maintenant, chaque fois que Stacy regardait son fils, elle ne pouvait pas s'empêcher d'être émerveillée. Cet enfant était un miracle qu'elle ne méritait pas.

Vers 21 heures ce soir-là, elle découvrit un nouveau pot de glace dans le congélateur et s'assit à nouveau sur le canapé, zappant sans vraiment regarder l'écran tout en vérifiant ses SMS. Étonnamment, il y en avait déjà un de Luis.

As-tu trouvé ta surprise ?

Elle sourit, prit une bouchée de sa glace préférée, puis répondit :

Oui, je te remercie. Je trouve que cette cohabitation fonctionne très bien pour l'instant.

N'est-ce pas ? Il ne nous a fallu que cinq ans pour en arriver là ;-)

Sa gorge se noua soudain. Elle ne croyait pas que Luis allait s'enfuir avec Miguel, mais que se passerait-il si les choses se compliquaient ? Miguel commencerait à aller à l'école le mois prochain, et même s'il était dans une classe spécialisée, cela ne pouvait qu'être difficile pour lui. Et puis il y avait l'ouragan de plus en plus menaçant qui, à en croire les bulletins météo, provoquerait inondations et dégâts sanitaires et matériels. Luis et elle seraient tous deux en première ligne pour la recherche et le sauvetage des habitants de Key West. Leur fragile relation naissante survivrait-elle à la tempête qui s'annonçait ?

Elle n'en était pas si sûre. Il y avait encore beaucoup de choses à régler entre eux.

Toujours là ?

Stacy tapa une réponse rapide, puis éteignit son téléphone et fixa la télévision sans vraiment y prêter attention.

Désolée. Je suis fatiguée. Je vais me coucher. On se parle demain ?

Luis travailla toute la nuit, ce qui l'empêcha de trop s'attarder sur la réponse de Stacy à son texto. Il traita des cas très divers – allant des coupures et des fractures habituelles à une réaction allergique aux crustacés qui avait rapidement dégénéré en anaphylaxie, le patient étant incapable de respirer. Il avait dû pratiquer une trachéotomie d'urgence pour dégager les voies respiratoires de l'homme qui se reposait après avoir pris du Benadryl et de l'épinéphrine.

Mais à mesure que l'aube approchait, les nouvelles admissions diminuaient et Luis se retrouvait à penser à Stacy et à la façon dont les derniers jours s'étaient passés. Il n'était pas sujet aux sautes d'humeur – un autre effet de son Asperger léger – mais il prenait les choses à cœur et vivait intensément.

Peut-être s'était-il trop investi dans sa relation avec Stacy et l'avait-il effrayée ? Elle était très indépendante et il ne voulait pas changer cela. Il voulait juste faire partie de leur vie, si elle le laissait faire.

Mais à ce stade, il ne pouvait parler qu'au conditionnel.

Il s'accorda une pause et descendit à la cafétéria, où il mangea des œufs insipides et but un café dont il avait bien besoin, avant de remonter pour aller voir Reed, le pompier. Il était toujours à l'hôpital, mais avait été transféré de l'unité de soins intensifs à une salle ordinaire. Au cinquième étage, les couloirs étaient remplis de chariots, et l'air embaumait le bacon et le porridge. Luis salua de la tête quelques infirmières et médecins qu'il croisa, puis frappa à la porte de Reed.

Il était à peine 8 heures du matin, mais les patients se levaient tôt à l'hôpital Key West General, car les médecins faisaient leurs visites avant de se rendre à leur cabinet pour consulter. Luis trouva Reed assis dans le fauteuil, devant un plateau-repas. Un peu plus loin, sa femme lisait le journal.

— Bonjour, dit Luis. Alors, comment allez-vous ?

— Bonjour, Doc, répondit Reed en hochant la tête. Le

chirurgien a dit qu'il avait fait tout ce qu'il pouvait pour ma jambe. Maintenant, c'est à moi de jouer. Après l'accident, je ne savais rien de la gravité de mes blessures. Je savais que c'était sérieux, mais pas à ce point. Au moins je n'ai pas perdu ma jambe. Le chirurgien ne croyait pas que je remarcherais, mais je n'abandonnerai pas avant d'avoir essayé.

Luis admirait la détermination et le cran de cet homme. C'était une qualité requise dans son métier, à en juger par ce qu'il savait de Stacy, qui était l'une des personnes les plus courageuses qu'il ait jamais rencontrées.

— Eh bien, je suis sûr qu'avec cette attitude, vous irez beaucoup plus loin. Dans certains cas, la motivation peut faire des miracles.

— C'est vrai. Quand je me suis réveillé après l'opération de ma jambe et que j'ai vu ce que je faisais subir à ma femme, à mes enfants et à mon équipe, je me suis dit que jamais plus je ne me mettrais en danger ainsi.

— Cela semble être un choix judicieux, déclara Luis, adossé au mur derrière lui. On dirait que votre convalescence se passe au mieux.

— Je me débrouille, Doc, mais mon but n'est pas seulement de marcher. Je veux aussi retourner travailler. Je sais que j'ai encore du chemin à faire, mais j'ai besoin de ça dans ma vie. Le travail sur le terrain est dangereux, je le sais, mais je peux aider beaucoup de gens sans risquer ma vie, et c'est ce que j'aime le plus. Vous comprenez ?

— Bien sûr.

À cet instant, il reçut un texto des urgences lui demandant de redescendre et sourit à Reed et à sa femme.

— Je repasserai avant votre sortie pour vous dire au revoir.

— Au revoir ? répéta la femme de Reed. En effet, j'ai l'impression qu'on va vous voir assez souvent à la caserne.

Luis se figea. Lui et Stacy n'avaient parlé à personne de leur histoire. Avait-elle dit quelque chose à ses coéquipiers quand elle était partie travailler, plus tôt dans la matinée ?

La femme de Reed sourit devant son malaise évident.

— Je vous taquine. Je vous ai vue avec le capitaine Williams à l'hôpital, c'est tout. Vous êtes tous les deux célibataires, donc si quelque chose se passe entre vous, c'est tout à fait…

— Laisse le docteur tranquille, Annette, coupa Reed. Tu vois bien qu'il est occupé !

Luis profita de cette diversion pour s'éclipser.

Le reste de la matinée fila à toute vitesse, et il étudiait les radios de la jambe de Reed au poste des infirmières quand Jackson entra et lui demanda :

— Ce sont les clichés de la victime de l'accident de moto que nous avons secourue la semaine dernière ?

— Oui. Il va beaucoup mieux, selon le dernier rapport que j'ai reçu de l'orthopédiste. Il a fallu des heures d'opération pour réparer tous les dégâts. Ils vont évaluer sa jambe aujourd'hui.

— Lorsque nous l'avons stabilisé sur les lieux, sa blessure était très grave. J'espère qu'il pourra remarcher…

Ensemble, ils se dirigèrent vers la salle de conférences où devait avoir lieu la réunion de préparation. D'après ce que Luis avait vu plus tôt à la télévision, l'ouragan *Mathilda* avait encore changé de trajectoire et Luis se demandait si le degré d'alerte dans la zone allait changer en fonction des dégâts à redouter. D'après le regard tendu de son frère, il devina que la réponse était oui.

Il repéra vite Stacy, assise à la table près de plusieurs autres pompiers. Il y avait un siège libre près d'elle et il s'y installa pendant que Jackson se dirigeait vers le podium.

— Salut !

Il fronça les sourcils devant l'expression distante de Stacy. Il avait deviné que quelque chose n'allait pas, mais il n'avait aucune idée de ce dont il s'agissait. Ce n'était pas vraiment le moment de parler, car la réunion venait de commencer. Était-ce Miguel ? Quelque chose était-il arrivé à son fils ? Ou avait-il fait quelque chose qui avait offensé Stacy ? Avait-il dépassé les bornes en s'installant dans son appartement sans lui demander son avis ?

Jackson attendit que le silence se fasse, puis annonça :

— Malheureusement, les nouvelles que j'ai aujourd'hui ne sont pas bonnes. D'après les derniers modèles de prévision du service météorologique national, *Mathilda* devrait devenir une tempête de niveau 4 d'ici à demain matin, et bien qu'elle ne touche pas directement les Keys, nous nous attendons à des dégâts dus au vent dans toute la région. C'est pourquoi je relève notre niveau de préparation à 1, à compter de minuit ce soir. Vous savez tous comment cela se passe.

— Demain matin ? intervint Luis. C'est beaucoup plus tôt que prévu. Je pensais que ça ne frapperait pas avant demain soir au plus tôt.

— Comme je l'ai dit, les choses évoluent très vite, répondit Jackson. Étant donné la vitesse et la trajectoire actuelle de l'ouragan, une fois qu'il atteindra les eaux plus chaudes du golfe du Mexique, il sera devenu très impressionnant. J'ai donc déjà envoyé des bulletins aux médias locaux. Tous les membres de l'équipe sont réquisitionnés à Key West jusqu'au passage de *Mathilda*, et les services d'urgence sont mobilisés. Nous demandons aux habitants des Keys d'évacuer vers le continent maintenant ou de trouver un logement à Key West même. Des questions ?

Stacy laissa échapper un soupir.

— Ce n'est pas bon, en effet. J'ai essayé d'appeler mon amie Lucy, mais elle ne répond pas au téléphone. Je lui ai envoyé un texto en proposant de venir la chercher en voiture, mais elle a refusé. Elle m'a déjà dit une fois que si une tempête comme celle-ci se produisait, elle resterait chez elle en attendant que ça se passe, mais celle-ci s'annonce plus violente encore que tout ce que nous avons vu depuis longtemps.

— S'il te plaît, ne t'inquiète pas trop, dit Luis. Lucy est vétérinaire. Elle a peut-être eu une urgence à traiter et te rappellera plus tard, j'en suis sûr.

Il prit une grande inspiration avant d'ajouter :

— Mi sirenita, je vois bien que quelque chose te tracasse. S'il te plaît, parle-moi, dis-moi ce qui ne va pas pour qu'on puisse...

Trop tard. Déjà, Jackson les avait rejoints.

— Tout va bien ?

— Pas vraiment, répondit Stacy. Lucy n'est pas là aujourd'hui. J'ai proposé d'aller la chercher, mais elle refuse de quitter sa maison.

— Je vais l'appeler pour tenter de la faire changer d'avis, promit Jackson.

— Je ne suis pas sûre que tu réussisses, déclara Stacy avec inquiétude. Elle a décidé de résister à cet ouragan, mais je ne crois pas qu'elle puisse remporter la bataille, cette fois.

— Non. Tu as raison. Elle ne peut pas rester toute seule, dit Jackson, c'est trop dangereux.

Son téléphone sonna, et son visage s'éclaira l'espace d'une seconde avant de s'assombrir de nouveau. Luis n'était pas sûr de ce qui se passait exactement entre son frère et Lucy Miller, mais il était évident qu'il se passait quelque chose.

Jackson demanda à Stacy d'informer ses services qu'il s'occuperait de Lucy, puis il se tourna vers Luis.

— Peux-tu me remplacer aux soins intensifs ce soir, après ma garde ?

Luis fronça les sourcils.

— Pourquoi ? Tu ne vas rien faire d'imprudent, n'est-ce pas ?

— Non.

Luis savait que dans la bouche de son frère, cela signifiait exactement le contraire. Son pouls battait la chamade et il sentit l'adrénaline inonder son système.

— Si je me rends à Big Pine Key après mon service à 14 heures, je suis sûr de pouvoir récupérer Lucy et regagner à Key West avant le déclenchement du niveau d'alerte maximum.

— Je n'aime pas ça, Jackson...

— Écoute, c'est moi qui prends le risque, d'accord ? Et je n'ai aucune hésitation. Je ne peux pas laisser Lucy mourir dehors, n'est-ce pas ? De plus, elle a déjà désobéi à mes ordres en ne participant pas à cette réunion, alors oui, je vais la chercher !

Luis le fixa un moment, puis soupira. Qui était-il pour juger quelqu'un d'autre ?

— J'espère juste que tu sais ce que tu fais, mon frère.

Jackson hocha la tête.

— Reste joignable, ce soir. Je t'enverrai un texto s'il y a un problème.

8

Ce soir-là, Stacy et son équipe aidèrent les employés de la maintenance de Key West General à mettre en place les derniers volets anti-tempête de la salle d'attente des urgences.

Le vent s'était considérablement intensifié depuis ce matin-là, et l'ouragan évoluait rapidement. Même les énormes palmiers qui bordaient le parking extérieur commençaient à plier comme des roseaux.

Heureusement, sous l'excellente direction de Luis, l'hôpital avait été bien préparé et il ne restait plus qu'à mettre en œuvre le plan d'évacuation validé durant la réunion. Ils libérèrent autant de patients qu'ils le pouvaient en toute sécurité pour qu'ils puissent se réfugier chez eux, et transférèrent les plus gravement malades à une unité de triage d'urgence installée dans la cafétéria du sous-sol, nettoyée et préparée comme un hôpital de campagne.

Alors qu'elle mettait en place le dernier volet anti-tempête, Stacy fut tirée de ses pensées par un grand fracas qui retentit contre le mur extérieur. Une énorme benne d'acier venait de basculer sous l'effet d'une bourrasque particulièrement violente et roulait dans la rue telle une vulgaire cannette.

— Regardez ! C'est l'auvent du Luigi ! s'écria un des

pompiers, en pointant du doigt un restaurant italien, de l'autre côté de la rue.

Tel un cerf-volant géant, l'immense toile rayée rouge et blanche s'envola, puis disparut au coin de la rue.

— Je vais faire une dernière vérification au sous-sol, puis je vous rejoindrai, dit Stacy.

— Vous voulez que je vienne avec vous, capitaine ? demanda Jeffrey, l'un des benjamins de son équipe.

— Non, je m'en occupe, merci.

Elle se dirigea vers les salles d'examen. L'hôpital était étrangement calme, mais on entendait le faible hurlement du vent, au dehors. Les lumières clignotèrent, puis se rallumèrent. L'hôpital avait des générateurs, Dieu merci, donc pas de coupure d'électricité à redouter ce soir. Elle croisa Ethel, une infirmière occupée à remplir un sac de seringues, de bandages et autre menu matériel au cas où des renforts seraient nécessaires en bas.

— Il y a quelqu'un d'autre dans le service ? demanda Stacy en s'approchant pour l'aider.

— Non. Je les ai tous fait descendre il y a une demi-heure, dit l'infirmière. Des nouvelles de l'heure d'arrivée de l'ouragan ?

— Pas que je sache, déclara Stacy, en glissant des poignées de tampons alcoolisés et des cotons tiges dans le sac. Il est un peu plus de 21 heures maintenant, donc encore quelques heures avant le passage de l'œil. Les vents sont déjà assez forts pour l'instant, mais ils vont s'aggraver. La pluie aussi, et l'on s'attend à beaucoup d'inondations demain. Espérons que les gens ont pris l'alerte au sérieux et sont restés chez eux !

— Ma petite fille est à la maison avec mon mari, dit Ethel. J'ai essayé de les appeler, mais les lignes étaient brouillées. J'espère qu'ils vont bien.

Stacy posa la main sur l'épaule d'Ethel.

— Je suis sûre que oui. Aviez-vous mis en place un plan d'urgence ?

— Bien sûr ! répondit Ethel. J'ai vécu dans les Keys toute ma vie. Ici, on a toujours un plan d'urgence !

— Bien. Alors je suis sûr qu'ils l'ont suivi et qu'ils font exactement ce qu'ils devaient faire.

Ethel lui sourit.

— Merci.

— Qu'est-ce qui prend autant de temps ici ? lança une voix masculine à l'autre bout du couloir, teintée d'un léger accent espagnol.

Luis...

Stacy le rejoignit près des portes automatiques.

— Tout le monde est sorti, puis dit-il. J'ai vérifié le reste de l'étage, et les autres unités se sont déjà repliées au sous-sol. Il ne nous reste plus qu'à attendre et à surmonter cet ouragan.

— Allons-y, alors !

Une fois au sous-sol, ils longèrent les couloirs bondés en direction de la cafétéria, passèrent devant des lits de patients poussés contre les murs, croisèrent des infirmières et des médecins qui travaillaient du mieux qu'ils pouvaient dans ces circonstances. Des ventilateurs portatifs et des bouteilles d'oxygène étaient fixés sur les côtés des lits, et les poches à perfusion suspendues à leur pied.

L'un des internes s'adressa à Luis.

— Nous avons remodelé l'étage comme vous l'avez indiqué, Doc : la salle d'opération et l'unité de soins intensifs sont au bout de ce couloir. Les patients gériatriques ont été installés de l'autre côté de la cafétéria, là, et la pédiatrie près des ascenseurs.

Luis le félicita.

— Bon travail.

— Où est Miguel ? demanda Stacy, pour s'assurer qu'il était en sécurité.

— Il est avec les infirmières de l'unité pédiatrique pour le moment. Juste avant de venir te chercher, je suis allé le voir et il jouait avec Dozer. Allons le chercher, si tu veux.

Elle acquiesça en silence, et il se demanda une fois de plus où il en était avec elle. D'habitude, le travail lui permettait de se recentrer, de s'éclaircir les idées, mais pas aujourd'hui. Il avait connu plusieurs femmes dans sa vie, mais jamais il n'avait atteint avec elle le degré d'intimité qu'il connaissait avec Stacy.

Comme la tempête faisait rage au dehors, il aurait voulu la serrer dans ses bras, lui assurer que tout irait bien, même s'il n'avait aucune idée de ce qui allait se passer. Lors de ses missions lointaines, il s'était rendu dans suffisamment de zones de guerre et avait vu assez de scènes de catastrophes pour savoir que rien n'était acquis.

Pourtant, il se sentait mieux avec elle à ses côtés. Cela devait bien signifier quelque chose, non ?

Il laissa Stacy avec Miguel et alla vérifier les autres services avant d'écouter un bulletin météo dans le centre de commandement improvisé dans les cuisines de la cafétéria, où ses collègues et lui passeraient les heures suivantes.

La pièce étant complètement aveugle, ils n'avaient aucune idée de ce qui se passait dehors, et les téléphones portables captaient très mal. Une seule barre s'affichait sur son écran, mais il vérifiait sans cesse, inquiet pour son frère autant que pour lui-même et sa famille.

Le personnel se relayait pour surveiller les patients, et il décida d'attendre qu'on le sollicite et de faire en sorte que tout aille bien.

C'était son but dans la vie, sa raison de vivre. Le vœu qu'il avait fait à ses pauvres parents décédés.

Je vous rendrai fiers de moi, je vous le promets...

Luis ignorait qu'ils seraient fiers de lui maintenant, alors qu'il regardait Stacy et Miguel jouer avec des cubes de bois, partager leurs petites blagues personnelles, très à l'aise dans leur petit univers.

Il avait peut-être eu tort d'essayer de s'immiscer dans leur vie comme il l'avait fait. Et si Stacy et son fils n'avaient pas besoin de lui ?

Il aimait son fils plus que sa propre vie, et il aurait fait n'importe quoi pour lui. Quant à Stacy... Eh bien, elle avait bouleversé sa vie, à plus d'un titre.

Il n'avait jamais imaginé, cette nuit-là, sur la plage au clair de lune, qu'elle serait la compagne parfaite pour lui. Pas seulement physiquement, d'ailleurs. Elle était intelligente, drôle, douce et forte à la fois. Elle était tout ce qu'il recherchait chez une femme.

Hélas, elle n'était pas disponible et ne voulait pas s'engager. Chaque fois qu'il pensait à son père qui l'avait abandonnée, il avait envie de frapper le mur de ses poings. Lui-même avait perdu ses propres parents lors d'une traversée périlleuse du détroit de Floride, mais cela était différent. Ses parents l'aimaient tellement qu'ils avaient tout quitté pour lui offrir un avenir meilleur. Le père de Stacy lui, avait tourné le dos à sa fille et à sa compagne, leur imposant une vie de lutte et de pauvreté.

Luis serra les poings. Il voulait compenser cette perte, montrer à Stacy qu'elle était assez bien pour lui, qu'elle n'avait pas besoin d'en faire plus pour le combler. Mais à chaque fois qu'il tentait un rapprochement, elle fuyait.

— Maman, pourquoi on est ici ? demanda Miguel, coupant court à ses réflexions.

— Parce qu'il y a une tempête dehors, chéri, répondit-elle. Nous devons rester ici pour être en sécurité jusqu'à ce que ce soit fini.

— Où est grand-mère ? demanda le garçon.

— Elle est à Miami.

Devant le regard inquiet de son fils, elle lui caressa les cheveux et ajouta :

— Grand-mère est avec un ami, tout va bien. Je lui ai parlé plus tôt dans la journée et elle reviendra dès qu'elle pourra, je te le promets.

Miguel fronça les sourcils.

— Papa est là.

Luis eut envie de lui promettre qu'il serait toujours là, quels que soient les difficultés et les obstacles que la vie mettrait sur son chemin. Mais vu la réaction de Stacy à ses déclarations précédentes, il jugea plus sage de renoncer. Pour évacuer le stress, rien ne valait le travail. Il se dirigea vers la porte.

— Reste ici avec Miguel. Je vais voir si l'équipe a besoin de moi.

En effet, Luis n'était pas de trop car comme il l'avait prédit, plusieurs nouveaux blessés étaient arrivés en même temps que les premières bourrasques. Les ambulanciers avaient reçu l'ordre d'amener au sous-sol les patients qui pouvaient tenir debout, et il y en avait plusieurs. Principalement des personnes qui avaient attendu jusqu'à la dernière minute pour évacuer et avaient été prises dans la tempête et fouettées par des débris volants.

Il soigna un homme avec une méchante entaille au front et une femme avec un poignet cassé suite à une chute, puis se rendit au centre de triage de crise installé dans la cuisine de la cafétéria pour aider à répondre aux appels radio. D'autres membres de l'équipe d'intervention d'urgence étaient également présents, notamment des membres de la police et des pompiers.

Luis sortit son téléphone pour lire un message de Jackson. Son frère avait promis de lui faire savoir qu'il était arrivé sain et sauf chez Lucy. D'après les informations actuelles, Jackson serait probablement bloqué sur Big Pine Key pendant toute la durée de la tempête. Personne ne pouvait emprunter l'autoroute en ce moment, et il pria Jackson de ne pas tenter quoi que ce soit d'imprudent comme il en avait l'habitude. Son frère était l'un des hommes les plus courageux que Luis ait jamais connu. L'un des meilleurs, aussi. Mais il laissait trop souvent son cœur l'emporter sur sa raison.

Ce qui n'avait jamais été le cas de Luis – jusqu'à présent.

Le bourdonnement de son téléphone dans sa main le fit sursauter.

Je suis bloqué à Big Pine Key. Impossible de rentrer.

Luis était heureux que son frère soit sain et sauf. Il savait à quel point Jackson tenait à son nouveau poste de commandant et combien il devait être difficile pour lui d'y renoncer, même temporairement. Lucy devait beaucoup compter pour lui pour qu'il prenne ce genre de risques, songea-t-il.

Il n'avait pas le temps de s'attarder sur ce point, cependant, car la tempête faisait rage. Les appels radio continuaient d'arriver et il y avait des patients à soigner.

Au bout d'une heure environ, Luis s'accorda une pause et céda sa place à un autre membre de l'équipe. Il parcourut les couloirs pour vérifier que les patients ne manquaient de rien. Il était près de 11 heures maintenant et les choses s'étaient un peu calmées au sous-sol alors que dehors, les conditions météo se détérioraient. Il passa près d'un brancard où un homme avec une coupure au bras racontait à l'infirmière qui le soignait ce qu'il avait vu en arrivant.

— Il pleuvait des cordes et on n'y voyait pas à deux mètres devant soi. Des objets volaient dans tous les sens. J'ai déjà vécu trois ouragans, mais je n'ai jamais rien vu de tel. C'est la folie !

Luis tourna au coin du couloir pour rejoindre Stacy et Miguel. Il avait eu l'estomac noué toute la journée. Son dos et sa nuque lui faisaient mal et l'idée de s'allonger un peu pour se reposer les yeux, surtout près de Stacy, lui semblait merveilleuse.

Il s'arrêta à un distributeur automatique et acheta de l'eau et des snacks, puis il ouvrit la porte de la chambre et entra. Stacy lui fit signe de se taire avant de désigner Miguel endormi sur le sol. Elle avait réussi à trouver des couvertures et des oreillers supplémentaires, semble-t-il, et avait aménagé un lit pour leur fils dans un coin de la petite pièce.

Il n'y avait qu'une seule lampe et l'éclairage était très faible. Luis s'assit près de Stacy et lui tendit de l'eau et un sachet de chips.

— Je n'ai pas trouvé mieux comme dîner.

— Merci, dit-elle en riant. J'ai aussi pris quelque chose pour Miguel au distributeur avant qu'il ne s'endorme. Pauvre garçon !

— Comment tient-il le coup ? demanda Luis. Il avait l'air d'aller bien, tout à l'heure.

— Il est un peu agité, mais je pense que dormir lui fera du bien. Comment vont les choses, en bas ?

C'est difficile.

Il lui fit un résumé de la situation et lui parla du texto de Jackson.

— S'il est auprès de Lucy, elle ira bien. Mon frère était dans les garde-côtes et il est formé à affronter ce genre d'événements. Ils s'en sortiront.

— J'espère. J'aime bien Lucy.

— Elle semblait très attachée à son travail quand je l'ai rencontrée à la dernière réunion. Vous êtes amies ?

— Oui. Je l'ai rencontrée après qu'elle a déménagé ici l'année dernière. Elle va m'aider à trouver un chien thérapeutique pour Miguel.

— C'est très bien.

Il s'étira puis grimaça, car son épaule droite lui faisait mal.

— Tu as fait du bon travail avec les pompiers, dit-il, surtout en si peu de temps !

— Merci, dit-elle. Je sais que je suis bonne dans mon travail. Je ne serais pas capitaine si cela n'était pas le cas. Mais je me demande toujours si je suis assez performante. Pas en tant que pompier, mais en tant que personne.

L'envie de frapper revint l'assaillir, et Luis fourra ses mains dans les poches de sa blouse pour qu'elle ne puisse pas voir ses poings serrés. Le ton de sa voix l'avait ému aux larmes.

— Tu es quelqu'un de bien, Stacy.

Il retint son souffle en voyant qu'elle retenait ses larmes et lui prit la main.

— Je suis sérieux. Tu es une femme merveilleuse, un excellent pompier et la meilleure maman du monde pour Miguel. Je ne pense pas qu'une personne puisse demander plus.

Stacy sourit et posa sa tête sur son épaule. Il huma la fragrance florale de son shampoing, sentit la chaleur de sa joue. Soudain, le besoin de la serrer contre lui s'empara de lui mais il se retint, conscient que leur fils dormait tout près et soucieux de ne pas gâcher ce moment.

Il avait passé les dernières années à travailler, à courir, à essayer d'être tout ce dont ses parents décédés auraient pu rêver. Mais à aucun moment il n'avait créé de lien fort avec quiconque, et le fait de savoir Stacy tout près de lui était presque douloureux. Pourtant, après ce qui lui parut une éternité, il sentit s'évanouir la tension accumulée en lui. La même chose s'était produite lors de leur première nuit, il y a des années. Mais à l'époque, il avait mis cela sur le compte de l'alcool et de l'intensité de leur étreinte.

Aujourd'hui, il savait qu'il y avait autre chose. Quelque chose de réel, de plus grand que ce qu'il avait connu auparavant, et cela lui faisait peur. Le désir, l'attachement, l'affection... Tous ces sentiments l'assaillaient, créant un profond trouble en lui.

Aussi impossible que cela puisse paraître, cette aventure d'un soir lui avait permis de faire connaissance avec une femme merveilleuse, parfaite pour lui, ce qu'il n'avait pas compris à l'époque.

Il effleura du doigt ses joues, s'éloignant juste assez pour lui saisir doucement le menton et l'embrasser. Après une légère hésitation, il approfondit le baiser et glissa la main dans ses cheveux tandis qu'elle répondait à son baiser. Au moment où elle se lovait cotre lui, Miguel murmura quelque chose dans son sommeil, et ils se figèrent.

Cette fois, c'est Stacy qui appuya en souriant son front contre le sien.

— Je crois qu'on ferait mieux d'arrêter.

En effet...

À cet instant, un bruit se fit entendre, de l'autre côté de la porte, et Luis se redressa. Il passa la main dans ses cheveux. Il avait grand besoin d'une douche, mais cela devrait attendre.

— Je vais aller voir ce qui se passe, dit-il en se levant. Je te laisse un instant avec Miguel ?

— Oui, répondit-elle en bâillant. Je vais probablement faire une petite sieste avant de retourner travailler.

— Bonne idée. Dors bien. À plus tard.

— Oui.

Luis ferma la porte et se dirigea vers la cafétéria, incapable d'effacer ce sourire idiot de son visage, alors même que la tempête faisait rage autour d'eux.

9

Stacy dormit profondément, plus épuisée qu'elle ne le pensait après l'effervescence de la journée, et lorsqu'elle se réveilla, il lui fallut un moment pour réaliser où elle se trouvait. Dans la pièce plongée dans la demi-pénombre, elle aperçut Miguel encore endormi en face d'elle, le pouce dans la bouche et son ours, Dozer, sous son bras plâtré.

Elle prit soudain conscience qu'un corps solide et chaud était lové contre le sien, qu'il épousait à la perfection.

Lentement, elle tourna la tête et vit Luis endormi, ses beaux traits si détendus que cela lui fit chaud au cœur. Il l'avait traitée comme une égale, avec respect et bienveillance. Il semblait trop beau pour être vrai.

Mais était-ce vraiment le cas ?

Sa hanche lui faisait mal d'être restée si longtemps immobile, et elle s'assit avec précaution, pour ne pas réveiller les deux hommes de sa vie. Mais Miguel bougea et gémit en lui tendant les bras :

— Maman, j'ai fait un mauvais rêve !

Elle se précipita vers lui et le serra contre elle, embrassant le sommet de sa petite tête.

— Ce n'est rien, mon chéri. C'était juste un rêve. Tout va bien.

— Que s'est-il passé ? demanda Luis d'une voix ensommeillée. Quelle heure est-il ?

— Environ 2 heures du matin. Miguel a fait un cauchemar.

Elle recoucha l'enfant et s'éloigna de lui. Il semblait aller bien maintenant, comme c'était souvent le cas quand il faisait des cauchemars. Soudain, le petit garçon émergea de sous ses couvertures en se frottant les yeux.

— J'ai besoin d'aller aux toilettes, maman.

Stacy se leva.

— D'accord. Ensuite, il faudra manger, puis je retournerai travailler. La cafétéria sert des repas froids pour le personnel et les patients. Allons nous rafraîchir et retrouvons-nous là-bas, d'accord ?

— Très bien.

Un quart d'heure pus tard, ils entrèrent dans la cafétéria et prirent place dans la file. Tout le monde avait l'air fatigué, car l'ouragan continuait de faire rage à l'extérieur. Ils étaient un peu isolés du chaos, mais d'après les conversations qu'elle avait entendues, les choses allaient plutôt mal dehors. Le courant était coupé presque partout dans les Keys, et il faudrait peut-être des jours avant qu'il soit rétabli. Les hébergements d'urgence qui avaient été mis en place étaient également débordés et pour ce qui était des inondations, le pire était encore à venir.

Elle prit Miguel dans ses bras et il se blottit contre elle, affolé par le brouhaha des conversations. Luis prit deux plateaux qu'il garnit généreusement de nourriture et ils trouvèrent des sièges au bout d'une table bondée de policiers et de pompiers.

Un des gars de l'équipe de Stacy, Harley, vint s'asseoir près d'elle et lui fit un bref rapport sur l'évolution de la situation.

— L'œil du cyclone ne devrait plus tarder, maintenant.

déclara-t-il. C'est bizarre, parce que la pluie s'est arrêtée et qu'on peut voir les étoiles. Mais ça va bientôt reprendre, capitaine.

Les vents étaient généralement plus forts autour de l'œil, ils étaient donc loin d'être hors de danger. Luis mangeait en silence, comme Miguel. Encore une similitude entre le père et le fils, songea Stacy avec un sourire.

— Je vais demander à une des infirmières de surveiller Miguel pendant que je discute avec mon équipe de nos prochaines interventions, déclara-t-elle. Et toi ?

— J'ai des patients à surveiller et quelques points logistiques à gérer.

— As-tu reçu d'autres messages de Jackson ? demanda-t-elle.

— Non, pas encore, répondit Luis en repoussant son assiette, mais comme la tempête se dirige vers le nord, ils en font probablement encore les frais. Avec un peu de chance, nous serons tous à l'abri d'ici à demain matin et ils pourront sortir et évaluer les dégâts.

Ils terminèrent leur repas en silence, les voix s'éteignant peu à peu autour d'eux, puis chacun vaqua à ses occupations.

Les heures suivantes s'écoulèrent dans un tourbillon de cas, d'alertes et d'ordres de déploiement des équipes de secours dans différentes zones de Key West, alors que l'ouragan *Mathilda* se dirigeait lentement vers le nord, laissant derrière lui des zones dévastées et de nombreux blessés.

Luis était en proie à une étrange agitation, que la situation d'urgence ne faisait que renforcer. Jusqu'à ce que Stacy réapparaisse dans sa vie, il se sentait en sécurité, à l'aise avec ses choix de vie. Il avait toujours fait passer les besoins des autres avant les siens mais maintenant, il aspirait davantage à vivre pour lui-même, et se moquait de plus en plus de ce que penseraient les gens. Un avenir avec Stacy et Miguel à ses côtés le rendrait très heureux. Il n'aurait pas su dire exactement quand il avait pris cette décision, mais le changement avait eu lieu, presque à son insu. Ces derniers jours, comme il passait du temps avec Stacy, en apprenant à la connaître, et leur fils à travers elle, ses sentiments avaient changé, et ses priorités aussi. La force qui le poussait vers Stacy n'était pas uniquement le désir physique, bien qu'il soit bien réel. Non. Il aimait son grand cœur, son intelligence, son dynamisme et son dévouement.

Avec Stacy, il avait trouvé ce qu'il cherchait. Une égale. Une partenaire. Une âme sœur.

Il la croisa à plusieurs reprises cette nuit-là, et l'observa tandis qu'elle parlait à son équipe, coordonnait les efforts de sauvetage avec les ambulanciers. Elle était impressionnante, sans aucun doute, et il eut l'impression de l'aimer encore plus.

Excellente dans son travail, elle était aussi une très bonne mère et ferait une épouse parfaite un jour, il n'en doutait pas. Ensemble, ils sauveraient des vies et élèveraient leur fils.

Il ne lui restait plus qu'à la convaincre de devenir sa femme.

En fin de matinée, l'orage était complètement passé et le premier étage avait été rouvert. Luis sortit avec les policiers pour évaluer les dégâts et se réjouit de voir que l'hôpital n'avait pas trop souffert dans l'ensemble. Il y avait quelques fenêtres cassées et beaucoup d'arbres et de lignes électriques abattus, mais les générateurs tenaient bien le coup et maintenant que les conditions s'amélioraient, les équipes de secours pouvaient commencer à intervenir pour que la vie reprenne son cours normal. Grâce aux plans de Jackson, tout fonctionnait bien, et Luis était sûr que son frère obtiendrait la promotion pour laquelle il avait travaillé si dur.

Peu après midi, il put enfin lui parler au téléphone, car le réseau s'améliorait peu à peu.

— Comment ça s'est passé, à Big Pine Key ? demanda Luis en sortant à l'air libre, heureux de respirer un peu d'air frais après des heures passées enfermé dans la cave.

— C'était... intéressant. On est bien ici. La maison de Lucy a subi pas mal de dégâts, et d'après ce que je vois, il y a beaucoup de nettoyage à faire par ici. L'autoroute est complètement bloquée, donc je ne sais pas quand je reviendrai. Et à Key West ?

— C'est à peu près la même chose...

Il parla à Jackson des dégâts causés par le vent et des rapports faisant état de plusieurs voitures ayant quitté la route et de quelques personnes âgées piégées dans leur maison par les eaux de crue.

— Je vais informer mes équipes et voir s'ils peuvent envoyer quelqu'un pour venir vous chercher aujourd'hui. Des victimes ?

— Non. J'ai été attaqué par un alligator quand je suis arrivé, mais c'est à peu près tout.

Luis fronça les sourcils.

— Quoi ?

Jackson rit.

— C'est une longue histoire. Je te raconterai plus tard. Je suis heureux d'entendre que les choses se passent bien pour toi. Je vais retourner voir Lucy. Ma batterie est presque à plat, de toute façon. Prends soin de toi.

— Toi aussi, répondit Luis. Je vais envoyer cet hélicoptère bientôt.

Après avoir raccroché, il retourna à l'intérieur. Un coup d'œil à sa montre lui indiqua que Stacy avait bientôt fini de travailler. Une nouvelle équipe médicale se dirigeait lentement vers l'intérieur pour relever ceux qui avaient été de garde toute la nuit, dont Luis. Autour du parking, plusieurs stands proposaient des repas chauds pour le personnel et tous ceux qui avaient besoin de réconfort après la tempête.

Il aurait voulu rester sous une douche bien chaude pendant des heures, puis s'effondrer sur son lit et dormir tout son soûl. Mais il avait une autre mission à mener à bien – une mission dans laquelle il ne pouvait pas se permettre d'échouer.

10

Stacy venait d'envoyer sa dernière équipe sur les lieux d'un accident à la périphérie de la ville lorsqu'elle aperçut Luis sur le seuil de la cafétéria. Il avait enlevé sa blouse et portait le même jean et le même T-shirt que la veille.

Il lui sourit.

— Tu as l'air épuisée, dit-il.

— Oui, dit-elle en frottant sa nuque endolorie. Tu es sorti ?

— Oui, dit-il en la rejoignant. Il y a des dégâts, mais cela n'est pas catastrophique. Les équipes de nettoyage sont déjà au travail. Pourquoi ne vas-tu pas prendre une douche dans le vestiaire du personnel ? Miguel est encore avec l'infirmière. Retrouve-moi ici. J'ai une surprise pour toi.

Stacy était un peu décontenancée, mais trop fatiguée pour discuter. Alors, elle fit ce qu'il lui demandait, avant d'enfiler la blouse rose qu'il avait posée sur le banc des vestiaires pour elle. Elle n'avait pas pensé à apporter des vêtements de rechange, avec tout ce qu'elle avait en tête.

Ensuite, elle prit son téléphone sur le chargeur, dans le vestiaire, et envoya un SMS à sa mère. La tempête était plus forte à Miami, mais elle allait bien. Elle n'avait pas encore de nouvelles de Lucy, mais s'il leur était arrivé quelque chose, à elle et à Jackson, Luis lui en aurait forcément parlé.

Enfin, elle vérifia son apparence dans le miroir. Elle avait lissé ses cheveux mouillés en queue-de-cheval, mais elle regretta de ne pas avoir apporté son maquillage.

Luis l'attendait dans le hall, avec à la main un plateau recouvert de papier aluminium. En humant la bonne odeur de viande grillée qui s'en dégageait, elle se rendit compte qu'elle mourait de faim.

— Où as-tu trouvé ça ? lui demanda-t-elle en s'approchant de lui.

— C'est une surprise.

— Es-tu sûr que Miguel va bien ?

— Oui, répondit Luis en poussant la porte de la cage d'escalier avec son épaule. Quand je suis allé le voir juste avant que tu n'arrives, il était avec une infirmière qui lui lisait des histoires. Notre fils est au paradis, crois-moi.

— Alors, où allons-nous ?

— J'ai pensé qu'on pourrait sortir un peu d'ici. Tout à l'heure, j'ai jeté un coup d'œil à la plage toute proche. Elle a l'air assez sûre.

— Bonne idée.

Une fois dans le hall d'entrée, elle plissa les yeux, éblouie par la lumière qui pénétrait par les fenêtres. On avait commencé à enlever les volets anti-tempête, et elle put constater les dégâts pour la première fois. Des éclats de verre, des feuilles de palmier et des déchets divers jonchaient le sol du trottoir. L'air était encore humide sur sa peau, mais la chaleur oppressante de la nuit avait disparu. Une petite brise soufflait, qui n'avait rien à voir avec les bourrasques de la veille. Les gens se promenaient, prenaient des photos ou scrutaient avec curiosité les toits manquants et les bâtiments effondrés. Dans l'ensemble, la situation n'était pas aussi mauvaise que ce à quoi elle s'attendait, même s'il restait encore beaucoup de zones à évaluer. Il y avait d'autres endroits, plus proches de l'eau, où les dégâts étaient bien plus importants, comme le lui avaient rapporté ses équipes qui sillonnaient la ville.

Luis lui prit la main et la conduisit à travers les rues désertes jusqu'à la plage. Il y avait encore des feuilles de palmier et des débris éparpillés, mais ils réussirent à trouver un endroit dégagé pour s'asseoir.

— Il y a une serviette dans le sac, dit-il.

Elle l'étendit sur le sable et ils s'installèrent pour dévorer un plat de grillades. C'était si attentionné de sa part que Stacy en fut très émue.

— Merci.

— Je t'en prie, dit Luis en sortant deux assiettes en papier et des couverts en plastique d'un sac. Nous méritons tous les deux un bon repas après la nuit dernière.

— Ça, c'est sûr !

Ils bavardèrent en mangeant de bon appétit, profitant simplement de l'air frais et de la liberté après des heures de quasi-captivité.

Une fois rassasiée, Stacy s'allongea et observa Luis à la dérobée. La veille, elle avait cru qu'il lui demanderait de passer à l'étape suivante, mais ce n'était ni le lieu ni le moment pour avoir une discussion sérieuse. Elle aimait bien Luis. Elle l'aimait tout court, mais étaient-ils prêts pour s'engager dans une relation sérieuse ?

Luis s'allongea à son tour et s'appuya sur un coude, offrant à sa vue son profil parfait.

— Tu sais, j'ai réfléchi, et je pense que nous devrions essayer de faire en sorte que cela fonctionne entre nous. En tant que couple. Pour le bien de Miguel.

Le souffle court, elle le regarda.

— Ce n'est pas ce que nous faisons ?

— Si, mais... Il serait bon de formaliser un peu les choses.

Quand il prit sa main, elle ne put réprimer un léger mouvement de recul, et le regard blessé qu'elle lut sur son visage la glaça.

Il se mordit la lèvre et hésita un moment avant d'ajouter :

— Je ne veux pas parler de mariage. Aucun de nous n'est encore prêt pour cela, du moins je ne le pense pas.

Elle laissa échapper un discret soupir de soulagement.

Luis lui prit de nouveau la main, et cette fois, elle le laissa faire.

— Que va-t-il se passer maintenant, à ton avis ?

Elle choisit de dire la vérité.

— Je n'en sais rien. Les derniers jours ont été… étranges.

— Étranges ?

Elle haussa les épaules

— Oui. Sur le plan professionnel, mais aussi… personnel.

Il hocha la tête, puis déposa un baiser sur ses doigts.

— Je ne m'attendais pas à me sentir aussi proche de toi et de Miguel si rapidement. J'ai l'impression de te connaître depuis toujours.

Elle se sentit fondre, et noua tout naturellement ses bras autour de son cou.

— Moi aussi je me sens bien avec toi, et c'est très nouveau pour moi. Tu sais à quel point il est difficile pour moi de dépendre des autres, de laisser les gens entrer dans ma sphère intime. Mais je suis prête à essayer, avec toi.

— Je n'espère rien de plus, dit-il en se penchant pour l'embrasser.

Les sept jours qui suivirent furent très chargés pour Luis et Stacy, tant à l'hôpital que dans les rues de Key West, et ils firent beaucoup d'heures supplémentaires pour répondre aux nombreuses demandes de la population.

Il y avait eu un afflux de patients aux urgences après la tempête, et Luis, qui aimait avant tout se sentir utile, était dans son élément. Il se rendit même à plusieurs reprises dans l'un des abris d'urgence près de Key West General pendant ses pauses pour aider à nourrir les personnes déplacées.

Avec Stacy, les choses avançaient bien aussi. Il avait passé pratiquement toutes ses nuits chez elle, prenant le temps de mieux la connaître afin de définir avec elle la prochaine étape. Après leur discussion sur la plage, ils avaient commencé à garder Miguel à tour de rôle pendant que l'autre travaillait. Heureusement, ils n'avaient pas les mêmes horaires. Miguel aimait passer du temps avec son père et refusait même de s'endormir tant que ses deux parents ne lui avaient pas lu une histoire.

Un soir, Luis avait même emmené Stacy et Miguel dîner chez lui, fier de leur faire visiter sa maison. Miguel avait apprécié le grand jardin et la piscine. De plus, il y avait une grande pièce à l'étage que Luis avait prévu de transformer en salle de jeux pour son fils et de remplir de jouets et de livres, dès qu'il aurait le temps. Stacy avait manifestement été impressionnée aussi, même si elle était restée discrète à ce sujet.

Un jour, il espérait les installer tous les deux ici et former avec eux une vraie famille. Il y avait même une maison d'hôtes séparée où la mère de Stacy pourrait séjourner lorsqu'elle lui rendait visite.

Luis afficha le dossier du nouveau patient sur sa tablette avant d'entrer dans la salle de consultation.

— Bonjour, je suis le Dr Luis Durand. Que se passe-t-il, monsieur Rojas ? demanda-t-il avec un sourire.

— J'ai mal à la poitrine, expliqua le vieil homme.

D'après son dossier, il avait soixante et onze ans.

Luis vérifia les signes vitaux de l'homme.

— Vous n'avez pas d'antécédents familiaux de maladie cardiaque, n'est-ce pas ?

— Non, monsieur, dit l'homme, en grimaçant légèrement lorsque Luis posa son stéthoscope sous son sternum.

Luis fronça les sourcils.

— Ça fait mal ? Avez-vous été frappé par quelque chose à cet endroit ?

— Pas que je me souvienne.

M. Rojas prit une grande respiration comme Luis l'incitait à le faire. Sa tension artérielle était un peu basse, mais rien d'alarmant.

— Ce matin, j'étais en route pour la station-service pour faire le plein quand la douleur a commencé, expliqua-t-il. J'ai eu peur, alors je suis venu ici. Mais je dois dire à ma femme où je suis pour qu'elle ne s'inquiète pas.

— Nous nous chargeons d'appeler votre femme, monsieur Rojas, dit Luis en découvrant les résultats de l'ECG que l'infirmière avait fait faire. Tout est normal. Les analyses de sang aussi. Je vais quand même demander une radio, ça ne sera pas long.

Il fit signe à une infirmière.

— Je reviendrai quand j'aurai vu ces résultats.

Quinze minutes plus tard, Luis regardait les images sur l'écran de l'ordinateur du poste des infirmières. À première vue, tout semblait normal, mais en y regardant de plus près, il vit que l'aorte semblait plus large qu'elle n'aurait dû l'être, ce qui était inquiétant.

Son patient avait déjà été traité à Key West General et avait déjà subi des radiographies pulmonaires pour détecter une pneumonie suspectée. En comparant les clichés, Luis constata un élargissement de l'aorte, assez important pour soupçonner une possible rupture, qui expliquerait tous les symptômes de M. Rojas et nécessiterait une intervention chirurgicale immédiate. Il appela le chirurgien cardiothoracique de garde et lui expliqua le cas avant de retourner dans la chambre du patient.

L'infirmière était là, vérifiant les moniteurs.

— J'ai appelé sa femme. Elle est en route.

— Bien.

Luis s'assit sur le tabouret à roulettes et glissa jusqu'au chevet du patient.

— Monsieur Rojas, j'ai une bonne et une mauvaise nouvelle pour vous. Laquelle voulez-vous en premier ?

L'homme grimaça.

— Donnez-moi la mauvaise.

— D'accord. J'ai regardé vos résultats de radiographie et je les ai comparés avec des clichés plus anciens, et il semble que vous ayez une rupture de l'aorte. C'est le principal vaisseau sanguin qui part de votre cœur.

Il afficha un schéma sur sa tablette et pointa l'endroit où se trouvait le problème.

— Comment est-ce arrivé ? voulut savoir M. Rojas. Je n'ai pas fait d'efforts, à part nettoyer les dégâts autour de ma propriété.

— C'est difficile à dire. Il y a très probablement une faiblesse congénitale dans cette zone, présente depuis la naissance. Sans cette rupture, nous n'aurions peut-être jamais su qu'elle était là. Mais maintenant, nous devons la réparer vite, pour ne pas perdre trop de sang.

Les yeux de M. Rojas s'agrandirent.

— Vous voulez dire que je dois me faire opérer ?

— Oui. J'ai contacté le spécialiste, et il va passer vous examiner. Il pourra vous donner plus d'informations sur la procédure, mais c'est une bonne chose que vous soyez venu aujourd'hui. Cela vous a probablement sauvé la vie.

Mme Rojas arriva peu de temps après, suivie par le chirurgien qui remercia chaleureusement Luis.

— Bon travail, docteur Durand, dit-il. Il est difficile de repérer une telle rupture sur des clichés. Beaucoup de médecins la ratent.

Luis prit congé de son patient.

— Bonne chance pour l'opération, monsieur Rojas. Je prendrai de vos nouvelles, dit-il avant de quitter la chambre.

Ensuite, le rythme ralentit et Luis en profita pour classer quelques papiers dans un petit bureau dont il disposait au premier étage, près des urgences.

Malheureusement, au bout d'une heure à peine, son téléphone se mit à vibrer dans sa poche, l'interrompant dans son travail.

— Docteur Durand...

— Luis ?

Il n'avait pas entendu cette voix depuis plus d'un an.

— Xavier...

Luis posa son stylo sur le bureau et s'adossa à son fauteuil.

— Comment vas-tu ? Où es-tu ?

— Je vais bien, merci Je suis débordé, mais ça va. Je viens d'arriver au Honduras. Ils ont été durement touchés par une tempête ici aussi, tu sais.

Luis le savait. Il gardait toujours un œil sur les informations en provenance d'Amérique centrale, par habitude. Docs on Duty, l'association caritative qui l'avait envoyé en mission, était très implantée dans cette région où elle aidait les pauvres et les défavorisés à obtenir les soins médicaux dont ils avaient besoin. Les habitants du Honduras et des pays voisins n'avaient que peu de chances face à un ouragan de la force de *Mathilda*.

— C'est grave ? demanda Luis, comme des images resurgissaient à son esprit : l'île de Haïti dévastée par l'ouragan *Matthew* – deux cent mille maisons détruites, plus de cinq cents victimes, des milliards de dollars de dégâts...

— Pire que ce que tu peux imaginer. Les dommages causés par la tempête sont déjà assez importants, mais maintenant nous avons en plus des glissements de terrain.

Xavier prit une grande respiration puis ajouta ce que Luis redoutait depuis qu'il avait décroché :

— Je sais que tu as laissé ça derrière toi et que tu t'es installé en Floride, mais on aurait vraiment besoin de ton aide, ici.

Luis laissa échapper un long soupir.

— Je regrette mais c'est impossible, Xavier. Je suis le chef des urgences du Key West General maintenant. J'ai des engagements et des contraintes.

Il ne pouvait pas quitter sa vie ici, pas maintenant. Ses patients avaient besoin de lui. Stacy avait besoin de lui. Miguel avait besoin de lui.

— Désolé. Mais je peux peut-être faire passer le mot à mes collègues, voir si quelqu'un d'autre est intéressé.

— Merci. J'apprécie ta proposition, mais nous avons besoin de personnes ayant l'expérience du terrain.

Xavier murmura quelque chose à quelqu'un, près de lui, puis reprit la conversation.

— Écoute, Luis, je sais que tu as autre chose à faire en ce moment et je ne te le demanderais pas si je n'étais pas désespéré, mais nous avons vraiment besoin d'aide ici. S'il te plaît, réfléchis une dernière fois, d'accord ? Même si ce n'est que pour un mois ou quelques semaines.

Une dernière fois.

Une fois l'appel terminé, Luis resta longtemps assis à

son bureau, à fixer ses piles de papier sans vraiment les voir. Lorsqu'il avait quitté l'association, l'année précédente, il y avait assez de médecins pour prendre sa place au sein de l'équipe. Mais les douze derniers mois avaient été plus que difficiles dans le monde entier, et les ressources vite épuisées. S'il avait reçu cet appel six mois plus tôt, il aurait demandé un congé prolongé et serait parti sans réfléchir, mais maintenant...

Il avait maintenant d'autres personnes à prendre en considération. Il avait pris un engagement envers Stacy et Miguel, eux aussi, et il devinait que Stacy ne supporterait pas bien son départ, quelle qu'en soit la raison.

Il se sentait pris entre le marteau et l'enclume. Il avait besoin d'en parler à Stacy. Heureusement, ils étaient tous les deux en congé ce soir, et il avait prévu de passer une soirée tranquille chez lui. Préparer le dîner, se détendre, jouer avec Miguel. Il voulait se montrer honnête avec elle, lui dire clairement les choses. Peut-être que ce ne serait pas aussi difficile qu'il l'imaginait, après tout ?

11

— Écoute, ma chérie, dit la mère de Stacy, je pense rester ici à Miami encore un peu, si ça ne te dérange pas.

— Tu es une adulte, maman. Tu n'as pas besoin de ma permission, répondit Stacy. Est-ce que tout va bien avec ton ami ?

— Oh oui ! Il va beaucoup mieux maintenant. En fait, nous envisageons de faire un petit voyage aux Bermudes pour fêter son rétablissement, une fois que tous les dégâts causés par la tempête auront été réparés.

— Oh...

Stacy marqua une pause. Peut-être que la relation entre sa mère et son « ami » n'était plus uniquement platonique. Elle espérait que cela soit le cas, car sa mère méritait d'être enfin heureuse. Elle avait travaillé si dur pour élever Stacy toute seule !

— Comment s'appelle ton ami, déjà ? demanda-t-elle à sa mère.

— Ted, mais tu le savais, n'est-ce pas, ma chérie ?

Stacy ne put réprimer un sourire.

— Ah oui, c'est vrai ! Eh bien, je vais devoir modifier l'emploi du temps de Miguel, mais ça ne devrait pas poser trop de problèmes.

— Mais tu peux compter sur Luis, dit sa mère. C'est un homme bien.

— Vraiment ? Tu crois ?

— Oui. J'avoue que lorsque tu m'as dit que tu l'avais retrouvé, j'étais sceptique, déclara sa mère. Mais depuis, je pense qu'il a fait ses preuves.

Sa mère avait raison. Luis la rendait heureuse. Et il s'était montré bienveillant et tout à fait loyal ces dernières semaines. Il avait fait ses preuves à maintes reprises.

Les dernières réserves de Stacy s'étaient évanouies, comprit-elle, cédant la place à un sentiment profond, durable... L'amour ? Après avoir eu si peur, pendant si longtemps, elle devait bien s'avouer finalement que oui, elle aimait Luis Durand.

Et s'il lui demandait de rester avec lui, elle accepterait.

La voix de sa mère résonna à son oreille.

— Chérie ? Tu es toujours là ?

— Euh... oui.

Soudain, l'alarme de la caserne des pompiers se déclencha, signalant une nouvelle intervention d'urgence.

— Mais je dois y aller, maman. On se reparlera demain. Je t'aime !

— Moi aussi, ma chérie. Embrasse Miguel pour moi !

Stacy mit fin à l'appel puis alla se préparer avec le reste de son équipe.

— Qu'est-ce qu'on a ?

— Appel d'ambulance. Accident de la route. Une mère et son bébé sont blessés et coincés à l'intérieur du véhicule, lança un de ses coéquipiers. Vous n'avez pas fini votre garde, capitaine ?

— C'est ma dernière intervention pour aujourd'hui, répondit Stacy en se glissant dans le camion dont les sirènes hurlaient déjà.

Le trajet jusqu'au lieu de l'accident fut bref et Stacy examina rapidement le véhicule. La police était déjà sur place pour diriger la circulation, mais les ambulanciers n'étaient pas encore arrivés. Cela arrivait souvent, c'est pourquoi la plupart des pompiers recevaient une formation complémentaire de secouristes afin de pouvoir intervenir en cas d'urgence.

Stacy s'approcha du 4x4 qui était couché sur le côté. L'autre voiture l'avait percuté de plein fouet, le faisant basculer et l'envoyant sur la voie de circulation opposée. Les vitres s'étaient brisées et les airbags s'étaient déclenchés lors de l'impact. Un des membres de l'équipe parlait à la victime de l'accident, qui se trouvait sur le siège avant et qui semblait alerte, mais totalement paniquée. À l'arrière-plan, on entendait les cris d'un nourrisson, et Stacy sentit son cœur se serrer.

Elle frappa doucement sur la vitre et s'adressa d'une voix douce au bébé qui se trouvait à l'intérieur.

— On va te sortir de là, mon petit, je te le promets.

— Mon bébé va bien ? demanda la mère, affolée. S'il vous plaît, aidez-le !

Stacy rassura la jeune femme, qui avait une coupure au front et probablement une clavicule cassée à cause de la ceinture de sécurité, mais qui semblait peu touchée.

— Oui, votre bébé va bien. Nous attendons juste l'ambulance pour vous sortir de là tous les deux et vous conduire à l'hôpital.

Quelques minutes plus tard, les ambulanciers et les pompiers sortirent la mère et le bébé du véhicule et les allongèrent sur des civières avec des attelles cervicales pour les transporter au Key West General.

« C'est un homme bien. Il a fait ses preuves. »

Les mots de sa mère résonnèrent à nouveau dans l'esprit de Stacy alors qu'elle fixait son reflet dans le miroir. Elle avait choisi une robe fourreau vert foncé pour ce soir, avec des ballerines assorties, et elle espérait que cela plairait à Luis. Il était toujours parfait, quelle que soit sa tenue.

Quant à sa maison... À côté, son petit appartement avait l'air d'une boîte à chaussures. Trois étages, tout en verre et en acier, et luxueusement aménagée, elle offrait même un petit pavillon pour les invités.

— Maman, appela Miguel au fond du couloir. Est-ce que je suis beau, comme ça ?

En entrant dans sa chambre, elle le trouva habillé comme un petit clone de Luis : pantalon noir et chemise blanche bien boutonnée. Elle se pencha pour l'embrasser :

— Tu es très beau, chéri. Laisse-moi prendre mon sac à main et nous descendrons attendre le taxi...

Luis, très séduisant en costume cravate, les accueillit sur le perron de sa belle demeure. Quand il se baissa pour embrasser Miguel, elle remarqua les légers cernes sous ses yeux. Comme ils avaient tous les deux travaillé dur la semaine dernière, Luis était probablement juste fatigué. Pourtant, elle murmura :

— Tout va bien ?

Il lui sourit et la fit entrer.

— Viens, je vais chercher une bouteille de vin. Le dîner est presque prêt.

L'intérieur de la maison était tout aussi étonnant que dans son souvenir, avec ses espaces ouverts et ses nombreuses baies vitrées. Les sols étaient en marbre et les meubles très chics, dans les tons ivoire et taupe. Luis avait mentionné que sa maison avait même été présentée dans un magazine d'architecture, et elle comprenait pourquoi.

— S'il te plaît, assieds-toi, dit-il en désignant le grand canapé du salon, avant d'aller voir Miguel, déjà occupé à jouer aux cubes dans la pièce voisine.

Quelques minutes plus tard, il revint avec un verre de chardonnay pour elle et un cabernet rouge pour lui.

— Ma mère prévoit de rester à Miami un peu plus longtemps que prévu, avec son ami, dit-elle. En fait, ils ont prévu de partir bientôt aux Bermudes ensemble.

Luis la regarda l'expression soudain sérieuse.

— Écoute, *mi sirenita*. Il y a quelque chose dont nous devons discuter ce soir et...

— Maman ! s'écria Miguel en s'élançant vers elle. J'ai faim. Quand est-ce qu'on mange ?

— Pourquoi pas maintenant ? répondit Luis en se levant pour rejoindre la cuisine ouverte, d'où s'échappaient de délicieuses odeurs de légumes grillés et de poulet. Tout sera prêt dans un instant.

— Je vais mettre la table, proposa Stacy.

— Merci. Tout est sur l'îlot, là-bas.

Elle prépara les assiettes, les couverts et les serviettes, puis retourna à la cuisine. Accoudée au comptoir, près de Luis, elle demanda :

— De quoi voulais-tu me parler ?

— Pas maintenant, dit-il. Commençons par un bon repas.

La nourriture était délicieuse et même Miguel, pourtant assez difficile, termina son assiette. Puis il repartit jouer pendant que Stacy et Luis finissaient leur verre de vin.

— Je ne savais pas que tu étais aussi bon cuisinier, déclara Stacy. Où as-tu appris à faire des choses aussi merveilleuses ?

— Au cours de mes différentes missions, dit-il. Pendant mes jours de congé, j'essayais de découvrir la culture locale autant que possible, or quelle meilleure façon de le faire que par le biais de la nourriture ? Ce sont les villageois auxquels je venais en aide qui m'ont appris à cuisiner leurs plats. Un échange de bons procédés, en quelque sorte.

— Je vois...

Un silence gênant s'installa, que Luis finit par rompre en posant la main avec la sienne.

— Stacy, j'ai reçu un appel téléphonique aujourd'hui alors que j'étais aux urgences. Un vieil ami, Xavier Lewis, qui dirige l'association caritative avec laquelle je travaillais, a besoin de mon aide au Honduras, un pays durement touché par cet ouragan. Je lui ai répondu que j'aurais besoin de te parler avant d'accepter.

Stacy déglutit avec peine.

— Je vois... Combien de temps seras-tu absent ?

Luis fronça les sourcils.

— Je n'ai pas encore accepté, mais si je dis oui, ce sera probablement pour au moins un mois, peut-être plus, selon les conditions. Xavier m'a dit qu'en plus des dégâts causés par la tempête et les inondations, il y a un risque sérieux de glissements de terrain en raison des pluies supplémentaires qui balaient la région.

Oh ! mon Dieu !

Elle sentit sa gorge se serrer. Ainsi, non seulement elle allait perdre Luis, mais celui-ci risquait sa vie en s'éloignant d'elle...

Quelle idiote ! songea-t-elle, comme les larmes lui montaient aux yeux. Elle savait qu'il ne fallait pas croire aux contes de fées et pourtant, elle y avait cru ! Elle ne reprochait pas à Luis de vouloir porter secours à des populations défavorisées – elle l'admirait même pour cela, mais elle avait l'impression qu'elle et son fils feraient les frais de cet engagement à toute épreuve.

— *Mi sirenita,* dit Luis, en tendant la main pour lui caresser la joue. S'il te plaît, Stacy, dis quelque chose. Parle-moi. Je n'irai pas si tu ne le veux pas. J'ai juste...

— Pars si tu veux ! rétorqua-t-elle. Je vais devoir trouver une garderie pour Miguel au plus vite, puisque tu ne seras plus là pour t'occuper de lui et que je dois continuer à travailler. D'ailleurs, je ferais mieux d'y aller...

— Stacy, attends. S'il te plaît, discutons-en. Ça ne doit rien changer entre nous. Je serai parti quelques semaines, un mois tout au plus, puis nous reprendrons là où nous nous sommes arrêtés.

Elle se tourna pour lui faire face.

— Et la prochaine fois, Luis ? Et la fois d'après ? Il y aura toujours une catastrophe quelque part dans le monde. Que sommes-nous censés faire, Miguel et moi ? Rester à la maison et attendre que tu reviennes ? Mettre nos vies entre parenthèses pendant que tu en sauves d'autres ?

Elle secoua la tête et se força à sourire.

— Je suis désolée, mais je ne peux pas faire ça. J'ai vécu ça toute ma vie, et je ne ferai pas subir ça à mon fils. Nous ne passerons pas au second plan. Si tu veux sauver le monde, très bien, joue les super héros, mais ne compte pas sur moi pour t'attendre.

Elle rejoignit Miguel et l'aida à ranger ses jouets, puis elle lui prit la main et se dirigea vers la porte d'entrée.

Luis la suivit.

— Stacy, s'il te plaît. *Mi sirenita*, ne fais pas ça. Je pensais qu'on pourrait construire quelque chose de fort, toi et moi. Ne gâche pas tout pour une simple mission de quelques semaines, s'il te plaît.

Stacy se retourna et lui lança :

— Mais ce n'est pas juste une mission de plus, n'est-ce pas, Luis ? Il y en aura toujours une autre, et une autre encore... Et si tu meurs là-bas, qu'est-ce que je suis censée faire ? Comment dire à Miguel que le père qu'il aime et qu'il vient de retrouver est parti et ne reviendra jamais ?

Stacy avait les yeux noyés de larmes. Elle laissa libre cours à son chagrin et ajouta :

— Je ne peux pas. J'ai déjà perdu un homme que j'aimais. Je ne veux pas recommencer. Au revoir, Luis. Tu pourras passer voir Miguel demain à mon appartement, si tu veux.

Sur ce, elle tourna les talons, et il la regarda sortir de l'appartement sans rien pouvoir faire pour la retenir.

12

— C'est fini, maman, dit Stacy au téléphone. Il part au Honduras, et Miguel et moi reprenons notre vie.

— Oh ! ma chérie ! gémit sa mère. Je suis vraiment désolée.

Six jours s'étaient écoulés depuis le dîner chez Luis, et chaque fois que Stacy repensait à cette nuit-là, elle se disait que ce n'était pas la fin du monde. Pourtant, elle se sentait très mal. Elle n'avait pas dormi plus de quelques heures de toute la semaine, malgré les gardes prolongées qu'elle avait dû assumer pour compenser les congés maladie de plusieurs hommes. Pourtant, à chaque fois qu'elle s'allongeait et fermait les yeux, tout ce qu'elle voyait, c'était le visage de Luis qui la suppliait de comprendre, la tristesse dans ses yeux, et le sentiment de vide de son propre cœur.

— Je l'aime, maman. Et il est parti. Tout comme papa.

— Non, ma chérie. Tu dois savoir que le départ de ton père a été la meilleure chose qui nous soit arrivée.

Stupéfaite, Stacy lâcha :

— Quoi ? Comment peux-tu dire ça, maman ? Après son départ, tu as dû te démener pour garder un toit au-dessus de nos têtes.

— C'est vrai, mais au moins, il ne me harcelait plus, et j'ai retrouvé mon estime de moi-même. Et le fait d'être seule, avec toi à mes côtés, m'a fait travailler plus dur encore.

Un long silence s'ensuivit, que Stacy finit par rompre en disant :

— Je ne veux pas que Miguel ait à vivre ce genre de séparations. Je dois le protéger. Il ne s'agit pas seulement de moi.

— Écoute, Stacy... Tu es intelligente, talentueuse, et tu as très bon cœur. Tu es la mère de mon petit-fils, qui est l'enfant le plus merveilleux du monde. Et si Luis est l'homme que je pense qu'il est, il reviendra au plus vite, mais tu dois comprendre que pour lui, aider les autres est une vocation plus qu'un métier, et qu'il a besoin de cela dans sa vie. Laisse-le partir et il reviendra, crois-moi. Et maintenant, lève-toi de ce canapé et ressaisis-toi !

Abasourdie, Stacy reposa sa boîte de crème glacée et sa cuiller, et se dirigea vers la salle de bains. Ses cheveux étaient en désordre et elle avait besoin d'un bon gommage. Sa mère avait raison : si elle voulait garder Luis, il fallait qu'elle cesse de s'apitoyer sur elle-même et tente tout pour le reconquérir. Il faudrait beaucoup de patience, d'attention et d'amour, mais elle était prête à essayer.

— Je l'ai perdue, soupira Luis, assis au bar du Duck Bill Pub.

Il avait finalement réussi à voir son père, avec plusieurs jours de retard cependant. Des jours qu'il avait passés à l'hôpital parce que c'était plus facile que de rester dans sa maison vide, à se repasser cette dispute avec Stacy encore et encore. Miguel lui manquait, Stacy lui manquait, et tout ce qu'il avait fait pendant ces précieuses semaines passées avec eux lui manquait.

C'était l'espoir d'avoir une famille, un avenir qu'il désirait plus que tout au monde, qui le faisait tenir. Stacy n'aimait pas les rapports de force. Elle méritait de la considération, de la patience, de l'attention.

Il jouait avec son verre d'eau, les sourcils froncés. Il n'avait jamais beaucoup bu, car l'alcool lui montait à la tête et l'endormait. Il n'aimait pas non plus perdre la maîtrise de lui-même.

Son père finit de couper des fruits et le regarda.

— Tu parles de la jeune femme avec qui tu étais ici il y a quelques semaines ?

— Oui.

Luis se frotta la nuque au souvenir de la soirée où Stacy lui avait parlé de Miguel, où elle avait changé sa vie pour toujours. Il aurait voulu pouvoir revenir en arrière, recommencer de zéro, faire mieux. Être meilleur.

— Elle travaille comme pompier, n'est-ce pas ? demanda son père.

— Oui.

— Je connais son équipe. Ils viennent parfois dîner ici. C'est un groupe très sympathique.

À plusieurs reprises au cours des six derniers jours, Lui s'était redressé à chaque fois qu'une sirène retentissait ou qu'un camion de pompiers passait, espérant l'apercevoir ; Mais à chaque fois, c'était la déception. Elle lui manquait tellement que ç'en était presque douloureux. Et il ne cessait de penser à Miguel...

Hélas, Stacy ne voulait plus rien avoir à faire avec lui.

Son téléphone vibra dans sa poche, mais il l'ignora. C'était probablement Xavier, or il n'avait toujours pas pris de décision concernant cette mission. Une partie de lui désirait partir, quitter Key West pour aller aider les victimes de l'ouragan. Et s'il finissait enseveli sous une montagne de boue, eh bien, ça ne pourrait pas être pire que ce qu'il vivait en ce moment !

Son père continua à travailler, tranquillement. Trop tranquillement.

— Je suis venu te demander conseil, papa, dit enfin Luis, en se passant la main sur le visage.

Sa barbe était rugueuse contre sa paume, et il avait probablement l'air épuisé. Il n'avait même pas pris la peine d'enlever sa blouse après sa dernière garde.

— Tu as toujours été là pour moi depuis que j'ai six ans et que toi et maman m'avez accueilli. Je ne sais pas quoi faire.

Il soupira et regarda fixement le fond de son verre comme si les réponses qu'il cherchait s'y trouvaient.

— Je pensais vivre ma vie. Tout ce que je voulais, c'était faire votre fierté, à toi et à maman. Mais je n'ai pas l'impression que ce soit vraiment le cas en ce moment.

Des bruits de pas résonnèrent derrière le bar, suivis par le grincement de la petite porte donnant sur le restaurant, alors que son père venait s'asseoir à côté de lui.

— Explique-moi, fiston. Toi et cette jeune femme avez des sentiments l'un pour l'autre, mais vous vous êtes disputés et maintenant elle ne veut plus te voir. C'est ça ?

Il ne leur avait pas parlé de Miguel, pas encore. Cela faisait encore trop mal, et Stacy et lui n'avaient jamais discuté de la façon dont ils allaient annoncer la nouvelle à tout le monde. Il hocha la tête.

— Bien.

L'un des rares clients se dirigea vers le juke-box et y glissa une pièce. Un air de country retentit dans les haut-parleurs, et son père secoua la tête.

— Laisse-moi te dire, pour commencer, que ta mère et moi sommes fiers de toi, mon fils. Toi et Jackson êtes les meilleures choses qui nous soient jamais arrivées, à Juanita et à moi. Et en ce qui concerne tes parents biologiques ? Ils seraient fiers de toi, j'en suis certain, du moment que ce que tu as choisi de faire te rend heureux. C'est tout ce qu'ils ont toujours désiré pour toi. Juste être heureux et avoir la liberté de vivre ta vie comme tu l'entends.

Luis fronça les sourcils.

— Ils sont morts en m'amenant ici, dans ce pays. Ce genre de sacrifices est héroïque.

— Et tu ne crois pas que sauver des vies comme tu le fais est héroïque ? rétorqua son père.

— Ce n'est pas suffisant.

— C'est pour ça que tu as passé des années à parcourir le globe, d'une catastrophe à l'autre ? Tu essayais de rembourser ta dette envers eux ?

Son père prit une profonde inspiration, signe qu'il s'apprêtait à faire une déclaration importante.

— Bon. Ne t'énerve pas, et écoute-moi. Je n'ai jamais rencontré tes parents, c'est vrai. Mais étant moi-même cubain de première génération, je sais d'où ils viennent. Et je peux te dire qu'ils n'aspiraient qu'à une chose : la liberté, pure et simple. Et ce mot avait un sens différent pour chacun, mais il s'agissait de pouvoir faire ce que l'on voulait, quand on voulait, de la manière que l'on voulait. Tes parents ont entrepris ce voyage périlleux parce qu'ils voulaient que tu sois heureux, Luis. C'est tout. Aucune dette, aucune obligation n'y était attachée. Ils voulaient que tu te construises la vie de ton choix, que tu aies un jour ta propre famille. C'est tout ce qu'ils ont toujours voulu. Et si tu réussis cela, alors tu auras rempli la promesse que tu leur as faite.

Tout à coup, Luis eut l'impression qu'on venait d'ôter un énorme fardeau de ses épaules, un fardeau qu'il avait porté toute sa vie sans s'en rendre compte. Il leva la tête et regarda son père.

— Tu le penses vraiment ?

Son père lui sourit.

— Je le sais, répondit-il. C'est le conseil dont tu avais besoin ?

— Je pense que oui.

Luis avala en une seule gorgée son verre d'eau, plus énergique et plein d'espoir qu'il ne l'avait été depuis des jours. Il savait ce qu'il devait faire. Il ne lui restait plus qu'à trouver comment s'y prendre.

— Merci, papa. Il faut que j'y aille. J'ai beaucoup à faire.

— Bien sûr, bien sûr...

13

Stacy prit une grande inspiration et se regarda dans le miroir posé sur le mur de son bureau, à la caserne. Après la conversation de la veille avec sa mère, elle savait qu'elle devait trouver un moyen de parler à nouveau à Luis et de s'excuser pour la façon dont elle avait réagi à ses propos, mais elle ne savait pas encore quoi dire.

Franchement, découvrir que la rupture de ses parents ne s'était pas déroulée comme elle l'avait toujours cru l'avait bouleversée. Et si elle s'était fait de fausses idées sur les intentions de Luis, sur leur histoire ?

Oui, c'était probable, mais une chose était sûre, en tout cas : elle avait tout gâché, avec lui. Il était le seul homme qu'elle aurait dû laisser entrer dans son cœur, et elle lui avait fait barrage. Eh bien, c'était fini. Pour ce qui semblait être la première fois depuis toujours, elle se sentait prête. Vulnérable aussi, et cela l'effrayait et l'exaltait tout à la fois.

Et s'il ne pouvait pas lui pardonner ? Et s'il décidait qu'elle et Miguel l'empêchaient d'être libre et quittait définitivement Key West ? Si elle l'avait à nouveau perdu alors qu'elle venait à peine de le retrouver ?

Tout cela lui causait un grand stress. Bien sûr, le fait que le chef des pompiers ait demandé à la voir dans son bureau n'avait pas aidé non plus. Elle avait du mal à se concentrer sur son travail, et devait à tout prix se ressaisir. Si elle et Miguel devaient se débrouiller seuls à partir de maintenant, elle avait plus que jamais besoin de son travail.

Stacy lissa son chemisier blanc et son pantalon noir, puis se dirigea vers le bureau de son patron. Elle croisa plusieurs membres de son équipe en chemin, qui lui firent des signes ou des sourires encourageants. Les ragots allaient bon train à la caserne, c'est pourquoi elle n'avait parlé à personne d'elle et de Luis. Une bonne chose, supposait-elle, puisque tout cela pourrait bien être déjà terminé.

Son cœur se serra douloureusement, et elle chassa ses larmes pour frapper à la porte du chef des pompiers.

— Entrez, Williams ! dit une voix grave et masculine.

Il lui fit signe de s'asseoir sur une chaise devant son bureau pendant qu'il terminait un appel téléphonique.

— Oui, très bien. Merci, monsieur le maire. Je commence tout de suite.

Le chef Hernandez mit fin à l'appel, puis sourit à Stacy.

— Merci d'avoir pris le temps de me parler pendant votre journée chargée.

— Je vous en prie, dit Stacy, tendue. Pourquoi vouliez-vous me voir, monsieur ?

— Tout d'abord, laissez-moi vous féliciter, vous et votre équipe, pour le bon travail que vous avez effectué pendant l'ouragan *Mathilda* et le nettoyage qui a suivi.

Stacy fit un petit signe de tête.

— Je ne manquerai pas de le leur faire savoir. Ils apprécieront, j'en suis sûre.

— Bien…

Le chef posa les mains sur son bureau. C'était un homme imposant, dans la cinquantaine, avec une épaisse chevelure poivre et sel et une moustache en guidon de vélo.

— Passons maintenant au second point. Je suis sûr que

vous avez entendu dire que le chef de bataillon webber prenait sa retraite le mois prochain ?

Elle en avait vaguement entendu parler il y a quelques semaines, mais avec l'ouragan et tout le reste, elle avait oublié.

— Sa femme était malade, je crois ?

— Oui. Cancer du sein. Mais elle l'a vaincu, Dieu merci. webber veut naturellement passer plus de temps à la maison, profiter à nouveau de la vie avec sa femme, donc je cherche des candidats pour occuper son poste. Vous êtes en haut de ma liste, capitaine Williams.

— Oh…

Stupéfaite, elle demeura muette un instant, les yeux écarquillés. Elle avait imaginé toutes sortes de scénarios, mais pas celui-ci.

— Euh… je ne sais pas quoi dire, monsieur. Merci pour votre confiance.

— Vous cochez toutes les cases. Vous êtes intelligente, ambitieuse, travailleuse, bien formée, et tous les membres de votre équipe vantent vos qualités de leader.

Cela expliquait les sourires dont on l'avait gratifiée ces derniers jours, songea-t-elle.

— Cette promotion est assortie d'un changement de grade, bien sûr, mais aussi une augmentation substantielle de salaire, poursuivit le chef. webber prévoit de prendre sa retraite le mois prochain, j'aimerais donc mettre quelqu'un en place le plus tôt possible pour que la transition se fasse en douceur. Vous superviserez non seulement les casernes de pompiers de Key West mais aussi celles des autres Keys, et vous relèverez directement du chef adjoint Mercer. Cela vous intéresse ?

C'était ce à quoi elle aspirait depuis son transfert à Key West, mais elle ne s'attendait pas à ce que cela se fasse aussi vite. Il se passait beaucoup de choses, dans sa vie : après quelques années difficiles en tant que mère célibataire, elle venait de retrouver Luis après cinq ans d'absence, et franchement, les choses allaient dans la bonne direction. Vu sa situation, elle serait stupide de refuser. Mais elle devait d'abord en discuter avec Luis. Ce n'était que justice, puisqu'il lui avait parlé du voyage au Honduras, même si elle avait mal géré la situation.

Elle lui devait bien ça. Elle lui devait bien plus, à vrai dire. Et c'était une dette qu'elle espérait avoir la chance de rembourser à l'avenir.

— Je suis flattée, monsieur. Vraiment. Mais pourrais-je avoir quelques jours pour réfléchir ? demanda-t-elle, les mains serrées sur ses genoux pour cacher son tremblement. Je ne suis pas seule à décider et...

Hernandez sourit.

— Bien sûr, capitaine Williams... Aucun problème. Et si nous nous revoyions vendredi et que vous me donniez votre réponse à ce moment-là ?

— Parfait.

Stacy se leva et lui serra la main.

— Encore une fois, j'apprécie vraiment votre soutien et votre confiance, monsieur. Je reviendrai vers vous très vite.

Une fois sortie du bureau, Stacy retint à grand-peine un cri de joie. La vie était étrange, tout de même... Quelques semaines plus tôt, Luis n'était encore qu'un merveilleux souvenir de son passé, un souvenir qu'elle ne s'attendait pas à voir resurgir. Aujourd'hui, tous ses rêves semblaient se réaliser au plan professionnel, et sa vie sentimentale était sur le point de basculer...

Comme elle retournait à son bureau, elle sortit son téléphone et découvrit un texto de Lucy sur son écran.

Un chien thérapeutique sera prêt pour Miguel la semaine

prochaine. Nous vous appellerons plus tard pour vous donner des détails.

Oui, ses rêves devenaient réalité ! Son fils aurait son compagnon canin juste à temps pour la rentrée scolaire, et si la chance de Stacy continuait, elle reverrait Luis. Même s'il ne souhaitait pas renouer, il fallait espérer qu'ils puissent au moins se réconcilier suffisamment pour le bien de Miguel.

Miguel aimait son père.

Stacy aussi.

Mais elle souffrait tellement !

Elle leva les yeux juste à temps pour éviter d'entrer en collision avec Harley et Jeffrey, qui rôdaient près de la porte de son bureau, l'air suspect.

— Quoi ? Il n'y a pas de feu à éteindre aujourd'hui, les gars ?

— Nous venons de recevoir un appel, capitaine, dit Jeffrey en la suivant dans la pièce. On attend que vous donniez le signal du départ.

Stacy fronça les sourcils.

— Je n'ai pas entendu l'alarme.

— Ce n'est pas une urgence, mais les collègues ont demandé des renforts sur un incendie, déclara Harley, les bras croisés sur sa poitrine musclée. Nous vous attendons.

— Allez-y sans moi, dit-elle, assise à son bureau. J'ai des dossiers à rattraper ici avant d'aller retrouver Miguel.

Les deux hommes échangèrent un regard, puis Jeffrey, le plus jeune, prit la parole.

— Je ne peux pas, capitaine, dit-il en rougissant légèrement. J'ai trop peu d'expérience. Nous avons vraiment besoin de vous sur ce coup-là, capitaine.

— Pourquoi ? Si ce n'est pas une intervention d'urgence, alors vous n'avez pas besoin d'une équipe complète. Vous et Harley, prenez quelques hommes de plus et partez ! Tout se passera bien.

— Euh… il n'y a personne d'autre, avoua Harley. Je les ai tous envoyés déjeuner.

Elle leva un regard incrédule vers son coéquipier, puis jeta un regard à l'horloge.

— Tous ? Il est presque 3 heures de l'après-midi. Un peu tard pour le déjeuner, non ?

Harley haussa les épaules.

— Venez, capitaine. S'il vous plaît…

— Qu'est-ce qui se passe, les gars ? demanda Stacy, qui sentait sa patience s'effilocher.

Intriguée, elle capitula et accompagna ses hommes jusqu'au hangar où étaient stationnés les véhicules d'intervention.

— J'espère que c'est important, dit-elle en grimpant à l'arrière du camion avec Jeffrey. Et il vaudrait mieux que ce ne soit pas trop long. Il faut que je récupère Miguel avant que ma voisine ne parte au travail.

— Ce ne sera pas long, capitaine, promit Harley en démarrant.

Tous les sens en alerte, Stacy réfléchissait. Il se passait quelque chose, mais alors qu'ils s'éloignaient en direction du centre-ville de Key West, elle ne pouvait qu'échafauder des suppositions.

Luis avait couru toute la matinée, d'un patient à l'autre.

— Avons-nous les résultats sanguins du patient de la salle numéro 1 ? demanda-t-il à l'une des infirmières.

— Laissez-moi vérifier, Doc, dit celle-ci en tapant sur son ordinateur. Non. Rien pour l'instant. Oh…

L'infirmière se pencha et sortit une petite cage de sous le bureau qu'elle posa sur le comptoir, près de Luis.

— Votre patient souffrant de douleurs abdominales qu'on vient d'envoyer en chirurgie avait ça dans sa voiture. Il a demandé si vous pouviez garder un œil dessus pour lui. J'ai essayé de la faire manger, mais je n'ai pas réussi.

Luis sourit en découvrant une petite tortue qui mâchait une feuille deux fois plus grosse qu'elle.

— Pourquoi pas ? Vous pouvez la mettre dans mon bureau ?

— Bien sûr, Doc.

Luis venait de commencer à parcourir des dossiers de patients lorsque son frère frappa. Il avait les yeux cernés et était pâle comme un linge.

— Vous vous sentez mieux, monsieur le directeur régional ? demanda Luis.

— Oui.

Au ton bourru de son frère, Luis devina qu'il n'en était rien.

— On peut se parler deux minutes ? demanda Jackson.

Luis le regarda longuement, puis lui désigna un fauteuil.

— Assieds-toi.

— Pourquoi y a-t-il un bébé tortue dans ton bureau ?

Tout à coup, Luis pensa à Stacy et à Miguel. Son fils rêvait d'avoir un animal de compagnie. Ils en avaient parlé à plusieurs reprises. Il savait que Stacy allait lui offrir un chien thérapeutique, mais peut-être qu'une tortue lui plairait aussi. Il devait en parler à Stacy plus tard, si les choses se passaient bien aujourd'hui...

— La pauvre ne se sent pas très bien, expliqua Luis en montrant la tortue. Nous n'arrivons pas à la faire manger.

— Nous ?

— Son propriétaire est au bloc opératoire, et comme

il n'y avait personne pour s'en occuper, j'ai pensé que Stacy et moi...

Se rendant compte qu'il en avait trop dit, Luis s'interrompit. Trop tard.

Jackson hocha lentement la tête, et Luis comprit que son inquiétude se lisait sur son visage. Il n'y pouvait rien. Il aimait Stacy, plus qu'il n'avait jamais aimé aucune autre femme. Et il aimait Miguel, aussi. Il avait l'intention de le leur dire aujourd'hui. Il avait aussi prévu de leur annoncer qu'il n'allait nulle part.

Il avait rappelé Xavier et lui avait communiqué les noms de trois autres médecins aussi expérimentés que lui, voire plus. Il était fatigué de voyager, fatigué du danger et de la détresse. Il était prêt à s'installer et à fonder une famille, à envisager un avenir avec Stacy et Miguel.

Si toutefois cela était encore possible...

Luis remarqua l'expression tendue de son frère.

— Tu n'es plus le même depuis que tu es revenu de Big Pine Key, lui dit-il. Il s'est passé autre chose pendant l'ouragan.

Jackson et lui avaient toujours été très liés et ils se faisaient totalement confiance. Il avait laissé entendre à son frère ce qui se passait entre lui et Stacy et espérait que celui-ci se confierait à lui à son tour.

Après un long moment, Jackson soupira et fixa ses pieds.

— Peut-être.

Son frère était très secret, surtout pour ce qui concernait les affaires de cœur, et sa réponse en disait long.

Il n'insista pas, et sourit en désignant la cage.

— Ça te dérange si je la prends avec moi ?

— Pour quoi faire ?

— Je pense qu'une vétérinaire devrait l'examiner.

Luis lui tendit la cage.

— Prends bien soin d'elle. Elle appartient à mon patient, mais il ne sortira pas avant quelques jours. Jackson hocha la tête.

— Merci.

Une fois Jackson parti, Luis consulta sa montre. Encore cinq minutes. Il vérifia son reflet dans le verre de sa porte en partant. Sa blouse bleue n'était pas idéale pour ce qu'il avait prévu de faire, mais elle faisait presque partie de lui, après tout. Stacy le savait. Il s'était douché et rasé, et ses cheveux bouclés étaient relativement soignés. Il jeta un coup d'œil dans sa poche pour s'assurer que son précieux cadeau était toujours là.

— Nous avons une arrivée, Doc, lui lança l'une des infirmières avec un clin d'œil. Bonne chance !

Luis fit une prière silencieuse, puis se dirigea vers les portes automatiques, près du parking des ambulances, au moment où un camion de pompiers s'arrêtait toutes sirènes hurlantes. Il sortit sous le soleil radieux, le cœur battant et le sang bouillant dans ses veines. Plusieurs médecins et infirmières s'étaient déjà rassemblés, ainsi que quelques ambulanciers en congé et une bonne partie de l'équipe de pompiers de Stacy. Même Reed et sa femme étaient là, à l'ombre du portique, tout sourire.

Stacy émergea de l'arrière du camion, l'air un peu perdu. Elle jeta un coup d'œil autour d'elle puis se tourna vers le chauffeur.

— Harley, qu'est-ce qui se passe ?

Celui-ci fit le tour du camion et se planta devant Stacy, tandis qu'un deuxième pompier, un jeune homme, sortit derrière elle et referma le hayon. Enfin, Luis s'avança lentement vers Stacy.

— C'est moi qui leur ai demandé de t'amener ici, dit-il, en plongeant le regard dans ses beaux yeux bleus.

Elle était en tenue d'intervention, les cheveux coiffés en queue-de-cheval comme d'habitude, avec juste un peu de gloss sur les lèvres, mais Luis la trouva plus belle que jamais.

Elle finit par prononcer :

— Salut.

— Salut, murmura-t-il en retour.

Il aurait voulu tomber à genoux et la supplier d'être sienne pour toujours, mais il avait des choses à dire d'abord.

Il déglutit avec peine et se jeta à l'eau.

— J'ai demandé à ton équipe de t'amener ici aujourd'hui parce que j'ai besoin de te dire que je t'aime, Stacy Williams. Je t'aime depuis cette première nuit sur la plage, et ces dernières semaines avec toi et Miguel ont été les meilleures de ma vie. J'ai adoré chaque minute passée avec vous deux. J'ai adoré te faire rire et te consoler quand tu pleures. J'ai adoré préparer notre fils pour la journée et lui faire la lecture le soir. Mais par-dessus tout, j'ai aimé former une famille avec toi et Miguel. Être avec vous deux m'a fait comprendre que je n'avais pas besoin de me précipiter dans des contrées lointaines pour faire changer les choses et me rendre utile. Je peux le faire ici, dans cet hôpital, dans cette communauté, avec vous. Avec Miguel. Et je veux continuer de le faire, maintenant et pour toujours.

L'espoir et l'hésitation se lisaient dans les yeux de Stacy quand elle demanda :

— Et le Honduras ?

— L'organisation caritative est bien dotée en personnel pour le Honduras, ou pour toute autre catastrophe qui pourrait survenir dans un avenir proche. Ils n'ont plus besoin de moi. On a besoin de moi ici. Du moins, je prie pour que ce soit le cas.

Il glissa la main dans la poche de sa blouse et en sortit un petit écrin de velours, qu'il ouvrit avant de s'agenouiller sur le ciment. Il prit la main tremblante de Stacy dans la sienne avant de déclarer :

— Stacy Williams, je sais que nous avons encore beaucoup à apprendre l'un de l'autre, mais je veux être là avec toi à chaque étape. Maintenant, aujourd'hui et toujours. Veux-tu m'épouser ?

Elle le regarda longuement, les yeux humides, et il crut mourir cent fois pendant ces quelques secondes.

Puis une voix s'éleva dans la petite foule qui les entourait, suivie d'un cri de joie aigu. Miguel ! Le petit garçon se précipita vers eux, frémissant de joie.

— Papa ! Tu reviens ? S'il te plaît, maman ! S'il te plaît, papa peut-il rester avec nous pour toujours ?

— Comment es-tu arrivé ici ? demanda Stacy à son fils.

— Avec Mme Abrams ! lança Miguel en montrant du doigt la voisine qui le gardait. Elle a dit que papa l'avait appelée ce matin.

Luis haussa les épaules et sourit.

— J'ai pensé qu'il devrait aussi avoir son mot à dire, puisque c'est lui qui nous a réunis.

Les yeux bleus de Stacy s'élargirent, puis elle murmura :

— Je suis désolée.

— Pourquoi ?

— Pour ce que j'ai dit l'autre soir. Je n'aurais pas dû te demander de choisir comme ça. Ce n'était pas juste. Si ta passion est d'aider les gens, alors c'est ce que tu devrais faire et je devrais t'aimer et te respecter pour cela, pas malgré cela. Car je t'aime, Luis. Sans condition.

— Moi aussi, je t'aime, papa ! s'écria Miguel.

Ému aux larmes, Lui parvint à ajouter :

— Veux-tu m'épouser, Stacy ?

— Oui, Luis.

La foule se mit à applaudir et à les acclamer, et des badauds s'arrêtèrent pour voir ce qui se passait. Luis fit glisser la bague au doigt de Stacy, puis embrassa Miguel. Lorsque celui-ci alla rejoindre Mme Abrams, et que la foule commença à se disperser, il glissa ses mains dans les cheveux de Stacy.

— Merci. Pour tout.

Elle sourit avant de répondre :

— J'ai oublié de te dire que mon patron m'avait offert un poste de chef de brigade aujourd'hui. C'est plus d'argent, mais c'est aussi plus de responsabilités, ce qui signifie plus de travail. Tu es d'accord pour que je l'accepte ?

— Je suis d'accord si toi, tu es d'accord. Je ne veux que ton bonheur. Je veux que tu sois aussi heureuse que tu me rends heureux.

— Il faudra aussi prévoir d'agrandir notre famille.

À ces mots, il sentit son cœur gonfler dans sa poitrine au point qu'il avait du mal à respirer, et il la serra contre lui en souriant.

— C'est ça, ton programme ?

— Si tu es d'accord, pourquoi pas ?

Il prit une profonde inspiration puis la gratifia d'un sourire radieux.

— Oh ! oui, mi *sirenita*. Cela me plairait. Vraiment, vraiment beaucoup.

14

Un mois plus tard

Toute l'équipe des urgences était réunie dans l'arrière-salle du Duck Bill Pub de la rue Duval pour célébrer le retour à la normale après les ravages causés par l'ouragan *Mathilda*.

Pour Jackson et Lucy, Luis et Stacy, tout allait pour le mieux.

— J'aimerais porter un toast, déclara Luis, un verre à la main. À mon frère, Jackson Durand, pour nous avoir guidés tout au long de cette crise. Nous avons de la chance de t'avoir comme directeur régional.

Des bravos enthousiastes s'élevèrent dans l'assistance, et tout le monde trinqua.

Jackson prit à son tour la parole.

— Merci. J'aimerais rendre hommage au Dr Luis Durand, qui m'a remplacé au pied levé et a assuré le bon déroulement des opérations en mon absence. Tu diriges les meilleures urgences de Floride, frérot, et tu es un atout pour les Keys.

— Et au chef de bataillon Stacy Williams, lança l'un des pompiers. Félicitations pour la promotion !

Une autre salve d'applaudissements retentit, suivi d'un

air de calypso sur lequel tous se mirent à danser près de l'excellent bar à tacos installé dans la salle des fêtes.

Jackson s'installa à une table, près de Lucy, qui rayonnait de joie. Il était gâté par le hasard, très gâté même. La vie lui avait donné une seconde chance avec Lucy, et il était bien décidé à ne pas la laisser lui échapper.

Luis et Stacy prirent place en face d'eux. Jackson n'avait jamais vu son frère aussi heureux, ni aussi amoureux. Tous deux avaient trouvé leur âme sœur pendant l'ouragan, ce qui, vu leur enfance peu conventionnelle, n'était pas si étonnant que cela, en fin de compte.

— Nous avons une annonce à faire, déclara soudain Luis, en passant le bras autour des épaules de Stacy.

— De quoi s'agit-il ? demanda Lucy, les doigts mêlés à ceux de Jackson. Une bonne nouvelle, j'espère ?

— Oh oui ! répondit Stacy en jetant un coup d'œil radieux à Luis. Nous allons avoir un bébé. Je suis enceinte.

Jackson sourit.

— Félicitations. C'est merveilleux !

Lucy embrassa son amie.

— Je suis si heureuse pour toi ! Miguel sera content d'avoir une petite sœur !

— Il est au courant ? demanda Jackson.

— Pas encore, répondit Stacy. Vous êtes les premiers à le savoir, alors ne le dites à personne, s'il vous plaît.

— Promis.

Jackson prit une gorgée de bière. Il avait lui-même un secret, dont il espérait qu'il se traduirait par une annonce. Mais il devait d'abord demander à Lucy, et pour cela, il avait besoin d'un peu d'intimité. Alors, il inspira profondément pour se donner du courage et s'adressa à la femme qu'il aimait.

— Allons faire une promenade sur la plage…

Il guida Lucy hors du pub. Les touristes commençaient à revenir dans la région, mais il n'y avait pas autant de monde que d'habitude, ce qui était une bonne chose, puisqu'il espérait trouver un endroit isolé.

Ils se promenèrent sur le sable, main dans la main, jusqu'à un endroit où quelques rochers balayés par les flots bordaient le rivage. Il aida Lucy à grimper sur l'un d'eux, puis s'assit près d'elle. Pendant un long moment, ils restèrent côte à côte à admirer le coucher de soleil alors que le ciel s'illuminait de rouges flamboyants et de violets plus profonds. Cela semblait parfait.

Il tira lentement un petit écrin de sa poche.

— Lucy, dit-il, en s'éloignant légèrement d'elle, je voudrais te demander quelque chose.

Les yeux sombres de la jeune femme s'élargirent.

— Oui ?

— Je sais que ça ne fait qu'un mois que nous sommes ensemble, mais je voulais te faire un cadeau pour te montrer combien tu comptes pour moi, et en gage de mon amour éternel.

Elle se couvrit la bouche d'une main tremblante.

— Oh ! mon Dieu...

Il ouvrit la petite boîte, révélant une bague de fiançailles en diamant.

— Lucy Miller, veux-tu m'épouser ?

Des larmes brillaient dans ses beaux yeux, et elle se mordit les lèvres.

— Jackson... Oui, je vais t'épouser. Enfin, pas tout de suite. Nous avons beaucoup de choses à régler d'abord, mais...

Il l'embrassa, fou de joie.

— Je t'aime, Lucy. Je t'aime à la folie.

Elle sourit à travers ses larmes et le serra dans ses bras.

— Même avec mes… bizarreries ?

— Surtout avec tes bizarreries, dit-il en l'embrassant à son tour. Si on allait le dire aux autres ?

Lucy admira sa bague puis hocha la tête, rayonnante de fierté.

— Oui. À notre tour maintenant d'annoncer une bonne nouvelle !